DROR MISHANI

UNE DEUX TROIS

TRADUIT DE L'HÉBREU
PAR LAURENCE SENDROWICZ

nrf

GALLIMARD

Cet ouvrage a été publié avec le concours
de Marie-Caroline Aubert.

Titre original :
SHALOSH

SÉRIE NOIRE

Collection créée par Marcel Duhamel

Ce livre est le fruit de l'imagination de l'auteur. Toute ressemblance avec une histoire ou des événements réels, ainsi qu'avec des personnes vivantes ou mortes, des noms existants ou ayant existé, ne pourrait donc être que totalement fortuite.

Note de l'éditeur

Pour une meilleure compréhension d'*Une deux trois*, il peut être utile de connaître les caractéristiques suivantes de la vie en Israël.

Depuis quelques années, le Portugal, la Roumanie, l'Espagne, la Pologne ou encore la République tchèque proposent aux descendants de familles juives expulsées au moment de l'Inquisition, pendant la Seconde Guerre mondiale, ou dans d'autres circonstances, d'obtenir la nationalité de ces différents pays d'Europe. Des avocats israéliens se sont spécialisés dans la recherche d'origines, afin de permettre à ceux de leurs concitoyens qui le désirent et peuvent y prétendre d'obtenir la double nationalité.

Le système israélien d'aide aux familles prend très efficacement en charge la dépendance des personnes âgées. Ainsi, l'embauche d'auxiliaires de vie à demeure est chose relativement courante. Ces emplois sont principalement pourvus par du personnel étranger, et de nombreuses agences privées tirent profit de ce « commerce » lucratif.

À Sarah Mishani, la mère de mon père,
et à Sarah Mishani, ma fille

Le Fils de l'homme doit être livré entre les mains des hommes.

LUC 9 : 44

Car le Fils de l'homme n'est pas venu pour faire périr les âmes des hommes, mais pour les sauver.

LUC 9 : 56

UNE

1

Ils firent connaissance sur un site de rencontre pour divorcés. Il y affichait un profil plutôt banal – quarante-deux ans, divorcé, deux enfants, habite à Guivataïm –, et c'est ce qui la poussa à lui envoyer un message. Il avait évité les « prêt à dévorer la vie » ou « en pleine recherche intérieure, je compte sur toi pour me révéler à moi-même ». 1m77, profession libérale, bonne situation, ashkénaze. Opinions politiques néant, tout comme la plupart des autres rubriques. Trois photos, une ancienne et deux apparemment plus récentes, sur lesquelles il présentait un visage plutôt rassurant et sans signe particulier. Autre détail : il n'était pas gros.

Ce pas, elle l'avait franchi sur les conseils du psychologue de son fils (Erann venait d'entamer une thérapie), qui l'avait convaincue de l'importance de montrer au garçon qu'elle faisait autre chose que se lamenter sur son sort et qu'elle se prenait, elle aussi, en main. Elle avait déjà commencé à recréer, pour eux deux, une sorte de routine quotidienne : dîner à sept heures, douche, émission de télé en VOD, puis chacun préparait son sac pour le lendemain. À huit heures et demie, neuf heures moins le quart, elle le mettait au lit et continuait, pour l'instant, à lui lire une histoire, même s'il était déjà capable de le faire tout seul : ce n'était pas le moment de renoncer à ces minutes privilégiées. Ensuite, elle ouvrait l'ordinateur portable qui l'attendait dans le coin bureau de son salon, jetait un coup d'œil sur les profils du site et lisait les messages qu'on lui avait envoyés. Cela dit, jamais elle ne répondrait à un homme qui la contacterait par ce biais, c'était clair. Elle préférait prendre l'initiative.

Fin mars.

Elle portait encore un pull en soirée et quand elle se glissait seule dans le lit, elle entendait parfois la pluie tomber.

Elle lui envoya un premier message : « Serais ravie de faire votre connaissance. » Il répondit deux jours plus tard : « D'accord. Comment ? »

Ils poursuivirent par tchat.

« Vous enseignez dans quel type d'établissement ? Primaire ? Supérieur ?

— Lycée.

— Lequel ?

— Évitons les détails pour l'instant. À Holon. »

Elle était prudente alors que lui ne cachait rien. Au fil de leurs échanges, les rubriques « néant » de son profil se complétèrent rapidement. Il faisait du vélo, surtout le shabbat, au parc haYarkon.

« J'ai négligé mon corps pendant des années, mais je me suis récemment inscrit à une salle de sport. J'adore. »

À en juger par les photos, elle trouva que ses efforts ne sautaient pas aux yeux. Il était avocat, « pas un ténor du barreau, un petit cabinet où j'exerce seul ». Son principal secteur d'activité était lié aux démarches d'obtention d'un passeport polonais, roumain ou bulgare que pouvait entreprendre, depuis quelques années, tout Israélien ayant des racines dans ces pays-là et désireux de bénéficier d'une double nationalité. Il avait trouvé ce créneau après avoir travaillé pendant plusieurs années au département juridique d'une grande agence de recrutement de main-d'œuvre étrangère, de ces entreprises qui, en Israël, prospéraient depuis plusieurs décennies. Certaines d'entre elles s'étaient tournées vers l'Asie (principalement les Philippines ou l'Inde), mais la sienne se concentrait sur l'Europe de l'Est, ce qui lui avait permis de se constituer un solide carnet d'adresses et des relations avec les différentes administrations des pays concernés. « Auriez-vous par hasard besoin d'un passeport polonais ? lui demanda-t-il.

— Ça ne risque pas, mes parents viennent de Libye. Avez-vous des contacts avec Kadhafi ? »

Au lycée, ses collègues la mirent en garde contre ce genre de rencontre. Insistèrent sur le fait qu'on ne pouvait pas croire ce que les gens disaient d'eux-mêmes. Mais il ne raconta rien de spécial, au contraire, il semblait s'efforcer d'apparaître le plus banal possible. Au bout de quelques jours à discuter en ligne, il lui demanda : « Allons-nous, finalement, nous rencontrer ?

— Finalement, oui », répondit Orna.

Et ce finalement arriva au début du mois d'avril, un jeudi à vingt et une heures.

Il lui laissa le choix du lieu. Elle opta pour le Landwer Cafe, place Habima à Tel-Aviv. Trois jours auparavant, lors d'une entrevue avec le psy d'Erann, elle avait tellement parlé d'elle-même que le thérapeute lui avait suggéré d'envisager de se faire suivre, elle aussi. Elle avait éclaté de rire, s'était excusée de s'être laissé emporter et avait expliqué que de toute façon elle n'en avait pas les moyens, d'ailleurs si elle parvenait à financer les séances de son fils, c'était avec l'aide de sa mère.

Le psy lui recommanda de ne pas faire mystère de ce premier rendez-vous, mais de ne pas non plus insister dessus. Si Erann demandait avec qui elle sortait, elle pouvait dire que c'était avec un ami, s'il voulait en savoir plus, elle n'aurait qu'à lui expliquer qu'il ne le connaissait pas, que c'était un nouvel ami prénommé Guil. Il ajouta que mieux valait éviter les services de la grand-mère pour garder le garçon (chez eux ou chez elle) ce soir-là, au risque qu'elle en dise trop, vu sa propension à tout monter en épingle. Il lui conseilla donc de prendre leur baby-sitter habituelle, celle qu'ils appelaient à l'époque où papa et maman allaient encore au cinéma ensemble.

Tel-Aviv était saturée. Les bouchons avaient commencé dès la sortie de la voie express Ayalon, lorsqu'elle avait tourné dans la rue haShalom, et sur Ibn Gvirol ça ne roulait pas mieux. Quant au nouveau parking souterrain de la place Habima, il était complet. Par chance, le matin même, Guil lui avait envoyé son numéro de portable en message privé sur le site, elle put donc le prévenir par SMS qu'elle aurait du retard. Elle fit demi-tour, alla se garer dans le parking de la rue Kaplan et, pour arriver jusqu'au théâtre national, elle dut se frayer un chemin parmi la faune de noctambules qui envahissaient la place, barbus tatoués, superbes demoiselles, couples avec bébés. Peut-être un autre endroit aurait-il mieux convenu ? Elle s'était habillée tout en blanc, pantalon court en coton, chemisier et veste légère par-dessus, ce qui lui donna aussitôt un coup de vieux, ou plus exactement – c'était pire ! – une allure de vieille qui veut la jouer jeune.

« Je me demande ce qu'on fait ici. Ce n'est carrément plus de mon âge ! »

Telle fut la première phrase que Guil prononça et cela l'aida à se sentir un peu moins décalée. En revanche, la situation – se retrouver ainsi face à un inconnu – lui fut beaucoup plus étrange qu'elle ne se l'était imaginée.

Il se leva à son arrivée et lui serra la main comme s'il s'agissait d'un rendez-vous professionnel. Il commanda un café au lait, alors elle renonça au verre de vin qu'elle aurait volontiers pris et se rabattit sur du cidre chaud avec un bâton de cannelle. Même s'il n'était pas vraiment mince, son apparence prouvait qu'effectivement il fréquentait une salle de sport. Il avait fait moins d'efforts vestimentaires qu'elle, portait un jean, un polo bleu et des runnings blanches. D'emblée, il endossa le rôle du plus expérimenté des deux : c'était loin d'être son premier rendez-vous du genre.

« En général, on parle divorce, commença-t-il, on confronte expériences et stratégies. Ça fait un peu rencontre d'anciens combattants. C'est plutôt déprimant, mais je suis prêt à me lancer.

— S'il vous plaît, tout, mais pas ça ! » l'arrêta-t-elle aussitôt.

Non qu'elle ne fût pas curieuse d'en savoir plus là-dessus, mais elle aurait été incapable d'exposer son cas personnel en retour, c'était encore trop douloureux. Elle avait toujours tellement de mal à assimiler son nouveau statut que parfois sa situation lui paraissait irréelle. D'ailleurs, même assise dans ce café, elle eut la sensation, à plusieurs reprises, de ne pas y être, ou d'avoir Ronèn et non un parfait inconnu en face d'elle. Guil lui raconta qu'il avait deux filles, Noa et Hadass, toutes deux lycéennes. Il n'était pas à l'origine de son divorce, c'était son ex-femme qui en avait pris l'initiative. Dans un premier temps, il avait opposé une fin de non-recevoir, par peur sans doute davantage que par amour, et le processus de séparation avait été très long – à l'opposé de ce qu'Orna avait vécu avec son mari.

Il avait d'abord réussi à convaincre sa femme de leur donner une nouvelle chance. Ensuite, ils avaient brièvement tenté une thérapie de couple. Finalement, il avait baissé les bras. Il ne pensait pas qu'elle l'avait trompé, d'autant qu'aujourd'hui elle n'avait toujours personne. C'était juste qu'elle avait cessé de l'aimer, manque d'intérêt et envie de connaître autre chose, de ne pas passer à côté de la vie, des arguments qu'à l'époque il n'avait pas acceptés ou pas voulu comprendre – tout en les comprenant quand même – et qui, maintenant, lui paraissaient de plus en plus clairs. A posteriori, ça avait été mieux pour tout le monde. Y compris pour leurs filles. Trouver un accord avait été facile, peut-être parce qu'ils étaient tous les deux avocats et n'avaient pas de problèmes financiers. Elle avait gardé leur appartement de Guivataïm, quant à lui, grâce à la vente d'un bien immobilier dans lequel ils avaient investi à Haïfa, il avait pu acheter un quatre-pièces, non loin de son ancien domicile.

À l'évidence, ce n'était pas la première fois qu'il racontait tout cela, et le ton apaisé qu'il employait fit comprendre à Orna combien elle était blessée. Elle trouva aussi cette histoire totalement différente de la sienne, mais l'était-elle vraiment ? Les phrases qu'il formula d'un ton dénué d'émotion – « envie de connaître autre chose », « ne pas passer à côté de la vie » – éclatèrent en elle telles des grenades dégoupillées.

Il ne s'en rendit pas compte, du moins l'espéra-t-elle, et lorsqu'il lui demanda comment la séparation s'était passée de son côté, elle répondit : « Différemment. J'ai… nous avons un fils qui va avoir neuf ans et il l'a très mal pris. Mais je préfère ne pas en parler pour l'instant. »

Ensuite, elle se laissa dériver. Guil parla de son travail qui occasionnait de courts déplacements à Varsovie et Bucarest, tenta d'en savoir plus sur elle mais n'insista pas devant sa retenue. Le temps ne passait pas. À vingt-deux heures quinze, la place fut soudain envahie par les spectateurs qui sortaient du théâtre national à la fin des représentations, puis les lieux se vidèrent. À vingt-deux heures quarante, Guil commanda un Coca Zéro et lui demanda si elle voulait manger quelque chose, mais elle refusa même un autre verre de cidre tant elle avait hâte d'en finir avec ce rendez-vous.

« On bouge ? lui proposa-t-il un peu après vingt-trois heures.

— Oui, bonne idée, il est déjà très tard.

— En ce qui me concerne, je suis prêt à continuer à échanger avec vous par messagerie, si ça vous dit. Et maintenant, vous avez aussi mon numéro de portable. »

Ce fut sur ces mots qu'il la quitta.

Avant même d'arriver à sa voiture, elle voulut appeler la baby-sitter pour lui demander si Erann dormait déjà, mais elle dut y renoncer parce qu'elle avait peur d'éclater en sanglots au téléphone.

2

Elle le recontacta sur le site une semaine plus tard.

« Guil, êtes-vous toujours là ?

— Vous voulez dire ici ? Apparemment abonné pour l'éternité. »

Elle lui expliqua qu'elle n'était sans doute pas encore prête et s'excusa pour la mauvaise soirée qu'il avait certainement passée en sa compagnie.

« Franchement non. Et je vous comprends, j'ai déjà vécu la même chose, donc *no hard feelings*. Peut-être qu'on se recroisera à un moment ou à un autre, qui sait ? »

Au lycée, on entrait dans la période des bacs blancs, si bien que le soir elle avait toujours des copies à corriger. Avec Erann, elle termina la lecture du *Prince et le Pauvre* de Mark Twain, puis commença *Le Dernier des Mohicans*, deux romans qu'elle avait choisis parce que rien ne les rattachait à leur réalité, il ne s'agissait pas d'histoires où des enfants devaient surmonter un divorce mais de récits relatifs à des temps et des lieux éloignés.

Afin de ne pas avoir à demander une aide supplémentaire à sa mère qui finançait déjà la thérapie du petit, elle s'arrangea pour, l'après-midi, donner des cours privés à des élèves d'autres établissements que le sien. À raison de quatre à six cours par semaine payés cent shekels de l'heure, cela pouvait atteindre deux mille shekels par mois en liquide. Cette activité prendrait fin en été, mais là, elle aurait une nouvelle source de revenus à ajouter à son salaire de base : la correction des épreuves du bac.

Durant cette période, certaines collègues bien intentionnées, surtout celles qui ne la connaissaient que de loin, tâtèrent le terrain pour savoir si elle était disposée à ce qu'on lui présente quelqu'un : elles avaient dans leur entourage un certain nombre d'hommes ayant clos un premier chapitre, certes surtout des épaves, mais par-ci par-là il y avait quelques bons plans. Orna repoussa toutes les propositions. Quant au site de rencontre, à part deux ou trois nouveaux profils par semaine, elle ne cessait de recroiser les mêmes visages, avec les mêmes mots, tous tentant en vain de cacher leur solitude sous de belles phrases. « En quête du grand amour, pas moins », « recherche une partenaire pour la vie », « homme comme on n'en rencontre pas souvent, sincérité garantie, pas de mensonge, avec moi c'est bas les masques ». Tous sonnaient faux, certains étaient trop gros à son goût, d'autres trop jeunes – Orna ne comprenait pas ce que des hommes de vingt-huit à trente ans cherchaient là, de même qu'elle ne comprenait pas pourquoi elle y revenait plusieurs fois par semaine, sans réel désir. D'ailleurs, lorsqu'elle écrivit à Guil pour convenir d'un nouveau rendez-vous, elle le fit sur un coup de tête, sans aucune préméditation… bien que l'idée l'ait effleurée à plusieurs reprises au cours des dernières semaines.

Il répondit deux ou trois heures plus tard : « Avec plaisir, mais uniquement si vous ne le faites pas par pitié. »

Elle lui envoya un smiley puis ajouta, au bout de quelques minutes : « Par auto-apitoiement, ça vous va ? »

La fête de la Pâque arriva. Chez elle, le repas traditionnel fut bien triste : c'était leur premier séder depuis le divorce. Avec son fils et sa mère, elle se rendit à Karkour, chez son frère. Comme d'habitude, il y eut trop de nourriture et de conversations qui lui firent involontairement mal. Personne ne mentionna Ronèn, mais Erann resta collé à elle toute la soirée, refusa d'aller jouer avec ses petits cousins et ne participa pas à la recherche de l'afikomane [1]. Le lendemain, elle se réveilla avant six heures. Le ciel était plombé, la température étonnamment basse pour la saison. Elle avait déjà remisé tous leurs vêtements d'hiver en haut de l'armoire et n'avait pas la moindre idée de la manière dont elle allait occuper son fils durant ces vacances scolaires.

La baby-sitter devait réviser pour ses bacs blancs et ne fut disponible que le mercredi suivant, ce qui, en fait, lui convint très bien. Milieu de semaine, pas trop de fêtards dans les rues. Sauf que Guil s'excusa, ce soir-là, il avait un rendez-vous avec une autre femme, « mais si c'est votre seul créneau de la semaine, j'annule », écrivit-il. Loin de plaire à Orna, cette sincérité lui donna la nausée au point qu'elle faillit annuler. Suis-je juste de la chair fraîche, se demanda-t-elle, exposée sur l'étal d'un marché aux bestiaux…

1. Morceau de pain azyme que, selon la tradition, les enfants volent puis cachent en début de repas et que l'adulte officiant doit trouver pour pouvoir clore le séder (*N.d.T.*).

Peut-être était-ce inévitable.

« Pouvons-nous, cette fois, nous retrouver ailleurs qu'à Tel-Aviv ? demanda-t-elle.

— Bien sûr, là où ça vous arrange. Jaffa ? Guivataïm ? La marina de Herzlya ?

— Guivataïm, ce n'est pas votre quartier ? Quoi, vous n'avez pas peur que vos filles ou votre ex-femme passent devant le café où nous serons attablés ?

— C'est tout près, oui, mais sincèrement, ça m'est égal. Il y a quelques endroits sympas qui se sont ouverts dans mon coin, rue Katzenelson par exemple. Cela dit, je peux aussi me déplacer où vous voudrez. »

Chose étrange, elle ne ressentit aucun stress avant cette deuxième rencontre. Comme si elle allait prendre un pot avec une collègue de travail, ou comme s'il était vraiment « l'ami » dont elle avait parlé à Erann.

Elle choisit une tenue de tous les jours et se maquilla à peine, peut-être voulait-elle indiquer par là qu'elle ne rentrait pas dans le jeu de la séduction. Guil avait gardé son allure sportive, même jean et mêmes runnings, mais cette fois il portait un tee-shirt blanc. Elle se fit la réflexion qu'il paraissait avoir un peu maigri depuis leur précédente rencontre, alors qu'en général les hommes grossissent pendant la Pâque. Cette fois aussi elle arriva en retard au café parce qu'elle avait eu des difficultés à se garer à Guivataïm. Ils échangèrent un baiser sur la joue, amical, qui correspondait à une relation plus avancée que la leur. Guil avait mis un parfum qu'elle ne connaissait pas et dont l'odeur lui plut tout de suite. Quelque chose de très sucré, de chocolaté, de ces fragrances dont on ne se lasse pas.

Au cours de cette rencontre, elle s'efforça de se montrer sous un jour moins mélancolique, d'être plus loquace, poussée en cela par la peur, à un moment donné, qu'il ne regrette d'avoir annulé pour elle son autre rendez-vous galant. Elle ne se départit tout de même pas de son rôle d'intervieweuse qui écoute plus qu'elle ne parle – ce qu'il accepta comme la première fois.

« Alors racontez-moi, ça vous arrive souvent de rencontrer des femmes de cette façon ? lui demanda-t-elle.

— Moins qu'avant, mais oui, pas mal. Je n'ai pas grand-chose d'autre à faire de mes soirées.

— Et ça n'aboutit jamais ? »

En général, non. La plupart ne le recontactaient pas après un premier rendez-vous, et si, de temps en temps, certaines l'avaient fait, c'est lui qui n'avait pas voulu donner suite. Rares avaient été les premiers rendez-vous qui avaient débouché sur un deuxième, et jusqu'à présent seules trois rencontres avaient évolué vers quelque chose de… disons sérieux. Trois en un peu plus de deux ans.

Un vague coup de blues menaça de la submerger, comme si Guil décrivait ce qui l'attendait, mais elle se secoua. Être moins cafardeuse, plus volubile. Ne pas sombrer cette fois. Et elle eut l'impression d'y arriver, oui, elle se montra plus expansive, plus joyeuse, sans doute aidée en cela par le cidre chaud au vin rouge qu'elle commanda. Guil lui révéla qu'il s'arrêtait souvent dans ce café le matin en allant à son cabinet. L'établissement était rempli de jeunes, ce qui, ce soir-là, la dérangea beaucoup moins, peut-être même y trouva-t-elle un certain soutien. De plus, son compagnon avait, cette fois, pris un verre de vin rouge, ce qui contribua aussi à la décoincer.

« Quand vous dites “quelque chose de sérieux”, vous parlez de coucher ensemble ? demanda-t-elle, étonnée par sa propre témérité.

— Entre autres. Il s'agit de relations qui se sont prolongées au-delà des deux ou trois premiers rendez-vous, quelque chose a commencé à se passer entre nous et pouvait être perçu comme un début de liaison.

— Et pourquoi ça n'a pas marché ?

— Elles ne sont sans doute pas tombées amoureuses de moi et réciproquement. Le peu qu'on a ressenti au début s'est finalement dissipé. »

Il avait apparemment décidé d'éviter de parler du divorce, peut-être avait-il compris que ça avait gâché leur première rencontre, et cette fois ce fut Orna qui remit le sujet sur le tapis. Elle se sentait mieux armée pour affronter des souvenirs… qui effectivement affluèrent dès qu'elle lui posa des questions sur son ex-femme et ses filles – ce qu'elle fit intentionnellement, pour se prouver qu'elle en était capable et que oui, comme le lui avait assuré le psy d'Erann, les plaies se cicatrisaient en elle sans qu'elle s'en rende compte.

Après le cidre, elle commanda un verre de merlot, et ce n'est qu'à ce moment-là que Guil demanda lui aussi un deuxième verre. Il avait terminé le sien depuis longtemps, mais attendait sans doute qu'elle lui indique si elle voulait filer rapidement ou non, s'il pouvait, sans que ce soit interprété comme de la suffisance de sa part, renouveler sa commande. Lorsqu'elle se retrouva seule dans sa voiture sur le chemin du retour, elle se demanda si le plaisir qu'elle avait tiré de cette rencontre était lié à cet homme en particulier ou plutôt à la répétition, au fait qu'ils se connaissaient déjà : elle s'était familiarisée avec la manière dont il baissait la voix quand il lui posait une question qu'il craignait trop intime, avec la main qu'il passait dans ses cheveux clairs, le sourire qui accompagnait sa réponse à une question embarrassante, la déception qui se lisait dans ses yeux dès qu'il avait l'impression de l'avoir heurtée par ses propos, la joie qui le submergeait quand il parlait de Noa et de Hadass.

La convention de divorce qu'il avait signée avec sa femme instaurait une garde alternée, sauf que, dès le début, il avait senti que ces allers-retours étaient pénibles pour ses filles, qu'elles préféraient rester toute la semaine dans l'appartement où elles avaient grandi, dormir dans leurs chambres d'enfant. Il n'avait donc pas insisté, malgré les frais non négligeables qu'il avait engagés pour qu'elles aient de belles chambres chez lui. Ensuite, il avait décidé de leur donner, à chacune, une clé de son appartement et leur avait dit qu'elles pouvaient débarquer n'importe quand, sans prévenir ni frapper à la porte. Les trois premiers mois, elles n'étaient quasiment pas venues et lui avaient toujours envoyé un SMS avant leurs rares visites, mais c'était lentement en train de changer. À présent, il revenait du cabinet en fin de journée et les trouvait parfois dans sa cuisine ou son salon, penchées sur leurs devoirs ou en train de regarder la télé. Surtout Noa, la grande. Il habitait à moins de dix minutes à pied de son ancien domicile. Sa femme n'y voyait pas d'inconvénients, si bien que cette nouvelle adresse prenait presque un air de refuge pour les deux adolescentes… Peut-être aussi était-ce pour elles le parfait moyen de tester ce que ça serait d'avoir leur propre appartement. Maintenant, elles dormaient chez lui trois à quatre fois par semaine, révisaient leurs contrôles sans être dérangées, préparaient le dîner et rangeaient sans qu'il ait à le leur demander.

« Et il y a quinze jours, j'ai même noté une évolution importante : Noa a un petit copain et elle l'a invité à dormir pour la première fois non pas chez sa mère, mais chez moi, dans sa nouvelle chambre. Elle aura dix-sept ans le mois prochain et on hésite avec mon ex à lui acheter une voiture… dont je paierai évidemment la plus grosse partie, vu que ma situation financière est meilleure que la sienne. »

Au cours de cette rencontre, ce fut la seule fois où Orna songea à son propre cas. Comme tout était différent chez eux ! Un instant, elle craignit que ses efforts pour juguler son désespoir et son amertume ne tournent court et que son mal-être ne réapparaisse soudain sur son visage, comme sous un maquillage qui aurait dégouliné. Elle se rassura en repensant aux paroles du psy : « Ne le pressez pas, Orna, donnez-lui du temps, à votre fils. Il est en train de surmonter la crise, exactement comme vous, même si vous ne le voyez pas. »

Cette fois, la soirée passa vite.

Ils ne se quittèrent que vers minuit et demi, parce qu'elle devait rentrer. Et, étrangement, ils ne se firent pas la bise. Dommage, au moment de le quitter, elle aurait aimé respirer à nouveau son parfum chocolaté.

Cette nuit-là, un peu avant une heure du matin, il lui envoya un SMS : « C'était très chouette, Orna. Merci.

— Merci à vous », répondit-elle.

3

Ce qui la surprit, ce fut à quel point il se montra patient.

Au début, elle pensa que c'était parce qu'il sortait avec d'autres femmes, mais non : il lui assura qu'après leur deuxième rendez-vous il avait décidé de donner une vraie chance à leur relation, ce qui signifiait ne plus chercher à rencontrer qui que ce soit. Il ne s'était cependant pas désinscrit du site. Elle ne lui en fit pas la remarque de peur de passer pour une espionne jalouse. Et puis, elle ne voulait pas qu'il sache qu'elle continuait de son côté à se connecter. Elle ne cherchait pas vraiment, c'était plutôt par curiosité envers les nouveaux inscrits. Comme si elle craignait de rater quelque chose.

Printemps. Mois de mai.

Ils s'étaient revus encore une fois en avril.

Ils se revirent trois fois en mai, pas plus.

Au lycée, à l'approche des épreuves du bac, la tension et la surcharge de travail étaient à leur comble. À la maison, Erann parlait de son anniversaire qu'il fêterait le mois suivant.

Deux heures avant un des trois rendez-vous de mai, la baby-sitter lui annonça qu'elle ne pouvait pas venir, prétendant qu'elle avait de la fièvre. Orna songea d'abord à annuler puis se ravisa – elle avait très envie de sortir, cela faisait des jours qu'elle courait entre la maison et le lycée et inversement. Elle téléphona à sa mère pour lui demander si elle pouvait venir garder le petit. Elle savait que cela lui vaudrait un mitraillage de questions, ce qui ne manqua pas. Elle préféra mentir et lui donna le nom de Sophie, une de ses meilleures amies que sa mère connaissait très bien, prétextant une soirée entre filles. Elle eut cependant conscience que l'élégante robe courte qu'elle portait était criante de mauvaise foi.

Mais si elle avait décidé, pour l'instant, de ne parler de Guil à personne sauf au psychologue, c'était parce qu'elle ne savait pas quoi en dire : elle n'était pas amoureuse et rien ne s'était encore passé entre eux. Et puis, peut-être y avait-il une part de superstition, peut-être espérait-elle que si elle n'en parlait pas il se passerait justement quelque chose. Ne recommandait-on pas, pour qu'un mets mijote bien sur le feu, de couvrir la casserole ? Exactement comme cette écrivaine qu'elle avait entendue un jour expliquer à la télévision pourquoi, pendant le temps de l'écriture, elle ne montrait jamais ses textes.

Pour l'instant, leurs contacts physiques se limitaient à un vague effleurement de lèvres sur la joue en début et en fin de rencontre. Guil sortait-il tout de même avec d'autres femmes ? Peu importe, elle refoulait certaines pensées et certains sentiments pour pouvoir fonctionner, et ces rendez-vous l'aidaient incontestablement à se reconstruire, à préserver une apparence de vie normale.

Le matin, elle se levait, réveillait Erann en lui chuchotant : « Bonjour, mon amour à moi », caressait ses beaux cheveux noirs, souriait à ses yeux qui s'ouvraient, puis ils se préparaient, elle pour le lycée, lui pour l'école.

En classe, elle suivait scrupuleusement le programme scolaire avec ses élèves en vue du bac de lettres ; l'après-midi, elle faisait les devoirs avec son fils, donnait quelques cours privés pour améliorer leur quotidien et même, en général, trouvait le temps de cuisiner pour le dîner ; le soir, il lui arrivait de sortir avec un homme qu'elle venait de rencontrer. Tout allait bien. Rien n'était irrémédiablement cassé en elle.

Guil et elle appréciaient plutôt le même genre de restaurants et de films, il veillait à ne rien dire qui puisse la mettre dans une situation désagréable ou l'embarrasser, il était beau et elle aimait bien se promener avec lui dans la rue. Il s'exprimait mieux que la moyenne des Israéliens, parfois même employait un langage plus correct, voire plus soutenu que le sien. Il était attentionné, patient, bref, la vie continuait et elle, Orna, ne se désintégrait pas.

Il lui arrivait cependant, à d'autres moments, d'être rattrapée par la tristesse ou un fol espoir, ce qui mettait à mal ses efforts pour se persuader qu'elle avait retrouvé ses marques. Penser qu'elle sortait avec un autre homme que Ronèn la terrifiait, surtout parce que, à ses yeux, chercher le réconfort dans de telles broutilles – le goût partagé pour les sushis ou la sveltesse de son compagnon de sortie – la transformait un peu en une autre femme, ou comme si, en quelques semaines, elle avait anormalement vieilli.

Le psy avait beau lui assurer que sous la partie émergée de sa réalité – une réalité qui, en général, lui apparaissait comme un champ de ruines – le temps tissait un nouvel ordre, redistribuait les cartes, elle n'arrivait à le croire que quelques minutes, jamais davantage.

Ce fut le soir où sa mère vint garder Erann qu'ils allèrent au cinéma pour la première fois, voir *Interstellar*, au Yes Planet, la salle du centre commercial Ayalon. Bouleversée par la relation entre le père et sa fille, Orna, qui, bien sûr, pensa à Erann et Ronèn, n'arriva pas à retenir ses larmes et se mit à pleurer au moment du générique de fin. Ils allèrent ensuite dîner dans un restaurant japonais du quartier de la Bourse, et là, elle lui parla enfin de son ex-mari et de son fils, un enfant « différent », renfermé et très fragile, qui aurait neuf ans en juin, pas très grand pour son âge, lui expliqua-t-elle, et qui n'avait presque pas d'amis à cause d'une timidité maladive, mais une belle chose, toute nouvelle, allait peut-être changer la donne : il s'était découvert un merveilleux sens de l'humour. Depuis, il s'en servait beaucoup, essayait de faire rire les gens, elle surtout, oui, et qu'est-ce qu'il était heureux quand ça fonctionnait ! En classe, il n'osait pas encore. Il avait une prédilection pour les avions, les modèles réduits, les drones, bref, tout ce qui volait. Récemment, il avait aussi montré un vif intérêt pour les petites voitures et avait commencé une collection, principalement constituée des miniatures qu'elle lui achetait. Dès la naissance, cet enfant avait été très proche d'un père qui, pourtant, n'était pas beaucoup là : guide touristique à l'étranger, il s'absentait souvent et durant de longues périodes. Aujourd'hui, Ronèn exerçait la même activité, mais à partir du Népal où il vivait. Il n'avait pas revu son fils depuis un bref séjour en Israël au mois de décembre, quand il était venu signer les papiers du divorce.

Tout en parlant, elle posa la main sur la table, sentit qu'il avait envie de l'effleurer et espéra qu'il s'en abstiendrait. Ce soir-là, il ne la questionna quasiment pas, il avait compris à quel point le sujet était délicat. Orna, pour sa part, en raconta autant qu'elle le put : son ex allait épouser une Allemande prénommée Ruth qui avait trois ans de plus que lui et déjà quatre enfants, ils habitaient à Katmandou où ils tenaient une auberge et elle était enceinte. Il avait promis de rester en contact avec eux et de revenir souvent voir son fils mais ne l'avait pas fait. Ne l'appelait même plus par Skype depuis la fin du mois de février.

« Est-ce qu'Erann le réclame ? Est-ce qu'il en parle ?

— Pas avec moi. C'est comme s'il n'avait jamais eu de père. Mais il en parle avec son psy. J'espère que ça suffit. »

Guil s'inquiéta pour sa pension alimentaire, mais elle lui expliqua qu'elle la recevait comme convenu, par virements mensuels sur son compte en banque… enfin, c'étaient ses ex-beaux-parents qui la payaient. Ils rendaient aussi visite à leur petit-fils une à deux fois par mois, quand ils descendaient jusqu'à la région Centre. Elle avait envisagé de leur fermer sa porte parce qu'elle pensait que ces rencontres étaient préjudiciables, mais lorsque le psy avait demandé à Erann s'il était content de voir son papi et sa mamie paternels il avait répondu que oui.

La patience de Guil était-elle liée à ce qu'elle lui raconta ce soir-là ? Pas sûr, car en fait, depuis le début de leur relation, il se comportait comme s'il avait tout son temps. Il n'insistait jamais pour qu'ils se revoient, la laissait prendre l'initiative de leurs rendez-vous, proposait toujours de payer l'addition, ne s'entêtait pas quand elle refusait. Orna avait demandé à ce qu'ils partagent systématiquement les frais et elle ne se laissait inviter que les fois où ils allaient juste prendre un verre, ce qui ne coûtait jamais très cher. À l'évidence, il avait de l'argent, comme il le lui avait clairement signifié dès leur première rencontre, mais il ne l'affichait pas. Un soir, ils venaient de partir chacun de leur côté, elle le vit entrer dans sa voiture, un Kia Sportage rouge qui paraissait neuf. Et puis, il réussissait parfois, pourquoi le nier, à l'intriguer. Elle captait des zones d'ombre en lui et sentait que sous son air de M. Tout-le-monde il cachait un homme plus intéressant, qu'elle ne connaissait pas encore. Un vendredi, lors d'une de leurs premières conversations téléphoniques par exemple, elle lui avait demandé comment s'était passée sa semaine et, à sa grande surprise, il lui avait répondu qu'il revenait tout juste de trois jours à Varsovie alors qu'il n'avait pas du tout mentionné ce voyage au cours de leurs précédents échanges.

« À Varsovie ? s'était-elle étonnée. Pour des vacances ou le boulot ?

— Pour le boulot. Qui irait passer des vacances à Varsovie ? »

Le soir où, après le cinéma, ils étaient allés dîner dans un restaurant japonais et qu'elle lui avait enfin parlé d'Erann et de Ronèn, elle lui avait ensuite demandé d'un ton volontairement joyeux – pour changer de sujet et ne pas se laisser happer par sa mélancolie : « Alors dites-moi, comment occupez-vous les soirées où on ne se voit pas, si je peux me permettre une telle question ?

— En général, j'en profite pour lire. Je rentre du cabinet vers dix-huit heures trente, dix-neuf heures, vingt heures si je vais d'abord à la salle de sport… Si les filles viennent, je reste un peu avec elles, parfois on dîne tous les trois ensemble, après on regarde les infos ou une de leurs séries préférées. En ce moment, c'est un truc abominable, ça s'appelle *The Walking Dead*. Je n'apprécie pas du tout les zombies mais je me les farcis pour elles. Quand je suis seul ou après leur départ, je passe presque toute ma soirée à bouquiner. Avant mon divorce, je n'étais pas un grand lecteur, mais depuis, et bien que ça n'ait aucun rapport, je me suis imposé une hygiène de vie : éteindre mon portable et ne pas allumer l'ordinateur chez moi après ma journée de travail. »

Il ne lisait pas de romans, mais des biographies, des documentaires sur les services secrets – sur les activités du Mossad par exemple –, des livres d'histoire sur la Seconde Guerre mondiale et aussi toutes sortes d'ouvrages de vulgarisation scientifique du genre *Une brève histoire de l'humanité* de Yuval Noah Harari, qu'elle aussi avait lu. Il ne regardait jamais la télé quand il était seul, non par idéologie, mais parce qu'il était arrivé à la conclusion que c'était une perte de temps et qu'il décompressait bien mieux avec un bouquin. Orna, honteuse, se reprocha d'avoir, jusqu'à cet instant, pensé qu'il était le plus superficiel des deux, alors que, depuis plus d'un an, elle n'avait pas ouvert de livres à part ceux qu'elle lisait à Erann.

Elle regretta qu'il ait remplacé son eau de toilette chocolatée par une autre, plus forte, mais à ce stade de leur relation, elle ne pouvait pas encore se permettre une telle remarque. Pendant cette période, il lui arriva à deux reprises – la première lorsqu'ils étaient assis face à face et la seconde au cours de la nuit qui suivit – de se le représenter un court instant sans vêtements. Elle le vit nu, debout devant elle, imagina un torse glabre, très blanc, plus épais que celui de Ronèn, des jambes moins fines et moins musclées mais peut-être plus longues. Elle espérait que, malgré cela, il ne serait pas du genre guimauve, et aurait des pectoraux bien durs. Dans son fantasme, elle aussi était quasiment nue, n'avait gardé que sa petite culotte. Cependant, même en imagination, quelque chose les empêchait de se toucher, ils restaient là à s'observer attentivement, dans une chambre à coucher qui n'était ni la sienne ni aucune autre pièce qu'elle connaissait et pourtant, la situation aurait pu déboucher sur un contact physique, oui, il y avait dans l'air comme une possibilité de rapprochement entre leurs deux corps.

Cela dit, au mois de mai, l'évolution réellement notable entre eux, ce furent les conversations téléphoniques. Elles commencèrent au milieu du mois, quelques jours après leur quatrième rencontre, un dîner dans un restaurant de poissons onéreux du port de Tel-Aviv après lequel ils s'étaient séparés comme les fois précédentes, sans promesse ni rien convenir pour la suite. Un soir, après avoir lu à Erann son histoire quotidienne, rangé la cuisine et s'être vainement assise devant son ordinateur, elle alluma la télévision, tomba sur la version israélienne et terrifiante du *Loft*, la regarda pendant quelques minutes et pensa à Guil qui devait être en train de lire chez lui. Elle éteignit le poste et lui envoya un message mais il ne répondit pas... Rien d'étonnant, se souvint-elle alors, ne lui avait-il pas dit qu'il se forçait à éteindre son téléphone le soir ? Du coup, sans réfléchir, elle l'appela mais cette fois, au lieu d'utiliser son portable, elle le fit de sa ligne fixe.

Ce numéro, il ne le connaissait pas et pourtant, il répondit tout de suite. En fait, expliqua-t-il alors à Orna, il n'avait pas éteint son appareil ce soir-là parce que Hadass, sa cadette, était encore chez lui. Et il n'avait pas vu le SMS qu'elle lui avait envoyé.

« Tu veux que je te rappelle plus tard ? » demanda-t-elle.

Elle ne se rendit compte qu'après avoir parlé qu'elle était passée au tutoiement, mais apparemment il trouva ça aussi naturel qu'elle.

« Non, non, attends une minute. Je vais dans l'autre pièce. »

Ces échanges n'étaient jamais bien longs et n'avaient en général pas de but précis. À peu près tous les trois ou quatre jours, surtout s'ils ne s'étaient pas vus dans l'intervalle, elle l'appelait. L'initiative ne venait jamais de lui, mais il avait décidé de ne plus éteindre son téléphone le soir, se contentant de le mettre en mode silencieux, et effectivement, il répondait à chaque fois. Ce qu'elle constata, c'est qu'elle utilisait systématiquement son fixe, comme si elle cherchait à retrouver une sensation forte de son adolescence : elle avait quatorze ans, un premier petit copain (de la classe parallèle à la sienne) qui s'appelait Sharon Lugassy, et dans sa chambre il y avait bien une prise téléphonique mais pas d'appareil. Alors, chaque fois qu'elle voulait lui parler sans témoins, elle prenait celui du salon, le branchait sur sa prise orpheline, s'enfermait à clé et composait le numéro du garçon. En général, c'était la mère qui décrochait et Orna posait une question aujourd'hui obsolète : « Bonjour, est-ce que Sharon est là ? »

À l'époque, tout comme avec Guil maintenant, ces échanges téléphoniques n'avaient pas de but défini. Les jeunes tourtereaux ayant passé la journée ensemble au lycée, ils n'avaient pas grand-chose à se dire, et pourtant, ces discussions étaient essentielles pour leur relation. Même quand ils se taisaient.

Avec Guil, il n'y avait quasiment pas de temps mort.

« Comment ça s'est passé aujourd'hui au cabinet ? À moins que tu n'aies fait un saut à Moscou ?

— Eh bien non, figure-toi ! Je suis resté cloué à ma chaise, coincé dans mon bureau.

— Tu n'es même pas allé à la salle de sport ? Si c'est le cas, j'espère que tu t'es privé de déjeuner.

— J'avoue que je n'ai pas eu le temps. Les filles se sont annoncées pour le dîner. J'irai peut-être demain, de bonne heure. Je dois absolument trouver un moment.

— Tu es en train de lire ?

— Pas encore. Et toi, comment vas-tu ? Erann ? »

Chaque fois qu'elle l'entendait prononcer ce prénom, un drôle de sentiment l'envahissait, ambivalent et surtout très dérangeant. Elle supportait mal de ne pas donner à son fils davantage de précisions sur Guil et la relation qui se nouait entre eux, de continuer à prétendre qu'elle rencontrait un simple ami. Sa mère lui avait demandé à plusieurs reprises si elle « avait quelqu'un », mais elle avait refusé de répondre.

Leurs conversations duraient dix minutes ou un quart

d'heure, jusqu'à ce qu'elle profite d'un instant de silence pour dire : « Bon, eh bien, bonne nuit.

— Bonne nuit à toi aussi. »

Pour éviter tout malentendu, elle avait préféré ne pas lui avouer que ces coups de fil lui rappelaient Sharon Lugassy, son premier flirt.

4

L'anniversaire d'Erann fut fêté au début du mois de juin.

L'usage étant d'inviter tous les enfants de la classe un vendredi après-midi, les parents organisaient habituellement un goûter dans le parc du quartier ou à la maison et, sans trop se casser la tête, occupaient les enfants pendant deux heures. Pour cet anniversaire, Orna décida de prendre un risque et d'offrir à son fils une animation cerfs-volants sur la plage de Rishon leZion. Cette initiative obligeait les parents à renoncer à leur sieste hebdomadaire pour accompagner et venir chercher leur rejeton. Pas évident. Un papa lui suggéra de louer un grand minibus pour toute la classe mais elle ne voulait pas prendre la responsabilité d'un transport collectif, sans compter que de toute façon elle n'en avait pas les moyens – les frais pour organiser l'événement dépassaient déjà de beaucoup son budget. Elle eut alors l'idée de constituer un groupe WhatsApp pour planifier un covoiturage et fit miroiter de la bière fraîche et de la pastèque aux volontaires qui resteraient au bord de la mer avec eux au lieu de faire l'aller-retour.

La fête devait commencer à seize heures trente. Orna fut

sur place dès quinze heures avec sa mère et Erann ainsi que la conseillère d'éducation de l'école qui suivait le garçon depuis le divorce et l'aidait à s'ouvrir, à aller vers les autres. Cette femme merveilleuse avait même demandé à son petit copain de venir les épauler pour la logistique. Outre les enfants de la classe, Orna avait proposé aux parents de Ronèn (bien qu'elle n'y fût pas obligée) de se joindre à eux, mais ils avaient décliné l'invitation, soit qu'ils craignaient d'être mal à l'aise, soit parce qu'ils ne voulaient pas croiser l'autre grand-mère. Ils promirent cependant d'organiser une fête d'anniversaire en famille dans leur moshav[1].

Les adultes installèrent les tables de plage pliantes sur lesquelles ils posèrent des boissons et des assiettes remplies de friandises. À quinze heures trente, on lui livra les grandes nattes de plage et les poufs qu'elle avait loués pour l'occasion, et à seize heures arriva l'animateur avec une équipe de trois lycéens. Tout ce temps, Erann tournait entre eux, captivé par le drone que sa mamie venait de lui offrir (sa vraie date d'anniversaire n'était que le lendemain mais elle n'avait pas pu se retenir). Lorsque les batteries furent à plat, il vint aider à disposer les chips et les cacahuètes dans les bols. La seule chose qui restait aléatoire, c'était le vent.

À seize heures quarante, seuls trois gamins étaient là et la grand-mère commença à montrer des signes d'inquiétude. Heureusement, dix minutes plus tard, arrivèrent quatre voitures avec la majorité des invités. La fête commença. Des trente-trois élèves que comptait la classe, deux avaient

1. Un moshav est un village organisé en coopérative agricole (*N.d.T.*).

prévenu qu'ils ne pourraient pas venir et vingt-huit étaient là. Pendant tout l'après-midi, Orna n'eut pas le temps de penser, mais le soir, lorsque, de retour chez eux, ils ouvrirent les cadeaux, elle fut submergée de gratitude envers tous ceux qui l'avaient aidée à faire de cette journée le plus bel anniversaire qu'ait jamais eu son fils : les parents, les gamins, l'animateur et même sa mère. Elle y vit la preuve de ses qualités d'organisatrice et surtout de l'affection que les enfants et leurs parents éprouvaient pour son garçon : malgré un caractère solitaire et trop renfermé, Erann était considéré comme partie intégrante de cette classe et tous s'étaient mobilisés pour le soutenir en cette période compliquée. Car même si elle n'avait parlé à personne de son divorce, elle savait que l'école entière était au courant de ce qu'ils traversaient, elle et lui.

Après avoir réparti les participants en quatre équipes, l'animateur avait demandé à chacune de construire puis de décorer un cerf-volant à partir de pièces détachées qu'il avait préparées à l'avance. Cette activité manuelle se termina vers six heures moins le quart mais comme il n'y avait pas assez de vent, ils passèrent à la partie buffet, gâteau et bougies à souffler. Elle découvrit qu'elle avait eu beau faire des listes, elle avait oublié d'apporter une chaise sur laquelle on pourrait soulever dix fois (neuf pour les neuf ans, plus une pour l'année à venir) le roi de la fête, mais un des pères proposa d'utiliser un pouf et ce fut même mieux : Erann s'allongea dessus, tête renversée et regard vers le ciel pendant qu'on le lançait dans les airs. Quand le soleil commença à baisser, le vent se renforça, les cerfs-volants purent enfin décoller et ils montèrent très haut, tels d'immenses papillons. L'effet fut tel qu'il attira de nombreux curieux, et enfants comme adultes se rassemblèrent autour d'eux sur la plage. Même la mère d'Orna fut obligée d'admettre que l'idée se révélait excellente et que l'argent investi était justifié. Lorsque, en fin de journée, elle signa le chèque pour l'animateur, elle le fit sans discuter comme à son habitude ni donner aux autres l'impression d'être exploitée. En tout, ça leur avait coûté presque deux mille cinq cents shekels.

Le samedi fut une journée calme, qu'ils passèrent à la maison.

Erann se réveilla tôt et vint la retrouver dans son lit. Elle lui chanta « Joyeux anniversaire », chuchoté dans le creux de l'oreille. Ensuite, elle lui offrit le cadeau qu'elle lui avait acheté après moult hésitations et concertations avec le psychologue. Ce n'était pas quelque chose de faramineux, juste un cahier à couverture en cuir brun avec des pages unies et épaisses reliées par un ruban. Il pourrait y écrire ce qu'il voulait en indiquant la date en haut de chaque page et en y relatant ce qu'il avait fait, vu et pensé durant la journée, lui expliqua-t-elle. Il courut dans sa chambre puis vint la retrouver dans la cuisine quelques minutes plus tard pour lui montrer ce qu'il y avait déjà inscrit. Comme elle n'avait pas précisé qu'il fallait commencer par le début, il avait rempli la page du milieu en grandes lettres au feutre vert : « Aujourd'hui, c'est mon anniversaire de 9 ans. Maman m'a acheté un cahier. Papa va peut-être me téléphoner sur l'ordinateur. » Pour le déjeuner, elle lui prépara ce qu'il préférait, des foies de volaille aux oignons frits et de la purée. Ils mangèrent avec la grand-mère qui avait apporté un nouveau gâteau au chocolat, cette fois sans bougies, et qui, à la fin du repas, demanda discrètement à Orna si Ronèn avait appelé pour souhaiter un bon anniversaire à son fils.

Elle ne répondit pas, continua à débarrasser la table et à ranger les assiettes dans le lave-vaisselle, stupéfaite d'entendre soudain sa mère marmonner : « Quel salaud. »

Erann était dans sa chambre en train de regarder la télévision.

Les jours qui avaient précédé l'événement, elle avait parlé au psy pour savoir comment expliquer à un enfant si délicat que son père ne serait pas là pour son anniversaire et le professionnel avait répété plusieurs fois qu'elle devait absolument obtenir de Ronèn qu'il appelle, c'était la moindre des choses. Elle avait donc ravalé sa dignité et envoyé à son ex-mari un mail ainsi qu'un message par Skype, ce qu'elle n'avait pas fait depuis des mois : « J'espère que tu n'as pas oublié qu'Erann a son anniversaire samedi prochain. C'est très important que tu l'appelles pour le lui souhaiter. » Ronèn n'avait pas répondu, mais elle espérait tout de même qu'il avait vu ses messages.

Sa mère partit en début d'après-midi et elle resta seule avec son fils.

Elle lui proposa d'aller au cinéma mais il préférait rester à la maison. Elle comprit que c'était parce qu'il attendait un appel de son père. Ils jouèrent au Monopoly dans le salon puis il retourna s'enfermer dans sa chambre et regarder la télévision. Elle corrigea ses copies. À intervalles réguliers, elle allait vérifier que Skype était bien ouvert, qu'elle était connectée ou qu'il n'y avait pas de problèmes d'Internet. Au fil des heures, elle sentit sa haine aller croissant et essaya de se raisonner, sachant que cela n'aiderait pas Erann, au contraire. Tout faire pour ne pas laisser Ronèn gâcher les deux journées de bonheur qu'elle et personne d'autre avait offertes à son garçon, oui, qu'elle et elle seule avait réussi à lui offrir en dépit des circonstances. Elle seule, avec l'aide de ceux qui les aimaient tous les deux.

Le soir, avant de lui lire son histoire quotidienne, elle lui répéta plus ou moins les prétextes qu'elle avait préparés avec le psy au cas où l'appel tant attendu n'arriverait pas : « Papa n'a peut-être pas encore réussi à te joindre, mais je suis sûre qu'il va te faire signe et qu'il pense à toi et à ton anniversaire. Et aussi, il y a des heures de décalage entre nous et le pays où il habite, alors c'est peut-être à cause de ça. Quoi qu'il en soit, tu sais que papa t'aime beaucoup-beaucoup-beaucoup-beaucoup. Tu le sais, n'est-ce pas ? »

Elle envisagea d'appeler Ronèn pour l'insulter comme sa mère l'avait fait, mais à quoi bon ? Il n'aurait pas décroché. Elle se rabattit sur Guil qui, lui, avait éteint son téléphone. Leur dernière conversation remontait au mardi dans la soirée. Elle lui avait raconté les préparatifs de la fête et avait terminé par : « On n'aura sans doute pas l'occasion de se reparler d'ici là. »

Le vendredi, il lui avait envoyé un SMS de très bonne heure : « Je te souhaite que cette importante journée se passe le mieux possible ! Et bon anniversaire à vous deux. »

Comme elle avait absolument besoin de parler à quelqu'un, elle appela Sophie mais éclata en sanglots au bout de quelques mots, des sanglots amers, lourds de toute la tension de la semaine écoulée. Par chance, Itzik, le mari de Sophie, était à la maison, ce qui permit à celle-ci de se libérer malgré l'heure tardive. Comme elle habitait à deux pas, elle débarqua en survêtement, à vingt-deux heures quinze. Les deux femmes discutèrent du « cas Ronèn ». Sophie lui dit exactement ce qu'elle voulait entendre – à voix basse pour ne pas réveiller Erann : incroyable que son ex soit aussi dégueulasse, jamais on n'aurait pu imaginer qu'il se comporterait comme un tel salopard, un salopard qui ne méritait pas d'avoir un fils aussi merveilleux !

De quoi lui remonter le moral.

Ce qu'elle n'avait pas prévu, c'est qu'elle lui parlerait de Guil. Cela vint presque naturellement, en réponse à la phrase que Sophie lança soudain : « J'espère vraiment qu'on t'enverra un super mec en compensation de ce minable que tu as épousé ! Je suis certaine que tu finiras par rencontrer quelqu'un de bien.

— Je l'ai peut-être déjà rencontré, répondit alors Orna. Je ne suis encore sûre de rien, mais… je pense que je sors avec quelqu'un. En tout cas, ça y ressemble. »

Sophie, d'abord sans voix tant elle était stupéfaite, s'étonna de n'apprendre la nouvelle qu'à cet instant. Elle voulut tout savoir et Orna alla même jusqu'à lui raconter ce qui n'était pas facile à avouer : qu'elle l'avait trouvé sur un site de rencontre pour divorcés ; qu'ils s'étaient déjà vus sept ou huit fois ; qu'ils se parlaient de temps en temps au téléphone.

Sophie demanda aussitôt à voir une photo et quand elle entendit qu'Orna n'en avait pas dans son portable, elle ne se laissa pas démonter : « Où est le problème ? On va le trouver sur Facebook. »

Étrange, depuis qu'ils se fréquentaient, elle n'avait pas

pensé à aller faire un tour sur les réseaux sociaux, songea-t-elle. Même si, à vrai dire, c'était un peu normal vu qu'elle ne possédait pas de compte. Elles se connectèrent d'ailleurs avec celui de Sophie. Mais lorsqu'elles tapèrent « Guil Hamtzani », en hébreu d'abord puis en lettres latines avec plusieurs orthographes différentes, elles ne trouvèrent rien. Par chance, Orna se souvint qu'il y avait des photos de lui sur le site de rencontre.

« Il a l'air pas mal, trancha Sophie, mais il n'est pas un peu vieux pour toi ? »

Elles en profitèrent pour regarder quelques autres profils, juste par curiosité.

« Ils sont drôlement mignons, commenta son amie. Je devrais peut-être divorcer moi aussi ! » Elle se tut un instant puis demanda : « Alors, c'est sérieux ?

— Aucune idée. Comment savoir ? J'ai l'impression d'avoir oublié ce que c'est. »

Elle se sentit mieux. Eut l'impression que d'avoir levé le voile sur cette relation les rendait, elle et Guil, plus proches. Elle expliqua aussi qu'ils n'avaient pas encore couché ensemble et ne s'étaient même pas embrassés.

« Alors franchement, comment veux-tu savoir où tu en es ? Couche avec lui, on en reparlera après. »

Cette remarque la fit rire et la renvoya aux discussions qui avaient émaillé son adolescence, bien qu'elle n'ait pas rencontré Sophie au lycée mais des années plus tard, par l'intermédiaire de leurs enfants, Erann et Tom. Les deux garçons avaient fréquenté la même crèche puis la même maternelle et ne s'étaient séparés qu'en primaire, parce que

Tom, qui souffrait d'une légère forme d'autisme, avait été scolarisé dans un établissement spécialisé.

Cela se produisit le lendemain.

Le dimanche, alors que le pays reprenait le travail[1], Guil resta injoignable toute la journée, ce qui était plutôt inhabituel.

Il ne l'appela qu'à dix-huit heures et lui demanda tout de suite comment s'était passé l'anniversaire. Elle lui raconta que la fête avait été un succès. Quand elle lui dit qu'elle cherchait à le joindre depuis la veille, il la surprit à nouveau : quasiment sur un coup de tête – et aussi un peu parce qu'il savait qu'elle serait prise tout le week-end et donc qu'ils ne pourraient pas se voir, précisa-t-il –, il était parti à Chypre dès le jeudi soir avec son club de cyclisme du parc haYarkon. Il y avait eu une défection de dernière minute et il avait sauté sur la place libre. Il ne le regrettait pas, tant les paysages qu'ils avaient traversés étaient magnifiques, ils avaient descendu le massif du Troodos jusqu'à la ville balnéaire de Paphos en passant par des forêts de pins et des villages antiques. À Paphos, ils avaient très bien mangé et dormi dans un superbe hôtel. Il se plaignit d'avoir mal partout et elle en déduisit qu'il ne voudrait pas fixer de rendez-vous. Cependant, elle le lui proposa tout de même. La seule réserve qu'il émit, ce furent ses filles : il avait l'impression qu'elles s'étaient annoncées pour le dîner et promit de la rappeler dans quelques minutes. À dix-huit heures trente, il

1. En Israël, le congé hebdomadaire étant le shabbat (vendredi et samedi), le premier jour ouvré de la semaine est le dimanche (*N.d.T.*).

lui envoya un SMS : « J'ai reporté le dîner à demain. On se voit ce soir à neuf heures ? »

Elle sut tout de suite que ce rendez-vous-là serait différent des précédents.

Pas de son fait à lui. Guil aurait apparemment continué comme avant. C'était elle qui se sentait différente. Tout se mélangeait ou plutôt convergeait : le succès de l'anniversaire d'Erann, la défaillance de Ronèn qui n'avait toujours pas appelé et n'avait pas non plus répondu à ses messages, tout cela combiné au fait que son aventure n'était plus un secret et au naturel (non dénué, avait-elle cru déceler, d'un brin d'envie) avec lequel Sophie avait pris la chose.

La randonnée à vélo sous le soleil chypriote lui avait été bénéfique. Guil en revenait bronzé et le tee-shirt rouge qu'il portait le rajeunissait. Elle fut réellement contente de le voir. Ils se retrouvèrent au port, dans le nord de Tel-Aviv, choisirent un restaurant asiatique et s'installèrent au bar, si bien que leurs genoux s'effleurèrent à plusieurs reprises – le sien dénudé car sa robe remontait sur sa cuisse, celui de Guil caché sous un jean bleu.

Elle se sentit délestée du poids du secret, de l'interdit et de la culpabilité, et pour continuer dans ce sens elle afficha une attitude plus libérée, s'efforça de parler sans tabous et même, de temps en temps, lui posa une main sur la cuisse. Au début, à la demande de Guil, elle raconta en détail l'anniversaire d'Erann, puis ils passèrent aux photos des paysages qu'il avait traversés pendant sa randonnée, des photos qu'il avait téléchargées sur Internet et mises dans son téléphone parce que lui, personnellement, n'en avait pris aucune.

« Je peux te poser une question théorique ? lança-t-elle avec une soudaineté dont elle fut la première surprise.

— Les questions théoriques sont celles que les avocats préfèrent.

— Comment procède-t-on en général dans ce genre de situation ? Je veux dire quand on a envie d'être ensemble d'une manière plus… plus intime ? »

Il eut besoin d'un instant pour comprendre.

« Tu veux dire : on va où ? »

Elle confirma et il parut étonné.

C'était comme si, jusque-là, ils avaient été autre chose qu'un homme et une femme qui se rencontraient. Comme si ce soir-là était leur premier rendez-vous que l'on pouvait qualifier de galant.

« En général, ça se résume par : chez toi ou chez moi ? »

Elle ne voulait pas aller chez lui. D'abord parce qu'elle trouvait que c'était prématuré, mais aussi parce qu'elle n'avait pas du tout envie de tomber nez à nez avec ses filles qui pouvaient, comme il le lui avait expliqué, débarquer avec leurs propres clés, sans s'être annoncées. Chez elle, ça n'entrait pas en ligne de compte… même si elle y avait pensé, puisqu'elle avait demandé à sa mère de venir chercher Erann, de le garder pour la nuit et de le conduire à l'école le lendemain.

Bon, mais alors, quoi ? On faisait ça dans la voiture ? Sur la plage ? Question qui, bien sûr, restait théorique.

Guil bafouilla, dit que ça dépendait, et quand elle lui demanda où il était allé avec les femmes qu'il avait fréquentées avant elle, il parla d'hôtels, ce qui, au début, la rebuta. À ça, elle n'avait pas pensé.

« Le genre hôtel de passe comme on voit dans les films ? Ce n'est pas un peu glauque ?

— Je ne sais pas de quels films tu parles, mais non, on n'est pas obligés d'aller dans ce genre d'établissement. On peut prendre une chambre dans n'importe quel hôtel à Tel-Aviv. On réserve pour la nuit. »

Passé ses premières réticences, et sans comprendre vraiment pourquoi, elle fut justement séduite par l'idée.

« Et toi, tu en penses quoi ? lui lança-t-elle. Il est temps, non ? On dirait que tu n'es pas convaincu.

— Si, si… bien sûr que si, mais… est-ce que c'est le bon moment ? J'ai mal partout à cause de ma randonnée et… ça ne fera pas trop tard pour toi ? »

Elle ne voulait pas rester au-delà d'une ou deux heures du matin, afin de dormir un minimum avant sa journée de cours, mais il n'était que vingt-deux heures. Elle lui demanda s'il connaissait un endroit. Remarqua que la question le mettait mal à l'aise.

« Ce n'est pas ce qui manque dans cette ville et on peut aussi chercher sur Internet. »

Ce fut elle qui prit son portable et trouva où aller.

Tandis qu'ils faisaient route vers l'hôtel, elle dans sa vieille Suzuki et lui dans son Kia Sportage, elle aurait encore pu changer d'avis. Mais non. Au contraire. Elle avait même hâte de se retrouver dans une chambre, dans un lit. Elle voulait coucher avec lui pour voir l'effet que ça faisait. Coucher avec lui pour être passée à l'acte.

Elle fut agréablement surprise par le lieu. Bien que ce soit un petit immeuble situé dans une rue résidentielle, il avait l'air d'un véritable hôtel avec, dans un hall chaleureux, une moquette proprette, deux rayonnages remplis de livres, un coin pour prendre du café ou du thé et, assis sur un canapé en cuir marron, un couple de Chinois ou de Japonais qui attendait son taxi. En fait, il ressemblait à tous les hôtels dans lesquels elle avait brièvement séjourné à l'époque où elle était hôtesse de l'air.

Elle fut l'initiatrice, l'instigatrice et l'intrépide, ou du moins la plus hardie des deux. Elle n'avait pas décidé de ce rôle, mais sentait intuitivement que ça ne marcherait pas sans cela, que c'était pour elle le seul moyen d'être sûre d'en avoir vraiment envie.

Dès que la porte de la chambre se referma sur eux, elle se tourna vers lui et l'embrassa. Se plaqua contre lui, remonta sa robe jusqu'aux hanches pour mieux le sentir se frotter contre elle. Ensuite, elle le tira jusqu'au lit, lui ôta son tee-shirt et effleura son dos, qu'elle trouva doux. Au moment où il voulut aller plus vite et se débarrasser lui-même de son pantalon alors qu'elle était encore habillée, elle se sentit soudain, pour un bref instant, partir, s'échapper de la pièce, mais se reprit aussitôt, l'arrêta au milieu du geste et lui chuchota : « Pas encore, attends une seconde. »

La chambre, comme le reste, ne présentait aucune singularité, de ces chambres dans lesquelles tous les touristes qui n'ont pas besoin d'un luxe particulier peuvent dormir, avec un faux parquet, des draps étincelants, au mur une photo en noir et blanc de Tel-Aviv dans les années 1950 et un téléviseur Toshiba de taille moyenne au bout d'un bras articulé. Un rideau opaque masquait une fenêtre qui donnait, elle le découvrirait ultérieurement, sur le mur jaune et écaillé d'un immeuble négligé beaucoup trop proche, piqué de climatiseurs, veiné de tuyaux et de câbles.

Elle se dit qu'elle aurait besoin de temps pour s'habituer à ce corps masculin avec sa peau claire et trop douce, ses nombreux grains de beauté éparpillés sur le dos et les épaules, mais qu'elle y arriverait.

Guil se révéla d'une délicatesse presque excessive. Il lui caressa les cheveux plus qu'elle ne l'aurait voulu, en revanche n'embrassa pas assez son cou ou son ventre, mais tout compte fait, cela se passa plutôt bien pour une première fois. Il éjacula en elle avec un préservatif avant qu'elle ait joui, mais quand il lui demanda si elle voulait qu'il continue avec les doigts elle refusa : « Pas pour le moment. Peut-être plus tard. »

Il l'avait regardée pendant tout l'acte, de ses yeux grands ouverts il n'avait cessé de chercher les siens, et elle se fit la réflexion que jamais, auparavant, elle n'avait couché avec un homme qui, à aucun moment, ne baissait les paupières.

Guil alla immédiatement dans la salle de bains pour se doucher et s'y enferma. Orna alluma la lampe de chevet au-dessus du lit. Au moment où elle se pencha vers son portable pour vérifier si sa mère lui avait envoyé un message, son corps se révéla furtivement : ses pieds, ses ongles laqués de noir, ses poils pubiens qu'elle n'avait pas rasés depuis longtemps, ses mamelons aux tétons épais et trop foncés.

Bien sûr, elle pensa aussi à Ronèn, mais sa préoccupation principale était ailleurs.

Erann est chez ma mère, il dort dans la chambre où j'ai grandi, songea-t-elle. Son père vit aujourd'hui au Népal avec une Allemande prénommée Ruth qu'il va bientôt épouser. Et moi je suis ici, dans une chambre d'hôtel à Tel-Aviv, je viens de coucher avec un homme. Avec Guil. Peut-être le referai-je. Peut-être pas. Notre trio s'est disloqué mais je suis toujours entière.

Et aussi : Ronèn a gardé la mémoire du corps que j'avais à vingt-cinq ans, puis à trente, du corps que j'avais avant la grossesse et de celui d'après l'accouchement. Quand je couchais avec lui, j'étais la somme de tous ces corps-là, comme si le passé se glissait avec nous entre les draps. Pour Guil en revanche, le corps que j'ai maintenant – avec ce ventre-là, ces pieds-là, ces seins-là – est le seul qu'il me connaît. Pour lui, je ne suis que mon corps présent. Elle était incapable de dire si c'était bien ou pas.

Il ne fut pas très loquace, comme un peu sonné. Il resta longtemps enfermé dans la salle de bains, et quand elle y entra à son tour elle trouva les petits flacons colorés de shampoing et de savon vides. Il la raccompagna jusqu'à sa voiture mais ils ne s'embrassèrent pas.

« Tu es sûr que tout va bien ? » lui demanda-t-elle.

Il répondit que oui, qu'il avait juste mal au dos, aux cuisses et aux mollets, qu'il ne s'attendait pas à ce que ça arrive justement ce jour-là. Elle dit qu'elle non plus. Une intimité nouvelle s'était tout de même instaurée entre eux, déteignant sur la manière dont ils marchèrent côte à côte dans cette rue de Tel-Aviv, sombre et étroite, jusqu'à sa vieille Suzuki.

« Ça me fait bizarre qu'on se sépare comme ça après une telle soirée, déclara-t-il soudain. Regarde, il est bientôt deux heures du matin. Tu es sûre de ne pas avoir envie de finir la nuit chez moi ? »

Elle en était sûre.

Et lui lança : « On s'appelle demain ? »

5

Effectivement, ils s'appelèrent le lendemain. Et presque tous les jours durant les deux, trois semaines qui suivirent. Ils se retrouvaient au moins une fois par semaine à l'hôtel et allèrent même un soir chez lui, sans doute dans l'espoir de passer à la vitesse supérieure, de se jauger et d'évaluer leur relation. C'était un peu comme d'augmenter le feu pour savoir si cela valait le coup de continuer à cuisiner le plat qui mijotait. Pourtant, malgré ces rencontres de plus en plus fréquentes, elle n'arrivait pas à avoir un avis clair, ou plutôt elle oscillait entre des moments où elle pensait que oui, elle devait poursuivre, et d'autres où elle se sentait si étrangère à elle-même en présence de Guil qu'elle ne comprenait plus ce qu'ils faisaient ensemble.

L'hôtel, elle l'aimait bien. Hôtel Azur. Les heures qu'ils y passaient étaient comme de petits séjours à l'étranger. Cela lui rappelait ce qui avait été son lot quotidien à l'époque où elle travaillait en tant qu'hôtesse de l'air, ces escapades qui lui avaient beaucoup manqué lorsqu'elle s'était arrêtée.

L'hôtel Azur : ses draps blancs que quelqu'un avait lavés

et étendus pour eux sur le grand lit ; ses lourds rideaux qui masquaient la même vue, quelle que soit la chambre qu'on leur attribuait ; la nuit entière qu'ils y avaient passée la fois où elle avait demandé à sa mère de rester avec Erann ; le petit déjeuner pris ce matin-là à côté d'un couple de touristes plus âgés qu'eux, des Allemands aux visages rougis par le soleil qui voulurent lier conversation. Orna ne savait pas quoi leur dire et elle se demanda s'ils avaient compris ce que Guil et elle faisaient là ou s'ils les prenaient pour un couple marié. Lui, en revanche, leur parla en anglais avec naturel, leur conseilla d'aller à la mer Morte en taxi et non en bus ou en voiture de location. Lorsque les touristes voulurent savoir d'où ils venaient, eux, il répondit avec naturel : « Nous sommes tous les deux israéliens mais nous vivons en Europe depuis quelques années et sommes là en visite. » Il échangea avec elle un sourire qui lui fit penser à celui d'Erann quand, parfois, il réussissait à « faire marcher mamie ».

Il réitéra souvent sa proposition d'aller chez lui, mais elle continua à refuser jusqu'au soir où, après une séance de cinéma, ils ne trouvèrent pas de chambre libre dans leur hôtel habituel. L'été commençait et les étrangers envahissaient déjà Tel-Aviv. Il lui certifia que ses filles ne risquaient pas de débarquer, du moins pas sans le prévenir, et lui répéta pour la énième fois qu'il leur avait demandé de ne plus venir à l'improviste, il était même prêt, si elle le désirait, à récupérer les clés qu'il leur avait confiées.

Ce soir-là, elle accepta. Elle découvrit un appartement où, dès le début, elle ne se sentit pas à l'aise. L'endroit était propre – sans doute grâce aux soins d'une femme de ménage – mais n'avait pas été retapé et il était encombré de meubles décatis, comme ceux qu'on trouve dans l'appartement de vieux parents défunts. Un buffet en bois défraîchi avec une vitre derrière laquelle étaient exposées de minuscules statuettes en porcelaine, un canapé usé et, en face, un immense écran plat occupaient le salon. Elle n'était jamais entrée auparavant chez un homme divorcé, pourtant elle s'était imaginé son intérieur autrement, d'autant qu'il lui avait dit y avoir investi pas mal d'argent. Quant aux chambres des filles, elles étaient presque vides. Des lits en bois blanc et des bureaux identiques, rien de plus. Ah si, dans l'une d'elles, elle vit un ballon de football. Le lit de la chambre de Guil était semblable au reste, de même que la coiffeuse qui lui faisait face. La fenêtre donnait sur une jolie cour intérieure où poussaient deux arbres.

Et les choses ne se clarifiaient toujours pas. La deuxième fois qu'ils avaient couché ensemble, Guil s'était montré plus sûr de lui, avait eu une érection dure et longue – elle se demanda même s'il avait pris du Viagra, impossible de savoir, elle n'avait jamais couché avec des hommes qui y avaient recours. Cette fois aussi, il lui avait trop tripoté les cheveux. Quant à elle, même après leur cinquième ou sixième rapport (et bien que, dès la troisième fois, elle ait réussi à jouir), elle ne s'était toujours pas habituée à son corps, à ce contact spongieux qu'elle sentait sous ses doigts. Il n'était pas gros mais trop flasque, une chair qui manquait de muscle. Dès qu'il éjaculait, il se précipitait dans la salle de bains pour s'essuyer puis se doucher, ce qui la renvoyait sans cesse à Ronèn, lui qui, après l'amour, se mettait à philosopher comme si le sexe l'aidait à pénétrer plus profondément en lui-même ou à mieux saisir le monde. Il pouvait rester allongé pendant des heures et parler, sans bouger, sans se rhabiller ni essuyer le sperme ou la sueur. Son ex-mari était moins grand que Guil mais plus mat de peau et il avait un corps de danseur anorexique – c'est ainsi qu'elle l'avait défini après une de leurs premières fois. Quant à ses cheveux, ils n'avaient quasiment pas changé depuis leur rencontre. Noirs, longs, attachés en queue-de-cheval sur sa nuque. Même si, depuis trois ans, quelques premiers fils argentés avaient commencé à poindre.

Le mois de juin s'acheva. Arrivèrent les grandes vacances. Erann émit le désir d'être inscrit au centre aéré de l'école, comme tous ses petits camarades de classe, et elle accepta. L'anniversaire qu'elle lui avait organisé l'avait aidé à s'ouvrir aux autres. Un après-midi, il lui demanda même d'inviter à la maison un copain prénommé Roï.

Tous les jours, après avoir déposé son fils, elle se retrouvait confrontée à des matinées qui traînaient en longueur, corrigeait les épreuves du bac, allumait la clim, l'éteignait quand la pièce devenait trop fraîche. À midi, elle se préparait quelque chose à manger. En passant devant le supermarché, elle attrapait un journal gratuit et regardait les petites annonces, peut-être tomberait-elle sur un mi-temps ou un poste d'enseignant mieux rémunéré. Elle n'avait pourtant ni l'envie ni l'intention de quitter son lycée. Pas non plus, pour l'instant, le projet de devenir responsable de vie scolaire ou chef d'établissement. Dans ces journaux, elle voyait aussi des annonces d'avocats qui proposaient leurs services pour l'obtention de passeports étrangers mais aucune n'émanait de Guil Hamtzani.

Au cours de cet été-là, il fit de nombreux voyages hors d'Israël, ce qui explique pourquoi ils se virent et se parlèrent peu. Trois jours à Bucarest la première semaine de juillet, quatre jours en Bulgarie la deuxième. La fréquence et l'intensité de leurs rencontres diminuèrent sans que ce soit ostensiblement volontaire – peut-être cela venait-il de l'un autant que de l'autre ; quoi qu'il en soit, ce ne fut pas quelque chose de prémédité et aucun des deux ne prit l'initiative d'une rupture.

Autour d'elle, tout le monde partait en vacances ou s'y préparait. Sophie et Itzik allaient s'envoler pour la côte est des États-Unis où ils resteraient trois semaines. Ses voisins du premier étage lui demandèrent d'arroser leurs plantes pendant qu'ils seraient en Thaïlande avec leurs enfants. Elle rencontra le psychologue d'Erann avant le long voyage qu'il avait planifié pour l'été. Il lui fit un compte-rendu de l'évolution de son fils à l'école et à la maison durant l'année écoulée. Le chemin était encore long, lui dit-il, mais il avait l'impression que le garçon surmontait la crise : il comprenait que son père ne s'était pas éloigné à cause de lui et de ses difficultés relationnelles, mais parce qu'il s'était choisi une nouvelle femme, un nouveau travail, un nouveau pays et une nouvelle vie ; il savait que Ronèn continuait à l'aimer, même à distance, et ce bien qu'il n'ait toujours pas répondu aux messages envoyés au moment de son anniversaire, plus d'un mois auparavant. Erann n'avait d'ailleurs pas remis le sujet sur le tapis. Il écrivait assez régulièrement dans le cahier qu'elle lui avait offert et l'apportait à chacun de leurs rendez-vous, « comme je le lui ai demandé, précisa le psy. Votre garçon arrive, avec une justesse impressionnante pour son âge, à décrire ses angoisses. Il y consigne aussi pas mal de bons moments passés à l'école ou au centre aéré avec ses copains. Il reste un enfant un peu différent des autres, encore en retrait, mais il est très observateur, comprend vite et a une capacité rare et de plus en plus évidente à traduire en mots ce qu'il voit et ressent ». Avant de terminer l'entretien, il demanda encore à Orna des nouvelles de l'homme qu'elle avait rencontré, non seulement parce qu'il n'avait pas oublié ce qu'elle lui avait raconté, mais parce qu'Erann – c'est ce qu'elle découvrit – avait mentionné « l'ami de maman » au cours de leurs séances. Embarrassée, elle s'excusa de ne pas l'avoir tenu informé – aurait-elle dû ? –, avoua qu'elle avait laissé son fils avec sa mère pour pouvoir s'absenter une nuit entière, fut étonnée d'entendre que son interlocuteur trouvait ça très positif et qu'il l'encourageait à communiquer davantage là-dessus, par exemple elle pouvait dire à son fils qu'elle sortait le soir ou partait en week-end avec l'ami dont elle lui avait parlé. Ainsi, Erann verrait qu'elle aussi entamait une nouvelle vie et plus elle lui en parlerait, moins il aurait peur que se reproduise ce qui s'était passé avec son père, à savoir qu'il n'ait plus sa place auprès d'elle. « Avez-vous l'intention de les présenter l'un à l'autre ?

— Qui ? Erann et Guil ? Hors de question », répondit-elle aussitôt, comprenant par là qu'elle n'était pas du tout prête – du moins pour l'instant et même si la relation perdurait – à une telle rencontre.

Sa mère aussi commença à poser des questions, et comment aurait-elle pu ne pas y répondre après lui avoir demandé de rester une nuit entière à garder Erann ? Alors elle lui donna le nom de Guil, lui expliqua qu'il était avocat, ajouta quelques vagues renseignements sur l'activité de son cabinet, son lieu de résidence, ses filles et son ex-femme, mais dès que la conversation se fit plus intrusive elle se braqua comme toujours, avec, en plus, la désagréable impression que ce qui intéressait vraiment sa mère c'était de savoir s'il avait de l'argent.

Orna lui concéda cependant que sa fameuse nuit d'absence, elle l'avait passée chez cet homme, qu'ils allaient ensemble au cinéma ou au restaurant et que oui, il était en bons termes avec son ex, mais ne risquait pas de se remettre avec elle.

« Comment peux-tu affirmer une chose pareille ? Quoi, ils ne sont plus du tout en contact ? »

Quelque chose dans les questions maternelles l'obligea à essayer de comprendre pourquoi, jusqu'à présent, elle n'arrivait pas à savoir si c'était « ça » ou pas, et si, comme elle en avait l'impression ces derniers temps, Guil avait moins envie de la voir. Sophie lui proposa de dresser une liste des pour et des contre. Comme elle trouva l'idée ridicule, elle ne le fit pas… si ce n'est qu'à partir de ce moment elle ne cessa de l'établir mentalement. En général, la perspective de leur rencontre lui plaisait. Ils n'avaient aucun mal à trouver des sujets de conversation et elle pensait être plutôt satisfaite des heures passées à l'hôtel avec lui. Cependant, à cause de cette relation, ou plutôt à cause de ce qu'elle n'en retirait pas, elle dérivait parfois, submergée par la douleur et le désespoir, voire une haine de soi insupportable. Il ne l'attirait pas assez et même s'il maigrissait, il y avait peu de chances pour que cela change. Elle s'inquiétait de certaines tendances compulsives qu'elle avait remarquées chez lui, comme par exemple sa douche interminable dès le rapport sexuel terminé, le téléphone qu'il emportait systématiquement avec lui dans la salle de bains, la manière dont il posait toujours son portefeuille dessus, que ce soit au restaurant, au café ou sur la table de chevet à l'hôtel.

Et, bien qu'elle fût incapable de s'expliquer pourquoi, elle ne voulait surtout pas retourner dans son appartement.

Elle n'était encore jamais allée à son cabinet, ne savait pas en quoi consistaient exactement ses activités professionnelles, mais ça ne l'intéressait pas outre mesure. Elle n'avait pas vu de vélo chez lui, ni dans son appartement, ni en bas de l'immeuble. Ah si, lors d'une de leurs dernières rencontres, il avait dit quelque chose qui l'avait dégoûtée. Ils discutaient de la situation militaire et politique, la guerre de l'été précédent était encore dans toutes les mémoires et comme la tension montait de nouveau dans le Sud et que des roquettes avaient été, une fois de plus, tirées sur la ville de Sdérot, ils avaient évoqué la possibilité d'une reprise des hostilités. C'est alors qu'il lui avait dit que, personnellement, il n'avait rien contre ces petits affrontements, c'était bon pour ses affaires.

« C'est mon comptable qui s'en est aperçu le premier, ça apparaît nettement sur le graphique de mes rentrées d'argent, lui avait-il expliqué. Après chaque opération militaire, tous ceux qui peuvent obtenir un passeport autre qu'israélien mais ne l'ont pas encore demandé se précipitent pour entamer les démarches... À croire qu'ils préparent un plan B au cas où on ne survivrait pas au prochain conflit. À moins qu'en période de tensions ce soit juste plus agréable d'entrer dans un pays étranger avec un passeport européen. »

Elle se dit que cela s'éteindrait tout seul. Que c'était déjà en train de s'éteindre.

Elle sentait que Guil ne se battrait pas pour leur relation et savait qu'elle non plus ne s'y cramponnerait pas. Ne fallait-il pas y voir un signe et comprendre que mieux valait laisser tomber ? Le centre aéré d'Erann se terminait mi-août, elle devrait trouver comment l'occuper pendant les deux semaines qui les sépareraient de la rentrée, si bien qu'elle serait de toute façon épuisée le soir. Ensuite, viendrait l'automne. Même si son aventure avec Guil se terminait, il lui en resterait quelque chose, et quand elle recommencerait à fréquenter le site de rencontre – apparemment, elle recommencerait – elle aurait gagné en expérience, peut-être saurait-elle mieux décrypter les profils, examiner les photos. Et puis, au prochain rendez-vous avec un inconnu, elle n'y verrait plus uniquement le côté nouveau et angoissant.

Mais voilà que soudain, il se remit à l'appeler fréquemment. Expliqua qu'il avait eu deux semaines très chargées au boulot et lui demanda si elle avait prévu un voyage. Elle lui dit que non. Elle aurait été contente d'emmener son fils quelques jours à Amsterdam, Londres ou dans une île grecque tranquille mais, pour l'instant, ça n'entrait pas dans son budget. Quant à sa mère qui, au printemps, avait laissé entendre qu'elle pourrait les aider à partir en vacances et même se joindre à eux, elle lui annonça tout à coup qu'elle s'était inscrite à un voyage organisé en Croatie et en Slovénie au mois de septembre, pendant la période des fêtes. Plus un mot sur une aide éventuelle.

Le jour où Guil voulut savoir si elle pourrait envisager de partir une semaine avec lui fin août, il l'invitait, elle répondit que non, impossible de laisser Erann si longtemps. La seule nuit qu'elle s'était autorisée avait déjà été très pénible pour elle.

« De plus, ajouta-t-elle, je trouve que notre relation n'est pas assez claire, ce serait prématuré de partir ensemble à l'étranger.

— Qu'est-ce que tu entends par là ? Qu'est-ce qui n'est pas clair ? s'étonna Guil.

— Je ne sais pas. Pour toi, tout est évident ?

— J'aime être avec toi, ça, oui, c'est évident. »

Qu'espérait-elle d'autre ? Pourtant, même une phrase aussi simple, elle n'aurait pas été capable de la prononcer sans réticence. Intérieurement, elle lui sut gré d'avoir eu la délicatesse d'éviter la question qui s'imposait, en l'occurrence : et toi, tu n'aimes pas être avec moi ?

Quelques minutes après cette conversation, il lui envoya un SMS : « Un week-end en Israël alors ? Une chambre d'hôtes sur les hauteurs du Golan ? Toi aussi, tu as besoin de vacances, non ? Ça peut se faire à la fin de la semaine si tu arrives à t'organiser. Pour moi, ce serait parfait. » Elle hésita, écrivit puis effaça plusieurs fois de suite et finit par lui répondre : « Pas possible ce week-end. »

Une semaine plus tard, ils prenaient la route en direction de Jérusalem.

Le vendredi matin, Guil vint la chercher en bas de son immeuble. Elle avait bien précisé qu'elle ne voulait surtout pas qu'il monte. Erann et sa grand-mère se postèrent donc derrière la fenêtre dont le volet était à moitié baissé et la suivirent des yeux jusqu'à ce qu'elle s'engouffre dans la voiture. Elle n'avait pas pris de valise, juste un sac avec ses affaires de toilette, sa trousse de maquillage, son chargeur de téléphone, des vêtements de rechange et le livre qu'elle avait commencé cette semaine-là, depuis qu'elle emmenait son fils à la plage tous les matins. Elle s'était préparée comme elle le faisait une vingtaine d'années plus tôt : avant chaque voyage, elle posait tout ce qu'elle comptait emporter sur son grand lit.

Le Kia Sportage était haut et spacieux, elle le trouva incroyablement propre, à l'extérieur comme à l'intérieur. Il y régnait un froid de canard à cause de la clim. Guil attendit qu'elle pose son sac sur la banquette arrière puis se pencha vers elle et l'embrassa sur la bouche. La radio diffusait de la musique classique, et au moment où le véhicule s'ébranla dans un silence étrange – on aurait dit qu'il planait au-dessus de la chaussée – elle sentit qu'elle partait vraiment en vacances, pour la première fois depuis… elle ne savait combien de temps.

Il avait réservé une chambre à l'auberge écossaise Saint-André, située dans une partie de l'église du même nom, un bâtiment qui surplombe la vallée de Hinnom et la cinémathèque. Pour la nuit du 21 au 22 août.

Orna rêvait depuis des années de séjourner dans cet endroit et elle tomba immédiatement amoureuse des chambres dépouillées, des parquets, et surtout de tout ce qu'il y avait à l'extérieur : le jardin ombragé par le haut édifice, son gravier, ses tables et ses chaises éparpillées sans ordre précis, tout comme, dans le hall d'entrée qui donnait sur Jérusalem-Est, les deux tables où ils prirent un café après s'être installés car, par chance et bien qu'ils soient arrivés tôt, leur chambre était déjà prête. Le cadre n'avait rien de luxueux, rien non plus de ces hôtels-boutiques à la mode, mais y régnaient une sérénité et une beauté simple. Exactement ce dont elle avait besoin, se dit-elle.

Malgré la température qui atteignit les trente-six degrés dans l'après-midi, ils passèrent la journée dehors. Ils se promenèrent dans le quartier de Yemin Moshé et des Mishkenot Shaananim, puis ils traversèrent la rue et pénétrèrent dans la partie orientale de la ville. À midi, ils prirent un taxi pour rejoindre le marché Mahane Yehouda et le quartier des Nahalaot, juste derrière. Guil ayant réservé un restaurant pour dîner assez tôt, ils se contentèrent de déjeuner dans le marché de quelques *bourekas* chauds – ces délicieux feuilletés à la féta. À seize heures, ils rentrèrent se reposer à l'hôtel et firent l'amour. Ce fut mieux que les fois précédentes, peut-être parce qu'il était tôt, qu'une agréable pénombre rafraîchissait la chambre et qu'elle se sentait vraiment en vacances. Le restaurant n'était pas loin, ils y allèrent à pied, burent une bouteille de vin à eux deux et, grâce à Guil, parlèrent avec plus de franchise qu'auparavant.

Il lui demanda des nouvelles d'Erann et de Ronèn, elle lui révéla que son ex-mari avait fini par appeler le week-end précédent. Il avait parlé à son fils et assuré qu'il se préparait à venir bientôt le voir, peut-être en octobre, pour la fête de Soukkot. Elle n'était pas certaine qu'il le ferait, pas certaine non plus qu'une telle visite l'enchantait – pour être honnête, ça l'effrayait beaucoup –, mais elle avait vu la joie du petit rien qu'à cette idée. Comme chaque année, elle appréhendait la rentrée scolaire parce qu'elle ne savait pas sur quelle maîtresse il tomberait, avait toujours peur qu'il soit confronté à une enseignante qui ne le comprendrait pas ou manquerait de patience avec lui, mais elle voyait aussi dans la manière dont s'était terminée l'année scolaire et le désir qu'il avait exprimé d'aller au centre aéré de l'école le signe qu'il se sociabilisait et commençait à se faire des amis. Guil se montra beaucoup plus détendu qu'à Tel-Aviv, sans doute parce qu'il n'avait pas une longue journée de travail derrière lui. Elle songea soudain qu'il ne recevait quasiment jamais d'appels quand ils étaient ensemble. Sur le chemin de l'hôtel, un agréable vent, presque frais, les caressa un court instant, et il lança soudain : « Ça fait déjà presque quatre mois qu'on se connaît, non ?

— Pourquoi "presque" ? À mon avis, ça fait même plus.

— Et tu ne m'as toujours pas dit ce que tu penses.

— De quoi ?

— De nous deux. De moi. De ce qui se passe entre nous. »

Elle ne répondit qu'après un instant de réflexion : « C'est un peu difficile de formuler ce genre de choses, tu ne crois pas ?

— Ce que je veux que tu comprennes, c'est justement que je me rends compte à quel point c'est difficile et compliqué pour toi. Et aussi, qu'en ce qui me concerne j'ai tout mon temps, aucune urgence. »

Elle apprécia ses paroles, mais lorsqu'il ajouta que, pour sa part et si elle en était d'accord, ils pouvaient continuer à peu près sur le même schéma, elle trouva que quelque chose sonnait faux, que cette formulation convenait davantage à un contrat d'embauche qu'à une relation sentimentale.

La nuit, ils refirent l'amour, plus brièvement. Il se précipita ensuite sous la douche – la deuxième de la journée. Quand il en ressortit, il alla à sa voiture sous prétexte d'affaires qu'il avait oubliées dans son coffre et ne revint qu'au bout de vingt longues minutes. Elle s'était presque endormie.

Le lendemain, elle fut tirée de son sommeil par le bruit de l'eau qui coulait dans la salle de bains et comprit qu'il s'était réveillé avant elle. Pour une fois, il avait laissé son téléphone sur sa table de nuit, recouvert comme d'habitude de son portefeuille. Peut-être un oubli, à moins qu'il n'ait trouvé la précaution inutile puisqu'elle dormait. Elle le prit et, lorsqu'elle découvrit qu'il n'y avait pas de code, passa rapidement en revue ses applications, ouvrit WhatsApp mais le jet d'eau s'arrêta avant qu'elle ne débusque quoi que ce soit d'étrange. Elle remit l'appareil à sa place.

Trois jours plus tard, elle le croisait accompagné de sa femme.

6

Dernier mardi des grandes vacances. Le matin, elle devait participer à une réunion préparatoire pour la rentrée, avait prévu d'emmener Erann et de le laisser jouer sur sa tablette au secrétariat du lycée.

Son nouvel emploi du temps était plus ou moins identique à celui de l'année précédente, bien qu'on lui ait attribué deux nouvelles Secondes. Elle avait promis à son fils qu'après cette réunion de travail ils iraient en ville et qu'elle passerait la journée à le gâter – fin des vacances oblige : atelier créatif au musée de Tel-Aviv, déjeuner au McDo et film au Lev Dizengoff.

Après avoir tourné à gauche en direction des caisses du cinéma, elle aperçut Guil qui attendait derrière les escaliers mécaniques menant au troisième étage du centre commercial. Il faisait la queue devant un bar à jus de fruits, encadré par deux adolescentes qu'Orna reconnut comme ses filles, Noa et Hadass. Un instant, elle pensa faire demi-tour ou l'ignorer et passer devant le trio sans rien dire. Il ne l'avait pas vue, tout à ses efforts, parmi la foule compacte, pour attirer l'attention d'une jeune vendeuse à écarteurs d'oreilles monstrueusement grands et anneau dans le nez. Elle jugea cependant ce réflexe idiot et pensa au contraire que c'était peut-être la meilleure occasion de faire les présentations. Par hasard, sans chichis et justement quand il était avec ses filles.

« Tu vois le monsieur là-bas, debout avec les deux jeunes demoiselles ? C'est lui dont je t'ai parlé, l'ami avec qui je sors de temps en temps », chuchota-t-elle à Erann. Dans le court laps de temps qui s'écoula entre l'instant où elle l'avait aperçu et celui où elle l'approcha par-derrière, une femme avait surgi à côté de lui. À moins que celle-ci n'ait été présente depuis le début et qu'Orna n'ait pas jugé bon de l'inclure.

« Bonjour, Guil. »

Il se retourna et parut étonné. Pas affolé. Ils ne s'étaient pas reparlé depuis leur week-end à Jérusalem : elle était happée par sa rentrée scolaire ; quant à lui, il l'avait prévenue qu'il partait pour trois jours – elle ne se souvenait plus des dates. Ils étaient convenus de se voir le week-end suivant, ce qu'elle attendait avec impatience depuis leur escapade. S'il avait essayé, dans ces circonstances, de l'embrasser sur la bouche ou même sur la joue, elle aurait reculé, mais là, quelque chose dans l'attitude qu'il adopta la glaça instantanément. Il se montra distant, voire impersonnel, et resta imperturbable, que ce soit quand il la regarda ou quand il baissa rapidement les yeux vers son fils.

« Je te présente Erann.

— Enchanté Erann, moi, c'est Guil, lâcha-t-il avant de se tourner vers ses filles et d'ajouter : Je vous présente Orna Azran, une de mes plus anciennes clientes. »

La première chose qu'elle pensa, ce fut qu'il disait ça à

cause des adolescentes, et peut-être aurait-elle continué à le croire sans l'intervention de celle qui, voulant se montrer agréable avec eux et surtout avec le gamin, leur adressa un charmant sourire : « Enchantée, je suis Ruthy, sa femme. Vous aussi, vous allez au cinéma ? »

Erann resta scotché au film, mais Orna, incapable de réprimer la colère et la vexation qui la submergeaient par vagues successives, ne cessa de ruminer. Elle continua à tempêter dans les heures qui suivirent, quoique de manière discontinue. Ça allait et ça venait. Guil lui avait menti pendant plus de quatre mois. Était-il marié, en vrai ? Apparemment oui. Évidemment, il y avait aussi la possibilité que Ruthy soit son ex mais qu'elle continue, par habitude ou parce qu'il était inutile d'employer le préfixe « ex » devant des inconnus, à se présenter comme son épouse. Et puis, il lui avait dit qu'ils avaient gardé de bonnes relations et se voyaient de temps en temps. Sauf que... si tel était le cas, pourquoi l'avoir, elle, présentée comme une cliente ?

Elle supplia Erann de renoncer à son cornet de glace et lui promit qu'il pourrait regarder la télé à la maison. Sur le chemin du retour, elle essaya de ne pas penser à cette histoire pour ne pas être perturbée en conduisant. Ça roulait mal entre Tel-Aviv et Holon en cette fin d'après-midi. Le garçon, assis sur la banquette arrière, était d'humeur à papoter, alors elle alluma la radio. Il ne fit aucun commentaire sur « l'ami de maman » et n'avait apparemment pas remarqué l'état dans lequel l'avait mise cette rencontre. En arrivant à la maison, elle lui alluma le poste dans sa chambre et se précipita sur l'ordinateur du salon, comme si elle avait une mission urgente à accomplir, alors qu'en réalité elle ne savait simplement plus à quel saint se vouer. Elle se connecta au site de rencontre, cliqua sur le profil de Guil et resta un long moment à le fixer. Tout ce temps, il n'avait donné aucun signe de vie… bon, peut-être n'était-il pas encore rentré chez lui. À dix-neuf heures trente, une heure plus tôt que d'habitude, elle en avait terminé avec le dîner et la douche. Ce soir-là, elle ne lut à Erann que deux pages de son histoire, lui expliqua que maman était fatiguée et lui demanda d'essayer, pour une fois, de s'endormir seul.

Sophie était toujours aux États-Unis, quant à en parler avec sa mère, c'était exclu. En situation de crise, son premier réflexe avait toujours été d'appeler Ronèn, ce qu'elle ne pouvait pas faire en l'occurrence et de toute façon il ne lui aurait pas répondu.

Elle se mit au lit. Une fois allongée, elle eut l'impression d'étouffer, submergée par la même panique que les nuits qui avaient suivi leur séparation. Elle n'alluma pas la lumière, ne se releva pas et s'endormit toujours nouée d'angoisse. Tant de choses qu'elle ne comprenait pas ou plus : le calme affiché de Guil à chacune de leurs rencontres, son appartement, sa promptitude à répondre quand elle lui téléphonait, sa grande disponibilité qui lui permettait, presque toujours, de la retrouver dès qu'elle le lui proposait, leurs nuits partagées à l'hôtel et enfin le week-end à Jérusalem. Et il se montrait si ouvert, comme quelqu'un qui n'a rien à cacher. Tout cela ne collait pas avec la possibilité qu'il soit encore marié. À cinq heures et quart, lorsqu'elle se réveilla, elle n'avait toujours ni message, ni appel en absence émanant de lui. Elle eut alors la certitude qu'il ne la recontacterait plus et ne lui donnerait pas la moindre explication. Qu'il avait simplement l'intention de sortir de sa vie sans un mot.

La rentrée eut lieu deux jours plus tard, le vendredi. Elle accompagna Erann à l'école, attendit avec lui la première sonnerie, et ce n'est qu'ensuite qu'elle se rendit à son lycée. Ce qui la poursuivit, en ce début d'année scolaire, ce fut la peur. Elle ne se sentait pas honteuse, pas trahie non plus – sincèrement, elle pensait que cet homme ne lui devait rien –, mais elle luttait contre une angoisse de plus en plus prégnante, comme si elle avait été victime d'une agression extrêmement brutale.

Le soir, elle vérifiait trois fois qu'elle avait bien verrouillé sa porte, fermait toutes ses fenêtres et, après avoir endormi son fils, téléphonait à sa mère sous prétexte de prendre de ses nouvelles. Le seul moment où elle s'autorisa à parler de ce qu'elle traversait, ce fut avec Sophie, qui l'appela quelques jours après être rentrée des États-Unis. Cette conversation lui fut d'une grande aide… d'une manière totalement imprévue. Elles étaient convenues de se retrouver en matinée dans un café près de la piscine de Holon. Rongeant son frein, Orna dut d'abord se farcir une description détaillée de l'hôtel à Miami où la famille était descendue, et rien ne lui fut épargné de leur épuisant week-end à poireauter devant chaque attraction de Disney World. Mais Sophie finit tout de même par lui demander comment ça se passait avec Guil.

« Pas fort, avoua-t-elle. Apparemment, c'est un homme marié. »

Sophie écouta les dernières évolutions de leur relation,

puis, hors d'elle, décréta qu'à l'évidence il était marié et que celle qui l'accompagnait au centre commercial ne pouvait être que sa femme. Surtout, elle ne comprenait pas pourquoi Orna ne réagissait pas plus violemment.

« Comment suis-je censée réagir ?

— Comment ? Tu pourrais aller voir la police ou au moins publier ça sur Facebook, voyons !

— Pourquoi aller voir la police ?

— Parce que c'est du viol. Parfaitement. Ça saute aux yeux : il t'a menti pour... tu sais très bien pourquoi. Et que tu aies été consentante n'y change rien, vu que tu ne savais pas à qui tu avais affaire. S'il avait prétendu être pilote d'avion ou milliardaire, ça aurait été exactement pareil. »

Orna n'était cependant pas certaine de voir les choses de cette manière. Elle soupçonnait son amie de ne pas avoir bien saisi la nature de son aventure avec Guil. Ou plutôt, elle sentait qu'il ne s'agissait pas de ça, que la raison de ses angoisses se situait ailleurs. Elle n'avait pas l'impression d'avoir été violée. C'était un fils de pute, pour reprendre les termes de Sophie, d'accord, parce qu'il lui avait menti, là-dessus aucun doute possible, elle en convenait. Mais sinon, il n'avait exercé sur elle aucune pression et ils n'auraient peut-être toujours pas couché ensemble si elle n'en avait pas pris l'initiative, oui, peut-être auraient-ils continué à se voir pour dîner ou aller au cinéma, sans plus. Alors que voulait-il d'elle, exactement ? Il ne l'avait jamais forcée, pas même draguée, c'était elle qui l'avait contacté en premier sur le site, et si elle n'avait pas donné suite il n'aurait pas cherché à la revoir. Alors pourquoi ce tissu de mensonges – à supposer qu'il ait menti – et toutes ces affabulations ? Pourquoi, par exemple, lui avoir raconté que ses filles venaient dormir chez lui ou détaillé sa convention de divorce ? Malgré ces questions sans réponse, elle restait persuadée que la raison de sa peur ne venait pas de là. Peut-être était-ce encore lié à sa rupture avec Ronèn. Une peur refoulée jusqu'alors, qui se serait déclenchée à retardement : celle de ne pas arriver à remonter la pente et de ne jamais retrouver quelqu'un. De finir seule. Elle songea aussi que son ex-mari était bien plus coupable que Guil, parce que non seulement il l'avait trompée, elle, mais il avait surtout menti et trahi son fils, avant de carrément l'abandonner. Et contre de tels actes, pourtant odieux, elle ne pouvait pas porter plainte. Contre sa malhonnêteté non plus : ne lui avait-il pas juré que ses nombreux voyages à l'étranger avec des groupes de touristes ne les éloigneraient jamais l'un de l'autre ? Qu'au contraire, elle lui manquait tellement qu'ils n'en étaient que plus proches à chaque retour ? Et puis, il avait attendu des semaines, voire des mois, avant de lui parler de cette Allemande, Ruth, dont il était tombé amoureux. Or Ronèn, à la différence de Guil, était tenu de lui dire la vérité, ne serait-ce que parce qu'ils avaient un enfant en commun.

Elle déclara qu'elle ne porterait pas plainte.

« Je ne te comprends pas, insista Sophie. Pourquoi lui permettre de s'en tirer sans y laisser des plumes ? Je suis sûre que ce n'est pas la première fois qu'il fait ça, et apparemment pas la dernière.

— Ça ne me ressemble pas, tu me connais, non ?

— C'est bien dommage, crois-moi ! »

Orna se demanda si ce sous-entendu ne cachait pas une pique : si elle n'avait pas eu un tel caractère, son mari non plus ne l'aurait pas quittée. Mais apparemment non, telle n'était pas l'intention de Sophie.

Finalement, un soir de début septembre, au lieu d'aller au commissariat, elle tapa un SMS, l'envoya à Guil et s'assura que le message était bien distribué : « Tu n'as pas l'intention de t'excuser ? De me donner des explications ? »

Il ne répondit pas.

7

Les jours passèrent. Arriva la mi-septembre. Tout le monde était rentré de ses vacances d'été et planifiait déjà les prochaines : une semaine au mois d'octobre, pour Soukkot. L'année scolaire d'Erann démarrait moins bien que la précédente, et parfois il refusait de se lever le matin. Le passage difficile du CE2 au CM1 lui demandait plus de concentration et d'efforts qu'auparavant, que ce soit en classe ou à la maison. Et puis, l'équipe pédagogique était peut-être moins patiente. Orna rencontra sa nouvelle maîtresse qui essaya de la rassurer, lui disant que pour de nombreux élèves les débuts du CM1 étaient compliqués. Elle ne devait pas se faire de souci, d'autant que les intervenants, ajouta-t-elle, étaient tous très attentifs. Cependant, Orna sentit, peut-être à tort, que sous ces propos encourageants transpirait une certaine critique de son éducation parentale. Elle se demanda même si on ne lui suggérait pas d'aller faire examiner son fils.

Le psychologue, de son côté, sentait aussi que quelque chose bloquait. Il émit l'hypothèse d'une réaction tardive au divorce et proposa de passer à deux rendez-vous par semaine, ce qu'elle refusa par manque de moyens (ce n'était toujours pas elle qui payait les séances). Il ne lui posa pas de questions sur la liaison dont elle avait parlé avant les vacances et elle n'aborda pas le sujet.

Sa mère, en revanche, lui demanda ce que devenait cet avocat qu'elle fréquentait. Orna régla l'affaire par un : « Finalement, ça n'a rien donné. »

Guil était toujours inscrit sur le site et n'avait rien changé de son profil : « Quarante-deux ans, divorcé. »

Elle ne se connectait plus que rarement, se disait qu'elle en avait fini avec ce genre de tentatives, qu'elle avait été suffisamment échaudée et n'allait plus entrer en contact avec qui que ce soit par ce biais-là. Elle finit par se désinscrire.

Sophie lui conseilla de se créer un compte Facebook, là tout était transparent, ça fonctionnait avec des réseaux d'amis et donc il était beaucoup plus difficile de mentir sur soi-même. Mais elle préféra s'en abstenir, à cause de son métier : nombreux étaient ses collègues qui se plaignaient de ce qu'un compte Facebook c'était une mauvaise porte ouverte aux élèves et à leurs parents. De plus, elle n'avait aucune envie de voir ses recherches amoureuses exposées au vu et au su de tous. Lorsqu'elle se connectait tout de même sur le site en tant que visiteur, elle cliquait sur le profil de Guil, par pure curiosité, juste pour voir s'il avait changé quelque chose. Une fois, elle envisagea de se réabonner en se créant un nouveau profil sous un faux nom et avec une fausse photo, de le recontacter pour tester ses réactions, voir s'il recommençait son cirque et s'il raconterait les mêmes histoires que celles qu'elle avait entendues quelque six mois auparavant. Mais sans doute détecterait-il son style de tchat et puis, à quoi bon ? Elle repoussa aussi l'idée de se rendre à l'appartement où il l'avait emmenée un soir (elle pourrait sans doute le retrouver même si elle avait oublié l'adresse) et de l'espionner. Ce dont elle se souvenait, en fait, c'était que la seule et unique fois où elle y était allée, elle avait trouvé que quelque chose clochait mais elle n'était toujours pas capable de mettre le doigt dessus. Qu'était-ce donc ? Qu'il n'y habitait pas ? Que personne n'y habitait ? Il n'y avait pas de nom sur la porte, juste un numéro, le réfrigérateur était vide, ce que Guil avait justifié par le fait qu'il prenait ses repas à l'extérieur… pourtant, ne lui avait-il pas aussi raconté qu'il avait parfois ses filles à dîner ? Le savon sur le lavabo était sec et foncé, comme si on ne s'en était pas servi depuis des semaines, alors qu'il se lavait très souvent les mains. Sans compter les indices qui ne collaient pas et qu'elle avait déjà notés à l'époque, par exemple ce vélo de sport dont il lui avait parlé mais dont elle n'avait vu aucune trace, ni dans l'appartement, ni en bas de l'immeuble.

Le soir où, après quelques jours d'accalmie, tout cela lui revint en mémoire, elle fut à nouveau submergée de colère, mais une colère débarrassée de son angoisse habituelle, oui, ce fut davantage une curiosité de détective qui la poussa à envoyer un nouveau SMS à Guil : « On m'a conseillé de porter plainte contre toi, d'écrire à ta femme pour l'informer de tes agissements quand tu n'es pas chez toi ou encore de révéler ton manège sur le site, mais pour l'instant je n'ai rien fait. Tu es sûr de ne pas vouloir me donner d'explications ? » La menace, bien que latente, dénotait une combativité qui la surprit elle-même, tant elle ignorait être capable de ce genre d'intimidation.

Elle s'assura que le message avait été distribué.

Cette fois, il répondit au bout de quelques minutes : « Je suis content que tu ne l'aies pas fait. Merci. Je peux t'appeler ? »

L'espace d'un instant, la peur resurgit. Elle ne voulait ni entendre sa voix ni lui donner la possibilité d'entendre la sienne. Il était presque vingt-trois heures, le lendemain elle était censée commencer tôt et regretta aussitôt de lui avoir écrit. Elle répondit qu'elle préférait qu'il n'appelle pas, il insista, il voulait s'expliquer, mais comme elle s'était désinscrite du site, il n'avait pas pu la contacter par messagerie privée. Elle en déduisit qu'il l'avait cherchée et qu'il n'était pas complètement indifférent à ce qu'elle vivait depuis leur dernière rencontre.

« Tu n'as qu'à t'expliquer par SMS.

— D'accord, répondit-il immédiatement avant d'ajouter : Mais ça va prendre un peu de temps. »

Elle rangea la cuisine et le salon. Quand elle alla se doucher, elle prit son téléphone et le posa sur le lavabo, recouvert d'une serviette pour le protéger de la chaleur et de la buée. Elle se mettait au lit avec le même livre que celui qu'elle avait pris pour leur week-end à Jérusalem lorsqu'elle reçut d'un coup trois longs messages, apparemment ce qu'il avait à lui dire ne pouvait tenir dans un seul.

Il y écrivait qu'il s'excusait et souffrait terriblement de ce qui était arrivé. « Ça me ronge », telle fut l'expression qu'il employa. Il savait qu'elle ne pourrait jamais lui pardonner, c'était pourquoi il n'avait pas essayé de la contacter après leur rencontre fortuite au centre Dizengoff.

Lui et sa femme n'étaient pas vraiment divorcés, uniquement séparés. Ce qui voulait dire que chacun était en droit de rencontrer d'autres personnes et que, de toute façon, ils divorceraient. Telle était la situation lorsque Orna l'avait contacté via le site. S'il avait omis d'indiquer son statut réel dans son profil et ne le lui avait pas précisé ensuite, c'était justement parce qu'il savait que les femmes évitaient les hommes dont la procédure de divorce n'était pas achevée.

Quelques semaines après leur rencontre – ils s'étaient déjà vus plusieurs fois – l'état de santé de son père s'était considérablement dégradé puis le vieil homme était mort. Guil avait été tellement abattu qu'il avait réintégré le domicile conjugal, obligé – ou plutôt contraint et forcé – d'accepter de donner une nouvelle chance à son mariage, bien qu'il ait su que c'était foutu. Peut-être aussi avait-il accepté parce qu'il sentait qu'Orna n'était pas convaincue par leur relation. Il s'attendait à ce qu'elle rompe à tout moment. Bien sûr, il aurait dû lui dire la vérité, mais il n'avait pas osé, il avait trop peur de la perdre. Il comprenait à quel point il l'avait blessée et s'excusait à nouveau. Il comprendrait aussi qu'elle aille tout révéler à sa femme ou qu'elle veuille rendre publique leur histoire d'une manière ou d'une autre, peut-être même espérait-il un tel geste qui l'obligerait à cesser de vivre dans le mensonge et à en finir une fois pour toutes avec son couple.

Il terminait en disant qu'il se languissait d'elle et qu'il lui souhaitait de rencontrer un jour l'homme qu'elle méritait, il ajoutait qu'il enviait déjà celui à qui elle déciderait de se donner corps et âme. Il savait que ce ne serait pas lui, pas seulement à cause de ce qu'il avait fait, mais parce que, dès leur première rencontre, il avait su qu'elle n'aurait jamais choisi de partager sa vie avec lui, eût-il été officiellement divorcé.

Cette nuit-là, au lit, Orna lut et relut les trois messages. Elle les relut une nouvelle fois le matin, avant le réveil d'Erann. Aucun des mots qu'il avait écrits ne lui paraissait crédible. De plus, les messages ne donnaient pas vraiment d'explications à son comportement. Elle sentit pourtant que ses réponses passaient un peu de baume sur la blessure encore vive laissée par leur relation, et surtout elle se félicita de la manière dont elle avait réagi à toute cette affaire.

Le lendemain matin, elle commença à rédiger sa réponse en buvant son café mais comme elle ne parvint pas à formuler ce qu'elle voulait dire avec suffisamment de précision elle ne lui répondit rien ni ce jour-là, ni les suivants. Elle ne le fit que bien plus tard, mais d'un tout autre endroit. Entretemps, beaucoup de choses avaient changé.

8

Ronèn appela par Skype fin septembre, une semaine avant la nouvelle année juive, à dix-neuf heures passées – l'heure du dîner. Lorsqu'elle vit s'afficher le pseudo du correspondant, elle demanda aussitôt à Erann de venir la rejoindre dans le coin qui lui servait de bureau et l'encouragea à répondre tout seul, comme un grand.

Père et fils ne parlèrent que quelques minutes durant lesquelles Orna resta confinée dans la cuisine, en proie à un stress incontrôlable, d'autant qu'elle arrivait à peine à entendre la voix de son gamin qui, dans ce genre de conversation, chuchotait toujours... jusqu'à ce qu'il vienne la chercher parce que papa voulait lui parler à elle aussi.

Le voir, même par écran interposé, fut douloureux.

« Bonjour Orna », dit Ronèn avec un sourire qui introduisait, elle le savait, une discussion pénible. Mais en fait, il se contenta de lui demander si elle serait libre dans la soirée pour qu'ils puissent se parler en tête à tête.

« Oui, dit-elle.

— Merci. Je te rappelle donc d'ici deux à trois heures, ça te va ? »

Lorsqu'elle se rassit à table, Erann lui assena sans attendre : « Papa va venir nous voir à Soukkot. Il t'a prévenue, toi aussi ? »

Ronèn rappela à vingt-deux heures, et à en juger par sa ponctualité elle en déduisit qu'il avait à lui annoncer quelque chose qu'elle ne voulait pas entendre. Au début, elle ne put déterminer, d'après l'image vidéo, s'il se trouvait dans un bureau ou un appartement. Derrière lui, le mur blanc était totalement nu, il n'y avait qu'un abat-jour, une boule en papier qui occupait le coin droit en haut de l'écran, mais au cours de leur conversation une fillette blonde de sept ou huit ans entra dans la pièce, torse nu, vêtue d'un short vert. La petite la dévisagea avec curiosité, droit dans l'objectif de la caméra, puis demanda à Ronèn quelque chose qu'Orna n'entendit pas.

« *Tell Thomas I'll come in ten minutes, ok ?* » lui répondit-il.

La gamine resta encore un instant à la fixer de ses grands yeux bleu clair puis sortit du cadre.

C'est alors qu'il lui annonça qu'ils avaient décidé de venir en Israël dans deux semaines et demie, donc la veille de Kippour. « Ils », c'est-à-dire lui, Ruth et ses quatre enfants, dont la fillette blonde qu'elle avait vue et qui se prénommait Julia. Ils resteraient assez longtemps, presque un mois, et habiteraient dans une maison qu'ils avaient louée au moshav, à côté de chez ses parents. Il avait conscience que ce ne serait facile pour personne, mais le but principal de ce séjour était de leur permettre de faire connaissance avec Erann, de passer du temps avec lui et, accessoirement, de rencontrer aussi le reste de la famille, ses parents, ses frères et ses neveux. Il ne savait pas comment faire pour que ça se passe le mieux possible et voulait donc se concerter avec elle dès à présent. Dans un premier temps, bien sûr, il faudrait qu'ils se voient uniquement tous les trois, au moins une ou deux fois, mais après, il aimerait qu'Erann passe quelques jours avec eux à la campagne, éventuellement même toutes les vacances de Soukkot – il y avait bien des vacances pour Soukkot ? C'était d'ailleurs ce qui les avait décidés à venir pendant la période des fêtes : être avec le garçon. Elle répliqua qu'elle voyait bien à quel point tout ça l'arrangeait, lui ! Il prétendait venir pour son fils mais avait-il pris la peine ne serait-ce que de vérifier si les dates leur convenaient, à eux aussi, avant d'acheter les billets pour lui et sa nouvelle famille ? Peut-être avait-elle prévu de partir avec Erann à l'étranger pour Soukkot ? Franchement, c'était si compliqué de l'appeler avant de décider quoi que ce soit ?

« Mais vous ne partez pas, n'est-ce pas ?

— Là n'est pas la question ! Il y a d'abord beaucoup de choses à clarifier, il faut aussi préparer Erann, on ne peut pas lui assener un tel chamboulement du jour au lendemain ! Car tu n'es absolument pas au courant de ce qu'il vit, lui, ici, tous les jours ! »

Ronèn attendit qu'elle se calme. Il n'avait jamais pu supporter qu'elle « élève la voix », comme il disait, lui qui venait d'une famille où tout le monde était zen et où on ne se bagarrait jamais.

« Orna, reprit-il tout bas, je sais que je me suis mal comporté ces derniers mois et que tu en as subi les conséquences, mais je veux tout reprendre de zéro avec lui. Et ça, c'est aussi important pour lui que pour moi. Réfléchis-y tranquillement et on en reparlera avant notre arrivée. Je ne lui ai rien dit au sujet du moshav, et si tu es contre, c'est moi qui viendrai le voir tous les jours chez toi à Holon, d'accord ? »

La peur lui noua la gorge avec autant de violence que la fois où elle avait croisé Guil en compagnie de sa femme. La colère aussi était la même. Elle en déduisit donc que, sur le moment, c'était bien à Ronèn et non à Guil qu'elle en avait voulu. Elle comprit aussi que son angoisse n'était pas liée directement à l'avocat et à son manque de loyauté, mais plutôt à ce que cette minable relation révélait du pitoyable état dans lequel elle se trouvait, de sa vie gâchée. Elle s'endormit tard et ne se souvint que vaguement de son rêve, où apparaissait la fillette blonde qu'elle avait vue à côté de Ronèn, totalement nue, elle n'avait pas ôté uniquement le haut, mais aussi son short vert.

Orna savait qu'elle devait fixer d'urgence un rendez-vous avec le psy pour parler de tout ça, mais elle ne le fit pas le lendemain matin car elle devinait sans mal ce qu'il lui dirait. Elle préféra donc garder pour elle la nouvelle de la visite paternelle, une nouvelle qui se mit à la consumer de l'intérieur, corrosive comme de l'acide, jusqu'à ce que l'approche de la séance hebdomadaire de son fils ne lui laisse plus le choix car elle savait qu'il en parlerait.

Elle ne se trompait pas.

Elle se retrouva donc assise en face du thérapeute, à écouter ses conseils : « Il faut y aller lentement, pas à pas, et bien sûr, déclara-t-il, j'en parlerai moi aussi avec Erann et je serai attentif à sa réaction mais, tout compte fait, je considère ça comme une évolution très positive. » Ronèn voulait de nouveau être partie prenante de la vie de son fils, il était prêt à faire de vrais efforts pour cela et à séjourner en Israël suffisamment longtemps, ce qui était l'affirmation de la place qu'il lui donnait à la fois dans sa nouvelle vie et au sein de sa nouvelle famille. En tant que professionnel, insista le psy, voilà une chose qu'il attendait, d'ailleurs, elle aussi, n'est-ce pas ?

Soudain, comme elle détesta ce cabinet de consultation ! Le parquet, les tapis colorés, les tableaux accrochés aux murs, les livres rangés sur de petits rayonnages en bois, le canapé en face duquel elle était assise, couvert de coussins brodés en rouge et bleu. Et cette clim allumée en permanence, d'avril à octobre, comme s'il ne payait pas l'électricité ! Ce décor, ces belles paroles… tout ça était si loin des difficultés auxquelles elle était confrontée au quotidien !

« Je ne sais pas si c'est ça que j'attendais… Vous peut-être, mais moi ? explosa-t-elle. Ce qui est sûr, c'est que je ne voulais pas que ça arrive de cette manière-là. Vous comprenez ce qu'il essaie de faire ? »

Car que voulait Ronèn ? Intégrer Erann à une famille dont elle ne faisait pas partie, qui serait sa « nouvelle famille ». Il voulait le garder plusieurs jours avec eux dans la maison qu'ils avaient louée au moshav. Sans elle. Peut-être le faire dormir dans la même chambre que les enfants de Ruth. Il se réveillerait alors avec eux le matin et peut-être même que ce serait elle, sa nouvelle femme, qui les réveillerait tous avant de leur préparer le petit déjeuner ! Ensuite ils iraient jouer dans le jardin, torse nu. Que ferait-elle pendant tout ce temps, à part se morfondre seule dans son appartement ?

« Mais à quoi vous attendiez-vous, puisque vous avez

décidé de divorcer ? C'est inéluctable, non ? Vous saviez bien qu'Erann aurait deux familles – une ici, avec vous, et une ailleurs, avec son père, n'est-ce pas ? Vous ne pourrez pas l'éviter. »

Eh bien si, justement, elle voulait l'éviter, elle devait à tout prix l'éviter, elle refusait qu'Erann ait une autre famille à part celle qu'ils formaient, elle et lui ! Qu'y avait-il de si difficile à comprendre ? Depuis sa discussion avec Ronèn, elle rêvait toutes les nuits que son fils lui demandait de rester avec eux, qu'à son retour du moshav il la suppliait de le laisser partir au Népal. Elle le voyait marcher main dans la main avec la blondinette qui était apparue sur l'écran de l'ordinateur, et voilà, il s'éloignait, elle le perdait.

Le psychologue ne réussit pas à la calmer. Il essaya en arguant que ça ne risquait pas d'arriver, et que jamais il ne s'éloignerait d'elle, mais elle n'entendit que le mot « s'éloignerait », pourquoi ne s'éloignerait-il pas d'elle puisque son père l'avait fait ?

Pour conclure l'entrevue, il déclara : « Ronèn n'a pas été un bon père toute cette année, il s'est même très mal comporté. Mais vous avez souvent répété ici qu'avant il était dévoué à son fils. Je pense que maintenant il essaie de redevenir ce qu'il a été. Si tel est le cas et que ça marche, ce sera merveilleux pour Erann, vous en êtes d'accord, n'est-ce pas ? Les adultes aussi traversent des crises, et Ronèn a peut-être enfin réussi à surmonter la sienne. Il faut lui permettre de réparer, pour le bien de votre enfant. Nous serons vigilants, Orna, très vigilants, et nous ne ferons rien qui risque de lui être préjudiciable. Surtout, n'oubliez pas ceci : vous n'êtes pas seule pour affronter ça – je suis là. »

Mais si, elle était seule. Totalement seule. Seule avec Erann. Elle se réveillait chaque matin un peu plus à cran que la veille parce qu'elle n'arrivait pas à s'endormir. Du coup, elle se levait en retard, déjà fatiguée, et quand elle s'approchait et caressait sous la couverture le dos si étroit de son fils, qu'elle lui chuchotait : « Bonjour, mon amour à moi », elle se disait que c'était peut-être une des dernières fois qu'elle le faisait.

Quant au garçon, il était de plus en plus excité, il comptait les jours et les heures, et elle dut bien admettre que cette expectative avait un effet positif. Il sautait rapidement hors du lit, s'habillait et se préparait comme s'ils partaient dans un instant non pas pour l'école mais pour l'aéroport accueillir Ronèn ; il s'appliquait, faisait ses devoirs sans se lever de sa chaise toutes les deux secondes, on aurait dit qu'il sentait les yeux de son père posés sur lui pendant qu'il travaillait. Le cahier qu'elle lui avait offert pour son anniversaire devint son journal de bord en prévision de l'événement, il y inscrivait tous les soirs combien de jours précisément il avait à attendre « jusqu'à l'arrivée de papa ». Elle passait à présent avec lui tous les après-midi, comme si leur temps ensemble était compté, ne préparait ses cours pour le lendemain que tard dans la soirée, après l'avoir couché. Impossible cependant de se concentrer, tant elle était taraudée par l'image de Ronèn, Ruth et les enfants qui entreraient chez elle et s'accapareraient les jouets d'Erann. Et encore, tout cela était supportable comparé aux instants où elle les imaginait ensemble au grand air, en train de s'amuser dans le jardin avec un tuyau d'arrosage, de se balancer dans un hamac ou bien de dîner sur la pelouse tandis que son ex-mari accompagnait les festivités à la guitare. Quelle chance avait-elle face à un tel tableau ? Comment ne pas se taper la tête contre les murs tant elle était rongée par la jalousie et les angoisses ? Pourrait-elle survivre à ces journées où son seul et unique fils serait au moshav ?

Un soir, alors qu'elle discutait sur WhatsApp avec Sophie, elle tomba par hasard sur le dernier message de Guil, celui auquel elle n'avait toujours pas répondu, et se sentit soudain capable de lui dire le fond de sa pensée : « Tes explications ridicules ne m'ont absolument pas convaincue. Si j'étais quelqu'un d'autre, j'aurais depuis longtemps tout raconté à ta femme, d'ailleurs peut-être que je le ferai. Je souhaite que ton mariage vole en éclats – n'est-ce pas ce que tu souhaites aussi ? – afin que tu n'aies plus à mentir aux autres, et surtout à toi-même. »

9

Lorsqu'ils se revirent, ce fut en matinée.

Malgré les réticences de Guil, pour qui se libérer pendant ses heures de travail était difficile, Orna n'avait pas voulu renoncer à ses soirées avec Erann ni raconter à qui que ce soit qu'elle le revoyait. Or, pour sortir le soir, elle aurait dû faire appel à une baby-sitter ou à sa mère – laquelle poserait des questions.

Ils se fixèrent donc rendez-vous un lundi car elle n'enseignait pas en début de semaine. À dix heures du matin. Deux jours avant Kippour.

Il l'attendait dans le hall de leur hôtel habituel, elle arriva avec une vingtaine de minutes de retard, sans l'avoir prévenu par SMS. Il lui dit qu'il n'avait pas pris de chambre parce qu'il ignorait ses intentions.

« Eh bien, voyons s'il y en a une de libre », répliqua-t-elle.

Il s'approcha du réceptionniste et s'arrangea avec lui à voix basse. Dans l'ascenseur exigu qui les mena au troisième étage, ils n'échangèrent pas le moindre mot, et lorsqu'ils entrèrent dans la chambre, Guil alla directement aux toilettes. Elle s'assit sur la chaise en bois du bureau et l'attendit.

« Bon, alors, comment vas-tu ? » demanda-t-il ensuite, visiblement embarrassé et sans trop savoir quoi dire.

Elle avait décidé de ne pas lui parler de la visite prochaine de Ronèn. Le retrouver ainsi lui rappela une courte aventure qu'elle avait eue autrefois, avant son mariage, avec un homme de presque quinze ans son aîné. À l'époque, elle avait vingt-deux ans, étudiait à la fac et travaillait comme hôtesse de l'air pendant son temps libre. L'homme, Igal, était chef de cabine, célibataire, il avait un corps poilu et une mauvaise haleine qui la dégoûtaient.

« Daignerais-tu m'expliquer ce qu'on fait ici ? As-tu décidé de me donner une chance ou c'est autre chose ?

— Quel genre de chance exactement ? J'ai simplement décidé de te laisser mentir à ta femme. Pour l'instant. »

Ils couchèrent ensemble sans faire semblant d'en avoir particulièrement envie, ni de comprendre pourquoi. Il banda très mollement, arriva péniblement à la pénétrer et éjacula vite, sur le lit, comme elle le lui avait demandé. Cette fois-ci, il n'alla pas se doucher, peut-être parce qu'il craignait de la laisser seule dans la chambre avec son téléphone, qu'il avait posé sur la table de nuit, exactement comme elle s'en souvenait, masqué par son portefeuille marron. Il se rhabilla avant elle.

« Je ne sais pas ce que tu veux exactement de moi, Orna, ni même si tu veux quelque chose de moi, mais je serais ravi de te revoir.

— Qu'est-ce que tu vas raconter à ta femme aujourd'hui ? » le défia-t-elle en guise de réponse.

Il resta silencieux.

« Vous n'êtes toujours pas divorcés, c'est ça ?

— Toujours pas, mais ça ne saurait tarder. »

Elle lâcha un petit rire : « Pas à cause de moi, j'espère ! »

Que cette situation lui rappelait ses rencontres avec le vieux chef de cabine poilu ! Cette sensation de dégoût qu'elle éprouvait à l'intérieur et sur sa peau chaque fois qu'ils couchaient ensemble. Tout ce que je croyais avoir dépassé est en train de me rattraper, comme si rien n'avait changé, songea-t-elle.

« Je dois te poser une question, reprit-elle. L'appartement où tu m'as emmenée une fois, là où tu insistais pour que je revienne… Tu n'y habites pas vraiment ou je me trompe ?

— Si, justement. Je l'ai loué au moment où je me suis séparé de Ruthy et j'ai décidé de le garder parce que je sais que mon retour au domicile conjugal n'est que provisoire. »

Elle n'en crut rien et se dit qu'apparemment, il continuerait à lui mentir, qu'il était incapable d'agir autrement. Sauf qu'à présent, elle avait un avantage sur lui : le pouvoir. Peut-être était-ce la raison qui la poussa à nouveau vers lui en ces jours où, à l'approche de la visite de Ronèn, elle se sentait si faible. Elle caressa même brièvement la pensée qu'elle pourrait le faire chanter. Exiger qu'il lui verse de petites sommes d'argent – qu'il réunirait sans mal – pour qu'elle ne révèle rien à sa femme et à ses filles. Si elle lui demandait non pas cinquante mille, mais cinq mille dollars, il préférerait assurément les lui donner, ce n'était pas un montant qui justifiait de mettre en péril un mariage, surtout quand on ne voulait pas le détruire. Ou mieux encore : elle pouvait obliger Guil à se faire passer pour son nouveau compagnon devant Ronèn. Lui demander d'être là, chez elle, au moment de ses retrouvailles avec son ex. Il tiendrait le rôle de son nouveau copain et ensuite, avec son Kia Sportage, ils iraient tous les deux chercher Erann au moshav à la fin des vacances.

Ce fut ce jour-là, sur le chemin du retour, qu'elle remarqua l'étrange coïncidence : la femme de Guil et l'Allemande de Ronèn portaient le même prénom. Une Ruth, l'Allemande, avait détruit sa famille le jour où, lors d'un voyage au Népal, elle avait rencontré Ronèn, était tombée amoureuse de lui, l'avait séduit et finalement entraîné à fonder avec elle une nouvelle famille ; cette Ruth-là, que jusqu'alors elle n'avait vue qu'en photo et deux fois par Skype – elle avait discrètement traversé l'écran –, Orna serait apparemment obligée de faire sa connaissance. Pour l'autre Ruth, celle de Guil, c'était elle, Orna, qui tenait le rôle de la « méchante », mais ça n'avait rien à voir parce que ce mariage-là battait de l'aile bien avant sa rencontre avec le mari infidèle. Et puis, elle n'avait aucune velléité de fonder quoi que ce soit avec Guil.

Il l'appela le soir même, mais elle ne répondit pas. Il la rappela le lendemain.

« Ça m'a fait plaisir d'être avec toi hier, Orna, même si tu m'en veux toujours, me semble-t-il.

— Guil, toi et moi, on n'a plus besoin de faire semblant, répliqua-t-elle avec une sécheresse dont elle s'ignorait capable. On va continuer à se voir et c'est tout. Jusqu'à ce qu'on en ait marre. Alors on arrêtera. Mais ne te sens surtout pas obligé de m'appeler, d'accord ? Ni d'être sympa. Toi et moi, on n'en est plus à essayer de se plaire. »

Ronèn débarqua en soirée, le lendemain de Kippour. Erann le guettait par la fenêtre.

Il était tard, presque vingt-deux heures, mais ils n'avaient pas voulu remettre cette première rencontre au lendemain. Il avait emprunté le pick-up de son père et dès que le garçon le vit en émerger il se précipita à la porte, l'ouvrit, mais ne descendit pas l'accueillir en bas et resta sur le seuil de l'appartement. Lorsque la lumière s'alluma dans la cage d'escalier, Orna quitta son coin bureau, laissant deux manuels ouverts et son ordinateur allumé. Elle vint se placer derrière son fils, sans savoir quoi faire d'elle-même.

Ronèn attrapa Erann dans ses bras et le souleva de terre. D'elle, il ne s'approcha pas trop, par prudence ou par politesse. Pas d'étreinte, pas d'embrassade et, bien sûr, pas de poignée de main : elle avait fourré les siennes dans les poches de son pantalon et lui ne lâchait pas la petite menotte qui s'était glissée dans la sienne, on aurait pu croire que père et fils rentraient à la maison après une longue promenade.

« Ça fait plaisir de te revoir, Orna, déclara-t-il. Tu as l'air en pleine forme.

— Merci. »

Elle trouva qu'il avait pris un coup de vieux, ses cheveux noirs se teintaient de fils argentés et il lui parut petit, pas seulement parce qu'il avait un ou deux centimètres de moins qu'elle, mais sans doute aussi parce qu'il en avait dix de moins que Guil. Erann ne le lâchait pas, il lui fit faire le tour des lieux pour lui montrer ce qui avait changé, bien que, à part quelques petits détails que seul l'enfant percevait, tout soit resté identique. Elle regarda son ex-mari passer de pièce en pièce dans cet appartement qu'ils avaient acheté ensemble douze ans auparavant et dont elle était à présent la seule propriétaire puisque, dans le cadre de leur convention de divorce, elle lui avait racheté sa part (avec l'aide de sa mère). À la manière dont il regardait autour de lui, on aurait dit qu'il se trouvait là pour la première fois.

Tout ce qui était contenu entre ces quatre murs lui avait un jour appartenu. Ce n'était plus le cas.

Sur cette table de cuisine en formica bleu, il avait bu son café tous les matins pendant plus de dix ans. Sur ce canapé vert du salon, il s'était assis tous les soirs. Face à ce vieux miroir, dans cette salle de bains qu'ils n'avaient pas rénovée, il s'était brossé les dents deux fois par jour. Et il fut un temps où elle aussi lui appartenait, mais plus maintenant. Seul Erann restait à lui, exactement comme avant, aucun doute là-dessus. Et cet enfant était l'unique bien que Ronèn voulait emporter de son ancienne demeure. L'unique bien à qui il voulait donner une place dans sa nouvelle famille et sa nouvelle vie.

Orna lui proposa un café.

« Non, merci, dit-il, je ne prends plus de café. Juste de l'eau chaude, si tu en as. »

Elle lui remplit une tasse fumante de son waterbar. Elle en choisit une neuve, pas de celles dans lesquelles il buvait à l'époque : elle ne voulait surtout pas qu'il la soupçonne d'essayer de raviver ses souvenirs. Lorsqu'elle lui apporta la boisson dans la chambre du petit, elle les vit assis l'un à côté de l'autre sur le lit. Erann lui montrait le drone qu'il avait reçu de sa grand-mère pour son anniversaire et quelques-unes des petites voitures offertes par ses copains de classe. Elle posa la tasse sur le sol, au pied du lit, puis ressortit, d'abord pour ne pas troubler leur intimité mais aussi parce que c'était trop douloureux. Tout le temps qu'ils restèrent dans la chambre, elle tourna comme une âme en peine, sans savoir où se poser.

Sophie lui demanda par SMS s'il était déjà arrivé.

« Oui, répondit-elle.

— Tu tiens le coup ? Tu veux que je vienne ?

— Pour le moment, ça va. À suivre. »

Lorsqu'ils réapparurent, de nouveau main dans la main, Ronèn se proposa pour mettre Erann au lit, mais le petit déclara qu'il n'était pas fatigué.

« Alors tu veux bien m'attendre quelques minutes dans ta chambre ? Je veux parler à maman. »

Ils s'assirent sur le canapé du salon, face à l'ordinateur allumé, et non autour de la grande table, là où, auparavant, ils discutaient toujours des sujets importants. Là où il lui avait parlé de Ruth pour la première fois, « il m'est arrivé quelque chose lors de mon dernier voyage, Orna, lui avait-il dit. Quelque chose que je suis incapable d'expliquer et que jamais je n'aurais cru vivre, mais voilà, c'est arrivé ».

À présent, il commença par la remercier de l'avoir accueilli si tard. « D'ailleurs, enchaîna-t-il, merci de nous permettre tout ça, à moi et à Erann. J'apprécie beaucoup. Je sais que ce n'est pas évident pour toi. Je viens de passer des mois très difficiles, c'est pour ça que j'avais disparu. Je n'étais plus sûr d'avoir fait le bon choix ni d'être au bon endroit, j'ai pensé peut-être revenir ici, mais je ne voulais pas vous déstabiliser tous les deux. Bon, finalement, les choses sont rentrées dans l'ordre là-bas. Je me sens bien à présent et je veux à nouveau faire partie de la vie de Ranran. Le plus possible. »

Elle réussit à faire bonne figure. Tous les cris avaient déjà été lancés, toutes les injures proférées, toutes les larmes versées. Cela appartenait au passé.

Et leur fils, debout sur le seuil de sa chambre, écoutait.

Étant donné que le trajet jusqu'au moshav prenait plus de deux heures, elle avait cru que Ronèn demanderait à dormir là, mais elle se trompait.

« J'aimerais revenir demain. Dans l'après-midi, si ça te convient. Ensuite, si tu es d'accord, j'emmènerai Ruth et les enfants avec moi pour que Ranran fasse leur connaissance. Ils ont très envie de le rencontrer. Si tout se passe bien, ce serait vraiment super qu'il vienne avec nous au moshav pour les vacances, comme je te l'ai proposé. Tu es toujours d'accord ? Je pense qu'il s'y sentira bien.

— Voyons d'abord comment ça se passe demain et on avisera après, ok ? Tu ne lui as encore rien dit à ce sujet, n'est-ce pas ?

— Bien sûr que non. »

Ensuite, ce fut le silence. Orna fixait les jambes de Ronèn qu'il avait repliées sur le canapé. Ronèn essaya de capter les yeux d'Orna. Soudain, la voix d'Erann s'éleva derrière eux : « Papa, maman, je peux venir ? »

10

Ruth était une blonde de grande taille, aux larges hanches, aux cuisses blanches et musclées, aux mains et aux pieds épais. Pas très belle, mais de celles dont on ne pouvait ignorer la présence. Elle avait quelque chose de solide, de terrien, peut-être de maternel, même si, en Israël, le maternel n'avait pas cette allure-là. Son ventre imposant – sa grossesse était déjà bien avancée – pointait en avant. Orna comprit immédiatement pourquoi Ronèn avait été attiré par elle, mais l'inverse lui parut moins évident, même en prenant en compte le fait qu'il était plus jeune qu'elle de quelques années. Elle ne put s'empêcher d'imaginer, pour un court instant, cette femme se baladant nue dans leur maison du Népal.

De tous les invités, Ruth fut celle qui intéressa le moins Erann. Elle passa d'ailleurs le seuil en dernier, précédée de Ronèn, lui-même précédé des quatre enfants, dont deux étaient déjà de vrais adolescents – à peu près seize et quatorze ans –, Kurt et Thomas. Le petit dernier, Peter, avait moins de quatre ans, il resta collé à sa mère, et il y avait aussi la fille, celle qu'Orna avait aperçue lors de leur dernière conversation par Skype, Julia. Dans la réalité, celle-ci lui parut plus grande et devait avoir le même âge qu'Erann. C'était une gamine curieuse et pleine d'énergie, la moins timide de la bande. Elle captiva tout de suite son fils. Dès qu'elle entra dans le salon, elle commença à regarder partout autour d'elle comme si elle cherchait quelque chose de précis, quelque chose qui aurait dû se trouver là.

Il n'y eut pas, entre les deux femmes, d'échange de politesses.

Malgré une tendance naturelle à accueillir les gens avec courtoisie, Orna ne proposa à Ruth ni de s'asseoir ni de boire quelque chose. Ronèn ne s'en chargea pas car il n'était plus chez lui, si bien que, malgré son état, celle-ci resta debout dans un coin du salon, le petit Peter collé à ses genoux. À l'évidence, elle ne voulait pas être là. De même que les deux ados apparemment. Au moment où elle fut présentée à Erann, elle sourit et lui tendit la main :

« *Hello Erann, very nice to meet you.* »

Elle n'essaya cependant ni d'attirer son attention ni de lui parler et encore moins de lui plaire. Tant qu'il resta dans le salon, elle se contenta de l'observer, comme si elle savait que ce n'était pas le moment de chercher à l'amadouer et se réservait pour les jours futurs où ce serait possible. Ronèn suivit son fils et Julia dans la chambre du garçon qui voulait montrer ses jeux à la demoiselle, puis revint demander à Ruth de se joindre à eux. L'Allemande prit le petit Peter avec elle. Peut-être là-bas avait-elle parlé ou joué avec Erann, mais ça, Orna n'y était pas pour le voir.

Elle s'était préparée à cette visite, pourtant elle se demanda comment elle y survivrait. Pourquoi n'étaient-ils pas convenus qu'ils viennent juste chercher le gamin et qu'on en finisse ? Ils étaient tous terriblement coincés, sans doute percevaient-ils à quel point cette visite lui était pénible. Ils remuèrent le moins possible – à part Julia. Mais comme ils étaient cinq, ou plutôt six avec Ronèn, qu'ils parlaient tout bas et uniquement en allemand, ils occupèrent l'espace d'une manière qui se révéla plus envahissante, plus agressive aussi que ce qu'Orna s'était imaginé, même dans ses pires cauchemars. Ce fut comme s'ils avaient pris possession du lieu dans sa totalité et ne lui laissaient pas de place, si bien qu'elle n'aspira qu'à disparaître… mais comment ? Se retrancher dans sa chambre à coucher et s'y enfermer, c'était trop criant et trop humiliant. Alors elle appela Erann (pour éviter de s'approcher de la chambre de son fils dont elle se sentait expropriée), dut s'y reprendre à plusieurs fois avant qu'il n'émerge et lui expliqua qu'elle sortait pour une demi-heure faire des courses. Elle le laissait avec papa – avec papa et toute sa famille, faillit-elle dire. Il hocha la tête, apparemment il s'en fichait complètement et ne comprenait même pas pourquoi elle prenait la peine de l'en informer. Elle prévint aussi Ronèn, qui lui demanda si elle allait bien.

Une fois dans la rue où elle n'avait rien à faire, elle marcha quelques minutes et s'assit sur un banc. Même sa mère aurait pu être une consolation, mais elle était partie, comme prévu, pour la Slovénie et la Croatie et, à l'instar de nombreuses personnes de plus de soixante-dix ans, elle avait obstinément refusé de prendre un forfait téléphonique pour l'étranger. Elle avait donc averti sa fille qu'elles ne pourraient se parler que le soir, à l'hôtel, en espérant que le wifi fonctionne. Orna lui avait vaguement laissé entendre qu'elle ne savait pas comment elle réagirait à une rencontre avec son ex et sa smala, encore moins au départ d'Erann pour le moshav, mais le voyage organisé payé à l'avance n'était pas remboursable. De toute façon, elle n'aurait pas été d'un grand secours, peut-être même le contraire. Orna ouvrit son téléphone et le referma. Au bout de la rue jaillit un groupe d'adolescentes bruyantes parmi lesquelles elle crut reconnaître des élèves. Les filles s'engouffrèrent dans un des immeubles. Elle se représenta Kurt et Thomas dans sa cuisine en train d'ouvrir le réfrigérateur à la recherche de quelque chose à manger. Elle savait pourtant qu'ils n'en feraient rien, ils étaient trop polis et leur mère ne le leur permettrait pas de toute façon. Quelques minutes plus tard, Ronèn l'appela : il était mal à l'aise de l'avoir obligée à quitter les lieux et lui demanda s'ils pouvaient emmener Erann avec eux pour un tour de Tel-Aviv et un dîner en ville. Elle dit qu'elle devait en discuter avec le petit.

« Est-ce que tu as envie d'y aller ?

— Oui, mais avec toi.

— Non, sans moi. Tu veux quand même y aller ?

— Oui, dit-il après un instant de réflexion.

— Alors repasse-moi papa. »

Ronèn lui demanda si elle avait pris les clés et s'il pouvait claquer la porte. Ils seraient partis dans cinq minutes, promit-il. Elle s'enquit de la manière dont ils feraient ce tour, il lui expliqua qu'il était venu exprès avec le pick-up afin d'avoir de la place pour tout le monde. Si elle était d'accord, ils ramèneraient Erann vers neuf ou dix heures du soir, « ou plutôt à l'heure que tu décideras ».

Lorsqu'elle rentra, ils n'étaient plus là, n'avaient pas laissé de désordre, pourtant leur présence pesait toujours autant. Des verres d'eau à moitié pleins étaient posés dans l'évier, sur le canapé du salon le ballon rouge d'Erann avait été oublié, les murs résonnaient de leur allemand et se resserraient autour d'elle, ne lui laissant pas la place de bouger. Elle ne pouvait plus respirer. Elle songea à téléphoner à son ex-mari pour savoir à côté de qui son fils était assis dans la camionnette. Sans doute entre la jolie fillette et Ruth. Mais finalement, comme elle avait quelques heures à tuer, ce fut Guil qu'elle appela. Elle lui demanda de venir chez elle.

« Tu es sûre ? s'étonna-t-il. Ton fils n'est pas là ?

— Pas si tu viens tout de suite. On a jusqu'à vingt et une heures.

— Je te rappelle dans quelques minutes pour te dire si je peux me libérer. »

Il la rappela pour lui annoncer qu'il ne viendrait pas.

Elle n'éclata en sanglots que le lendemain, chez le psychologue, qui avait demandé à les voir tous les deux ensemble, elle et Ronèn, avant le départ d'Erann pour le moshav. La manière dont le thérapeute la présenta la surprit, comme toute son attitude d'ailleurs. Pour la première fois, elle sentit qu'il la soutenait, qu'il comprenait non seulement la situation de son fils, mais aussi la sienne. Les dix premières minutes de l'entretien, il s'en prit vraiment au père : à cause de lui, le garçon avait passé une année très difficile, « ce n'est pas tant à cause de la séparation, mais parce que vous vous êtes évaporé. Vous devez savoir qu'on peut divorcer d'une femme mais pas de ses enfants, et que durant toute cette année, en tant que professionnel, j'ai eu de sérieux doutes quant à votre engagement paternel. La chance d'Erann, c'est d'avoir une mère comme Orna qui, malgré son chagrin et les difficultés qu'elle-même devait affronter, a réussi à le porter à bout de bras. Et elle l'a fait en évitant le piège dans lequel tombent de nombreux couples, à savoir se servir de l'enfant l'un contre l'autre, croyez-en mon expérience. Elle l'a préservé, s'est débrouillée pour qu'il ne perde pas l'espoir de retrouver une place dans votre vie. Dans un tel cas, la plupart des mères que je connais auraient agi autrement, j'espère que vous en êtes conscient».

Ronèn la regarda. Dit qu'il en était parfaitement conscient. Que personne ne savait mieux que lui à quel point Orna était une mère extraordinaire.

Elle fut soudain saisie d'une violente envie de le frapper, de poser les mains sur son cou, de planter les ongles dans sa chair et de serrer, exactement ce qu'elle avait ressenti pendant des semaines, juste après l'annonce de sa rencontre avec Ruth et la demande de divorce. Au lieu de cela, elle éclata en sanglots et, incapable de se maîtriser, demanda à sortir un instant de la pièce.

À son retour, ils parlaient déjà du séjour au moshav, Ronèn décrivait la maison qu'ils avaient louée, non loin de celle de ses parents et de là où habitait son frère avec sa famille. Il expliqua ensuite qu'Erann dormirait dans une chambre avec les deux derniers de Ruth, Julia et Peter, mais que s'il préférait il pourrait aussi rester chez ses grands-parents, dans la maison d'à côté où il y avait une chambre qu'il connaissait bien pour y avoir souvent dormi petit, «je pourrais d'ailleurs dormir là-bas avec lui. Sinon, nous n'avons pas énormément de plans, à part passer du temps ensemble. Peut-être irons-nous un jour en excursion à Massada et à la mer Morte, et un autre à Jérusalem, mais ça, on pourra aussi le faire après les vacances de Soukkot, quand Erann sera rentré chez Orna».

Le psychologue se tourna vers elle : «Ce programme vous convient-il ?

— On en a déjà parlé, c'est pour ça qu'on est là, non ? Si vous êtes pour et si vous pensez que mon fils sera partant, eh bien, d'accord. Quant à savoir si ça me convient, je ne vous répondrai pas.

— Je vois Erann demain et je lui demanderai ce qu'il en pense.»

À la fin de leur entretien, et bien qu'ils fussent convenus de ne trancher définitivement qu'après cette séance, il donna son numéro de téléphone à Ronèn et lui dit qu'il pouvait l'appeler à la moindre question ou difficulté. À croire que la décision était en fait déjà prise.

«Ce qui est primordial, et que nous devons tous les trois expliquer à votre fils avant qu'il ne parte, insista-t-il encore, c'est qu'il ne déménage pas et ne change pas de famille, mais va simplement passer quelques jours avec son père et faire la connaissance de la nouvelle famille que celui-ci s'est construite au Népal et qui, à partir de maintenant, sera aussi la sienne, même s'ils ne se voient pas très souvent.» Il poursuivit en s'adressant à Ronèn : «J'espère que vous comprenez que ça ne va pas être facile pour vous, parce que votre fils est un enfant très sensible. Il vous aime, il est aussi très attentionné, mais sachez qu'il vous testera à sa manière. N'oubliez pas qu'il va devoir, pour la première fois, partager son père avec quatre autres enfants.»

Ils se levèrent et se trouvaient déjà à la porte lorsqu'il demanda à Orna de rester encore un instant avec lui. Ronèn la laissa et dit qu'il l'attendrait dehors.

« Vous êtes sûre de pouvoir tenir le coup ? »

Elle faillit se remettre à pleurer mais arriva à marmonner : « Je ne sais pas. Qui vivra verra, non ? »

Il fit alors ce qu'il n'avait jamais fait, il lui posa une main sur l'épaule, s'approcha d'elle et voulut savoir si elle avait prévu de partir quelque part pendant l'absence de son fils. Elle répondit qu'elle n'y avait pas encore réfléchi mais qu'apparemment non. Il lui suggéra d'en profiter pour changer d'air. S'éloigner lui éviterait de penser. Elle crut même, l'espace d'un instant, qu'il allait lui proposer un voyage à deux, mais il n'en fit rien.

« Je me demande si vous ne devriez pas, vous aussi, vous faire aider par quelqu'un. Vous n'êtes pas suivie, pour l'instant, n'est-ce pas ? Je connais une femme très bien, ajouta-t-il après lui avoir lâché l'épaule et s'être écarté.

— Je ne sais pas. Plus tard, peut-être. Espérons d'abord que tout se passe bien.

— Tout se passera bien, Orna. Vous verrez que tout se passera bien. »

11

La nuit, quand elle arrivait à l'hôtel et se connectait à Internet, sa mère lui envoyait par WhatsApp des photos de ses vacances : des lacs piqués de bateaux à voiles, des montagnes vertes, des villes bucoliques avec de jolies places envahies par la foule, des gros plans de mets locaux servis dans des plats décorés sur des nappes à carreaux. Les maisons apparaissaient toutes rouges, bleues, jaunes, comme dans les contes de fées.

Depuis la visite de Ronèn et de Ruth, Orna n'arrivait pas à se débarrasser de la sensation que son appartement avait été dénaturé. Elle s'y mouvait différemment. Comme si elle n'était plus tout à fait chez elle. Peut-être est-ce la raison qui la poussa, le jour où Erann et les autres passèrent la soirée au cirque Milano qui avait planté son chapiteau dans le parc haYarkon, à appeler de nouveau Guil et à lui proposer de lui rendre visite. Ensuite, elle réitéra cette invitation certains soirs, tard, après s'être assurée que son fils dormait profondément. Elle fermait la porte de la chambre du petit, prévenait l'avocat de ne pas faire de bruit, faisait, elle aussi, attention… avec peut-être au fond d'elle-même l'espoir que le garçon se réveillerait, les surprendrait et irait raconter à papa qu'il avait vu un monsieur dans la chambre à coucher de maman.

Ce qui n'arriva pas.

Guil, lui, semblait chaque fois venir à contrecœur, il repartait au bout d'une heure à peine et ne réagissait pas quand elle le narguait par des : « Alors, tu lui as dit que tu allais où, ce soir, à Ruthy ? » et des : « Comment vont Noa et Hadass ? Elles ne sont pas venues dîner ce soir chez toi, comme d'habitude ? » Elle ne savait pas s'il acceptait ses invitations par peur ou par pitié. À l'évidence, il était mal à l'aise, parlait peu, et parfois, lui faisait carrément de la peine. Ils couchaient ensemble dans la chambre qui avait été la sienne et celle de Ronèn, dans le lit qui avait été le sien et celui de Ronèn. Apparemment, elle avait besoin de ça. Pendant qu'il la pénétrait, elle s'observait de l'extérieur, il était allongé sur le dos tandis qu'elle, au-dessus de lui, s'acharnait contre ses hanches en un va-et-vient presque violent, mue autant par le dégoût que par l'envie de continuer, comme si elle cherchait à provoquer ou à éveiller la colère de quelqu'un qui n'était pas dans la pièce. Elle savait très bien qu'il aurait préféré ne pas venir chez elle, qu'il voulait mettre un terme à cette relation mais n'osait pas rompre de peur qu'elle ne révèle leur liaison à sa femme et à ses filles. Peut-être aussi se sentait-il coupable envers elle. À présent, elle se servait de lui exactement comme il s'était servi d'elle, et pourtant, elle ne s'aimait pas dans ce rôle, savait qu'elle n'arriverait pas à le tenir longtemps. Elle lui interdisait aussi de se doucher parce que la salle de bains était attenante à la chambre d'Erann et que le bruit de l'eau risquait de le réveiller, ce qui le rendait fou. La deuxième fois qu'il vint chez elle, elle eut soudain l'impression qu'il s'intéressait un peu à son cadre de vie : il regarda autour de lui, examina les photos plaquées sur le réfrigérateur et les œuvres d'art sud-américaines du salon, jeta un coup d'œil à travers les volets, s'arrêta devant son coin bureau et son ordinateur. En le voyant ainsi, elle se dit qu'elle avait peut-être tort de garder ses distances et de ne pas le laisser s'approcher davantage.

Il essayait parfois de renouer un dialogue, lui demandait par exemple : « Tu ne veux pas m'expliquer ce qui se passe vraiment ? J'ai l'impression que quelque chose ne tourne pas rond avec toi.

— Tu veux dire quelque chose à part le fait que je couche avec un homme marié qui m'a menti pendant six mois ? »

Il baissait les yeux, elle se mordait les lèvres, s'en voulait presque de ne pas lui accorder de seconde chance. De ne lui avoir, en fait, jamais donné sa chance. Il avait raison de dire que dès le début elle y était allée à reculons. Et puis non ! Elle se ressaisissait aussitôt et se rappelait que c'était foutu dès leur premier rendez-vous, place Habima, en ce jour lointain d'avril où il avait commencé à lui mentir. Chaque fois qu'il lui demandait combien de temps elle pensait continuer ainsi, elle lui rétorquait : « Comment ça "ainsi" ?

— Avec toute cette amertume et cette colère. Pourquoi est-ce que tu m'invites chez toi ? »

Elle le regardait alors en souriant. « La vraie question intéressante, c'est combien de temps, toi, tu aurais été capable de continuer à me mentir, non ? Combien de temps, si je ne t'avais pas démasqué ? Tu ne crois pas que le moment est venu de dire à ta femme qu'on a recommencé à se voir ? »

Elle n'avait pas réellement l'intention de le dénoncer, et si on lui avait demandé pourquoi elle le menaçait, ce qu'elle recherchait par là, elle aurait été incapable de répondre. Très peu de gens savaient qu'ils avaient eu une relation précédemment, et personne n'était au courant qu'ils avaient repris. Elle avait décidé de ne pas en parler, pas même à sa mère. À Sophie, qui revenait parfois à la charge avec des : « Tu as des nouvelles de ton fumier d'avocat ? », elle répondait : « Silence radio. Et c'est tant mieux. »

Au lieu de boucler sa valise pour partir en vacances, elle boucla celle d'Erann. Elle y mit des affaires pour cinq jours, surtout des vêtements légers parce qu'on prévoyait une canicule, mais ajouta un pantalon et un tee-shirt à manches longues parce que les soirées pouvaient tout à coup se rafraîchir. C'était déjà l'automne, bien que la pluie se fasse encore attendre. Elle ajouta un maillot de bain pour la piscine du moshav et des jumelles au cas où ils iraient en excursion à la mer Morte, ses trois petites voitures préférées et deux livres : un album sur l'histoire de l'aviation et *Les Aventures du Capitaine Slip*. Dans la maison que Ronèn et Ruth avaient louée au moshav, les jouets ne manqueraient pas, inutile d'en prendre trop. Elle demanda à Erann s'il voulait aussi emporter son cahier spécial, il dit d'abord non puis changea d'avis, peut-être craignit-il de la décevoir. Elle lui répéta un nombre incalculable de fois combien il allait lui manquer et lui proposa d'écrire dedans tous les jours quelque chose sur ce qu'il avait fait, comme ça, s'il était d'accord, ils pourraient le lire ensemble à son retour. D'ailleurs, déclara-t-elle, elle aussi allait écrire tous les jours pendant qu'il serait parti. Intérieurement, elle se dit que si elle rédigeait un tel journal, elle l'appellerait : *Le Cahier de l'absence*.

En fin de journée, elle décida de l'emmener à la plage, ce qu'elle estima ne pas avoir suffisamment fait pendant l'été. Elle ressortit le maillot de bain de la valise, ils roulèrent jusqu'à la plage de Tel-Baroukh, au nord de Tel-Aviv, marchèrent sur les rochers, s'arrêtèrent à un endroit interdit à la baignade, ramassèrent des coquillages, des galets aux formes originales et des mollusques qu'ils placèrent dans un seau bleu tapissé de sable et recouvrirent d'eau. Ils posèrent deux pots en verre sous des pierres avec un peu de farine à l'intérieur pour piéger les petits poissons et, lorsque le soleil commença à baisser et la plage à se vider, ils sortirent une grande serviette et allèrent se baigner. La mer, tiède et sombre, scintillait. L'horizon passa de l'orangé au rouge sang, les violents courants les entraînaient vers la digue, ils s'accrochaient l'un à l'autre, s'écartaient puis se rapprochaient à nouveau au gré du ressac, elle plongea à plusieurs reprises et lui attrapa les jambes sous l'eau. Lorsqu'ils ressortirent, ils se mirent tous les deux à frissonner tant le vent était froid.

« Tu vois, si on sait s'y prendre, il peut faire frais dans ce pays, même en pleine canicule », lui dit-elle en l'enveloppant dans la grande serviette de plage.

Assis sur le sable, ils mangèrent du raisin, les yeux tournés vers le large. Mais ce qui excita vraiment Erann, ce furent les avions qui passaient au-dessus de leurs têtes après avoir décollé dans un chahut épouvantable de l'aéroport Sdé-Dov tout proche. Une telle soirée, elle le sentait, était tout ce dont elle avait besoin. Était tout ce qu'elle pouvait espérer dans cette vie-là. Pourtant, l'angoisse qui l'étreignait devenait de plus en plus profonde, comme si ces instants partagés n'avaient qu'un seul but : faire qu'Erann ne l'oublie pas, elle, sa mère. Comme si elle cherchait à lui offrir quelque chose de personnel qui n'appartenait qu'à elle et l'accompagnerait durant les longs jours qu'il passerait loin d'elle. Quelque chose qui le dissuaderait de demander à rester avec sa nouvelle famille.

Le lendemain matin, Ronèn arriva à onze heures. Erann l'attendait sur des charbons ardents, tout en joie, sans la moindre inquiétude, elle s'en rendait parfaitement compte. Très efficace, son ex-mari monta seul jusqu'à l'appartement et commença par descendre la valise. Il remonta, s'assura auprès du petit qu'il n'avait pas oublié de prendre une brosse à dents. Toutes les paroles du genre : « Tu es sûre que ça ira pour toi ? » étant épuisées, les deux parents n'avaient plus rien à se dire, et il attendit en silence dans le salon pendant que, dans la chambre du garçon, ils se faisaient leurs adieux. Elle lui rappela pour la énième fois qu'il pouvait l'appeler quand il voulait, qu'elle viendrait le chercher s'il avait le cafard, que si, avec les autres enfants, il se sentait mal parce qu'ils parlaient allemand ou pour toute autre raison, il avait son papa et ses grands-parents pas loin, qu'elle l'aimait et l'attendrait à la maison. Erann était tellement impatient de s'élancer vers sa nouvelle aventure que son corps, tendu comme un ressort, lui échappa dès qu'elle desserra son étreinte, et il se précipita pour retrouver son père dans le salon. Elle ne se mit pas à la fenêtre et ne les vit pas monter dans la voiture.

Et pour la minute d'après, elle n'avait aucun programme.

Alors la haine se libéra.

Orna lessiva tous les sols, descendit faire des courses au supermarché discount, s'arrêta au Super-Pharm du centre commercial pour acheter des antalgiques et dans la librairie juste à côté elle prit la suite de la série *1Q84* d'Haruki Murakami, qu'elle avait commencée pendant l'été et dont elle venait de terminer le deuxième tome. Elle s'assit un peu devant l'ordinateur et, à quinze heures, alla au lit avec le livre. Depuis combien d'années ne s'était-elle pas retrouvée ainsi seule chez elle pendant quelques jours ? La dernière fois, Erann avait six ans et était parti avec Ronèn pendant un week-end faire une excursion au lac de Tibériade, mais à l'époque, elle avait une tonne de copies à corriger. Un instant, elle goûta le calme ambiant, couchée en plein milieu de l'après-midi, baignée dans cette lumière grise qui nimbait la pièce, et elle apprécia les premières pages du roman. Sophie lui avait concocté une liste de séries télé à voir au lit, mais pour l'instant, elle préférait lire. Elle sentit ses yeux se fermer, se rouvrir, se fermer à nouveau, une douce fatigue relâcha les muscles de ses jambes… jusqu'à ce que ses pensées dérivent vers le sud. Vers le moshav.

Vers Ruth, qui accueillait à présent Erann sur le seuil de la maison, le prenait dans ses bras puis lui montrait l'endroit où il dormirait pendant les cinq nuits à venir. L'aidait à défaire la valise qu'elle, sa mère, avait préparée, et à ranger ses habits dans l'armoire. Touchait le précieux cahier.

Vers Julia, la petite blonde, qui, pieds nus, sans tee-shirt et tout ébouriffée, attendait à côté d'eux qu'ils terminent le rangement pour entraîner le garçon dans le jardin. Ces deux dernières nuits, elle avait rêvé de la gamine et dans ses deux rêves elle se promenait main dans la main avec son fils.

Comme elle avait peur qu'il s'amourache de tous ces gens ! Qu'il veuille partir avec eux au Népal !

Comme elle haïssait Ronèn, qui venait enlacer Ruth par-derrière tout en contemplant à travers le carreau Erann et Julia en train de batifoler dans le jardin !

Elle se leva, se prépara un café, appela Sophie qui, lui expliqua-t-elle, ne savait pas comment occuper ses gosses pendant les vacances et lui proposa de venir passer le week-end avec eux, ils allaient dans le Nord, à Banyas, avec des collègues d'Itzik.

Elle appela Guil deux fois. Qu'il ne réponde pas, bien que son téléphone ne fût pas éteint, raviva sa colère. Lorsqu'il finit par décrocher, il lui annonça qu'il était en déplacement professionnel à Bucarest.

« Tu en es sûr ? le nargua-t-elle. Si je fais maintenant un saut chez toi et Ruthy, tu peux me garantir que je ne t'y trouverai pas ? »

Il préféra ne pas relever, et soudain elle lâcha : « Ronèn est en Israël. Mon ex-mari. Il est venu voir Erann, je sais qu'il veut me l'enlever, il l'a pris avec lui pour les vacances, et moi, je n'ai plus envie de vivre.

— Je suis désolé de l'apprendre. Je peux faire quelque chose pour toi ? »

Voilà qui la fit rire. Elle se souvint qu'elle avait envisagé de l'obliger, sous menace de dénonciation, à tenir le rôle de son nouveau partenaire. Peut-être aurait-elle dû mettre ce plan à exécution ? Exiger qu'il reste chez elle tout le temps qu'avait duré la visite de Ronèn et de Ruth dans son appartement ? C'était complètement idiot, elle le savait très bien. Elle ne se serait pas mieux sentie avec Guil à ses côtés lors de cette première rencontre, peut-être même aurait-ce été pire, parce que cette idée ridicule n'était, en réalité, que l'expression du besoin qu'elle ressentait d'avoir, elle aussi, quelqu'un face à ce nouveau couple construit sur les ruines du sien.

« Je passerai te voir dès mon retour, Orna, ça te va ? Tu m'expliqueras quels sont ses plans et on verra ce qu'on peut faire, d'accord ? dit Guil avant d'ajouter : Je dois te quitter, je suis entre deux rendez-vous. »

En entendant son téléphone sonner vers minuit, elle crut que c'était de nouveau Ronèn et Erann, à qui elle avait pourtant parlé deux heures plus tôt, juste après la douche de son fils et avant qu'il aille se coucher. Quelle ne fut pas sa déception en découvrant que ce n'était pas eux mais Guil. Donc, apparemment, le petit avait réussi à s'endormir sans elle et sans l'histoire qu'elle lui lisait tous les soirs.

« J'ai un peu réfléchi, déclara-t-il, et j'ai eu une super idée. Pourquoi ne viendrais-tu pas me rejoindre ici demain ou après-demain ? Tu as quelques jours jusqu'au retour d'Erann, non ? Et moi, je vais repousser mon vol, comme ça, tu ne douteras plus de ma présence à Bucarest. » Il proposait même de s'occuper du billet et de le lui offrir. Si elle ne voulait pas dormir avec lui, il réserverait une chambre pour elle dans l'hôtel où il séjournait, ou même, si elle préférait, dans un autre hôtel. Il viendrait la chercher à l'aéroport, lui ferait faire le tour de la ville et ils pourraient passer du temps ensemble, mais si elle préférait se promener seule il comprendrait. Un instant, elle le prit au sérieux. Pourquoi pas Bucarest, après tout ? Sauf que jamais elle ne partirait. Et si soudain Erann voulait rentrer plus tôt que prévu ? Oui, elle se devait justement de rester dans les environs pour parer à toute éventualité. Sans compter qu'elle avait l'intention de rompre avec Guil, alors le retrouver en Roumanie allait exactement dans le sens contraire. Lui revint en mémoire leur nuit à Jérusalem, rare moment où elle avait vaguement senti que quelque chose pouvait évoluer entre eux. Mais aussitôt après, elle pensa à toutes ces heures où, sans avoir encore découvert sa trahison, elle avait su que non, rien ne sortirait de cette relation. À l'époque, il lui avait reproché de ne pas dire ce qu'elle pensait, et quand elle lui avait demandé : « De quoi ? », il avait répondu : « De nous deux. De moi. De ce qui se passe entre nous ou pourrait se passer. »

Elle réfléchit un instant avant de lui répondre : « Qu'est-ce que je vais raconter autour de moi ?

— Ce que tu voudras. Personne n'est au courant qu'on se revoit, c'est bien ce que tu m'as dit, n'est-ce pas ? Alors, tu n'as qu'à expliquer que tu pars seule te changer les idées à Bucarest. Quoi, tu trouves ça bizarre ? »

Cette nuit-là, Orna rêva à nouveau de la blondinette, mais cette fois Erann n'était pas avec elle. Au réveil, elle ne se souvenait pas de tout, uniquement que la fillette était entrée seule dans une piscine, tandis qu'elle, Orna, se demandait, en rêve, si elle savait nager parce que cette piscine était traversée par de violents courants et que c'était dangereux. À un autre moment, la gamine la regardait de très près, avec ses grands yeux, et lui disait en allemand un truc qu'elle ne comprenait pas, peut-être la mettait-elle en garde contre quelque chose.

Elle était debout depuis une bonne heure lorsqu'Erann l'appela – exactement comme Ronèn l'avait promis. Il avait bien dormi, avait mangé du pain perdu avec du sirop d'érable au petit déjeuner et dans deux minutes, lui annonça-t-il, tout le monde partait en excursion dans le désert. Elle entendit, au son de sa voix, qu'il était heureux.

Il termina en lui demandant – déjà ! – s'il pouvait rester avec papa plus que les cinq jours prévus.

12

Guil ne l'attendait pas à l'aéroport. Lorsqu'elle ralluma son portable, avant même de sortir de l'avion, elle trouva un SMS envoyé d'un numéro inconnu : « Suis retenu en ville par le boulot. Prends un taxi pour aller à l'hôtel. Je t'appelle quand j'aurai terminé. Si tu n'as pas d'argent roumain, il y a des bureaux de change à l'aéroport », et un autre, qu'Erann avait envoyé du téléphone de son père : « Maman, je te souhaite un bon voyage et un bon séjour. On va chez papi et mamie. »

En sortant du hall d'arrivée, elle vit que tout le monde fumait et dans le taxi qu'elle prit l'odeur de cigarette était très forte. Malgré sa veste en jean, elle avait froid, son chauffeur avait l'air arabe, il ne la regarda pas de tout le trajet, n'essaya pas de nouer une conversation avec elle, et chaque fois qu'ils s'arrêtaient à un feu rouge il en profitait pour envoyer des SMS avec l'appareil accroché à son pare-brise. Ils dépassèrent des garages, elle remarqua des chiens errants qui se déplaçaient en meute – avant son voyage, elle avait lu quelque part qu'il y en avait beaucoup à Bucarest en ce moment. Elle se remémora tous les trajets nocturnes reliant aéroports et hôtels qu'elle avait faits à vingt ans, lorsqu'elle était hôtesse de l'air et surtout le jour où, à Kiev, avec deux collègues, elle s'était retrouvée conduite par un chauffeur complètement ivre qui roulait à cent kilomètres-heure en pleine ville, avait grillé tous les feux et refusé de les laisser descendre en route. Elle ne reconnut pas le paysage triste qui défilait à présent sous ses yeux, pourtant, elle avait parcouru plusieurs fois le chemin qui menait au centre de Bucarest. C'était plus d'une décennie auparavant, peut-être le décor avait-il changé. Bien sûr, elle se demanda ce qu'elle faisait là, s'imagina d'ailleurs que le taxi allait l'abandonner en pleine zone industrielle, au milieu des meutes de chiens. Ensuite, quand elle vit qu'ils entraient dans la capitale, elle se persuada que même si elle arrivait à l'hôtel il n'y aurait pas de réservation à son nom ou pas de chambre libre. Mais non, la voiture entra dans un quartier qui lui parut plus familier, soit qu'elle en ait effectivement gardé un vague souvenir, soit qu'il ressemblât à n'importe quelle ville européenne, avec des magasins Zara ou Nike, des Starbucks dans des rues propres et des touristes. Le conducteur s'arrêta devant un immeuble très parisien : l'hôtel Trianon, trois étoiles. Elle n'y était jamais descendue.

À l'accueil, la réceptionniste, qui avait les yeux bleus, dont un en verre, parlait très bien l'anglais et trouva immédiatement sa réservation.

« Vous restez deux nuits avec nous, n'est-ce pas ? » s'assura-t-elle avant de lui demander sa carte de crédit.

Orna comprit alors que la chambre avait été réservée mais non payée à l'avance et en fut soulagée : elle était encore dans l'avion quand elle avait décidé de ne rien accepter financièrement de Guil. La charmante femme lui donna sa clé magnétique, souligna au stylo bleu le nom du réseau wifi, le mot de passe de l'hôtel et les horaires du petit déjeuner, imprimés sur la pochette en carton dans laquelle elle glissa la carte.

« Dans quelle chambre se trouve M. Hamtzani ? demanda Orna juste avant de monter.

— Quand est-il censé arriver ? s'enquit l'autre après avoir cherché en vain dans l'ordinateur.

— Il doit être là depuis quelques jours. »

Aucun Hamtzani ne figurait dans le fichier des clients de l'hôtel, elles tentèrent plusieurs orthographes en lettres latines, Chamtzani, Khamzati, Amtzani. En vain.

« Aucune importance, je me suis sans doute trompée », finit-elle par dire.

Elle en déduisit qu'il séjournait pour l'instant dans un autre hôtel, peut-être dans son établissement habituel, et ne voulait pas qu'on les voie ensemble. Elle se prit à espérer qu'elle ne le croiserait pas durant les deux jours qu'elle passerait en Roumanie.

Elle ne s'attendait pas à ce que la chambre soit aussi agréable : un grand lit double avec un couvre-lit en tissu pourpre parfaitement tendu sur des draps blanc cassé, de la moquette bleue très propre, un secrétaire en bois brun foncé, d'époque ou du moins qui paraissait l'être. Deux appliques murales en guise de lampes de chevet et une bande lumineuse au plafond répandaient sur la pièce une douce lumière dorée. Elle ouvrit les rideaux, bleus eux aussi : sa fenêtre donnait sur une voie calme, la rue Cobălcescu. Elle posa sa petite valise sur le lit et l'ouvrit, ce qu'elle faisait toujours en premier du temps où elle travaillait comme hôtesse de l'air, puis retourna à la fenêtre et contempla les arbres qui bordaient le trottoir.

Lorsqu'elle se brancha au wifi, elle reçut un message WhatsApp de Sophie : « Envoie des photos ! » Elle hésitait cependant à prendre des clichés de la chambre : elle avait menti à tout le monde avant de partir. À Sophie, à Erann, à sa mère qui était censée rentrer de son voyage organisé le lendemain. Oui, à tous, elle avait prétendu être tombée sur une promotion alléchante pour trois jours à Bucarest au lieu d'avouer qu'en réalité Guil lui avait payé son billet et qu'elle le retrouvait sur place. Sans raison valable, elle avait raconté qu'elle partait seule pour se changer les idées, se reposer et surtout, avait-elle insisté, s'éloigner de son appartement vide, fuir ce qui se passait entre Ronèn et son fils. Sophie, qui avait trouvé l'idée excellente, avait juste émis le regret de ne pas pouvoir l'accompagner : Itzik s'était claqué un muscle pendant leur excursion à Banyas, impossible de le laisser seul avec les gosses. Orna se décida finalement à lui envoyer par WhatsApp une photo de la chambre et une de la vue encadrée par la fenêtre, avec les rideaux bleus de part et d'autre. Elle reçut aussitôt en guise de réponse la photo d'une pile de vaisselle sale entassée dans l'évier.

Peut-être avait-elle tout de même pris la meilleure décision possible ?

Elle décida de ne pas attendre Guil, et même de tout faire pour l'éviter. Qu'il lui ait offert le billet ne devait pas lui donner mauvaise conscience, elle pouvait considérer ce geste comme une sorte de dédommagement ou encore le rembourser à leur retour en Israël. Malgré le prix élevé qu'il avait coûté – un peu plus de 450 euros, elle l'avait vu sur la réservation –, elle se débrouillerait pour lui rendre intégralement la somme. Elle se sentit aussitôt plus libre. Se souvint de l'époque où, les yeux fermés, elle était capable de s'orienter dans n'importe quelle cité étrangère ou semi-étrangère. Sans plan. Son instinct, basé sur son attirance intuitive pour le beau – c'est du moins ce qu'elle pensait à vingt ans –, la guidait toujours aux bons endroits et ce sixième sens n'avait fait que se renforcer au gré des dizaines de villes qu'elle avait visitées à travers le monde. Ainsi, partout où elle atterrissait pour une nuit, elle trouvait systématiquement les rues les plus pittoresques, les places les plus féeriques et les cafés les plus agréables. À présent, avec Google Maps et une application de guide touristique, c'était encore plus facile, mais elle préféra ne pas s'en servir. Elle sortit de l'hôtel sans but précis, tourna à droite puis de nouveau à droite, tomba sur une rue plus large, sentit qu'elle devait l'emprunter et, après trois ou quatre minutes de marche, elle comprit qu'elle ne se trompait pas et approchait de la vieille ville.

Il était dix-sept heures, sous un ciel couvert et sombre, comme si la nuit allait bientôt tomber. Dans son souvenir, Bucarest était plus sale et plus pauvre que ce qu'elle voyait à présent. Elle s'étonna de découvrir, le long du trajet, des hôtels qui abritaient des casinos luxueux et, plus étonnant encore, les pancartes qui demandaient en hébreu aux consommateurs de déposer leur passeport à l'entrée. Au début, elle ne prit pas de photos, elle préférait immortaliser ce qu'elle voyait avec les yeux et la mémoire, ou plutôt graver les images dans son âme, mais lorsqu'elle se rappela que cette phrase venait de Ronèn elle se mit à tout mitrailler autour d'elle. Ainsi, elle pourrait montrer des tas de choses à Erann quand ils se retrouveraient. Et elle fit ce qu'elle faisait lors de ses brefs séjours d'autrefois : au lieu de s'attabler dans un bon restaurant, elle se mit en quête de quelque stand de rue qui proposait des spécialités locales, non par souci d'économie mais parce que le plus simple était souvent le meilleur. Elle trouva son bonheur dans une sorte de kiosque qui proposait une roulade fourrée au fromage mou, la version roumaine du *khinkali* géorgien ou des *bourekas* israéliens.

À vingt heures, elle fit demi-tour pour être sûre d'attraper Erann par Skype avant qu'il aille se coucher. Dans un magasin de souvenirs de la vieille ville, elle lui avait acheté une épée traditionnelle en bois, une flûte colorée et un tee-shirt blanc avec Dracula imprimé dessus – le tee-shirt, elle n'était pas certaine de le lui donner parce qu'il était un peu effrayant. Arrivée aux abords de l'hôtel, elle aperçut Guil qui attendait dehors. Il avait l'air stressé, portait un costume gris qu'elle ne lui avait jamais vu en Israël et jetait des regards inquiets à droite et à gauche.

« Décidément, tu arriveras à me surprendre même à l'étranger », lui lança-t-elle.

Il répondit qu'il était désolé, que ses rendez-vous de travail avaient pris beaucoup plus de temps que prévu, qu'il était content qu'elle ait trouvé l'hôtel et lui demanda comment était la chambre.

« Charmante. Mais alors toi, finalement, tu ne loges pas ici ? »

Elle eut soudain la sensation claire que ce voyage lui avait été d'un grand secours et que, pour sa part, il pouvait se terminer à cette seconde. Comme si elle n'avait eu besoin que de prendre l'avion, s'installer dans cet hôtel et se promener dans les rues de Bucarest pour se prouver qu'elle n'avait rien perdu de son instinct et savait encore trouver son chemin. Ne lui restait plus qu'à reprendre l'avion et rentrer, inutile de passer la nuit ici. Exactement comme à l'époque de ses vingt ans.

Guil admit qu'en fait il n'était jamais descendu dans cet établissement, que c'était un ami roumain qui le lui avait conseillé. Un ami avocat. Lui, en général, séjournait à l'autre bout de la ville, parce que c'était plus près des ministères et que la plupart de ses rendez-vous de travail se tenaient là-bas. Il avait attendu qu'elle lui donne son avis sur l'endroit avant de réserver une seconde chambre, d'ailleurs que voulait-elle ? Qu'il prenne une chambre séparée ou qu'ils dorment dans la même ?

« Comment fais-tu, en général, avec les nanas que tu amènes ici ? » lui demanda-t-elle, rageant de le laisser, encore une fois, lui saper le moral.

Cette fois, il ne sourit pas. Elle poursuivit en disant qu'elle préférait qu'il ait une chambre pour lui et que, d'ailleurs, elle avait l'intention de lui rembourser le billet d'avion. Qu'elle ne croyait pas à cette histoire d'hôtel à l'autre bout de la ville et qu'elle doutait même de ce qu'il lui avait raconté sur ses activités à Bucarest, qu'en réalité elle ne savait rien sur la nature de son prétendu travail, sûrement en rapport avec les casinos et leurs panneaux en hébreu qu'elle avait vus en ville. Pourquoi un avocat devrait-il se rendre si souvent à Bucarest dans le but d'obtenir des passeports roumains pour des Israéliens qui y avaient droit ? Et de toute façon, elle n'avait plus la force, ni pour ses jeux de cache-cache ni pour ses mensonges. Maintenant, elle ne désirait qu'une chose : monter dans sa chambre et parler avec son fils. Et en son for intérieur, elle décida de ne plus le revoir.

Lorsqu'il lui proposa d'aller manger un morceau, elle répliqua qu'elle devait d'abord appeler Erann, quant à lui, quoi, ne devait-il pas parler à sa femme ? « On n'a qu'à se retrouver après… enfin, on verra, tout dépendra de mon état de fatigue », éluda-t-elle, vu qu'elle avait l'intention de se mettre au lit sans ressortir et de s'endormir rapidement. Elle poussa la porte de l'hôtel et remarqua qu'il n'entrait pas à sa suite.

« Monsieur ne veut pas qu'on nous voie ensemble ? De toute façon, on ne te connaît pas ici ou je me trompe ?

— Orna, tu veux bien arrêter ces enfantillages ? Je te rejoins dans une seconde. J'attends juste un coursier qui doit m'apporter des documents. »

Cette réponse la réconforta presque : il avait assurément compris qu'elle allait tirer un trait sur leur histoire et il attendait juste qu'elle tourne le dos pour sortir définitivement de sa vie. Il n'avait même pas de valise avec lui ! Quoi qu'il en soit, elle savait à présent que, de retour en Israël, elle aurait enfin la force de couper net cette relation malsaine et d'en finir une fois pour toutes.

Malgré la pique qu'elle venait de lui lancer, elle n'était plus ni offensée ni réellement en colère contre Guil. Le dégoût qu'elle s'inspirait était, lui aussi, passé. Peut-être ne restait-il qu'une vague angoisse, liée au fait qu'elle en savait sur lui beaucoup moins qu'elle ne le croyait. Mais elle se sentait libérée, pas seulement de Guil, c'était quelque chose de plus global, comme si elle était certaine d'avoir à présent la force de se débrouiller seule, d'affronter tout ce qui se présenterait à elle. Même si Erann formulait clairement la demande de rester plus longtemps avec Ronèn, voire de partir habiter avec eux au Népal, elle saurait comment réagir. Plus de doute là-dessus.

Elle lui dirait simplement non.

Mon amour, tu ne peux pas aller vivre avec ta nouvelle famille parce que tu es mon fils et que personne ne s'occupera de toi aussi bien que moi. Parce que je ne me séparerai jamais de toi, de même que tu ne pourras jamais te séparer de moi, et si tu n'en as pas conscience aujourd'hui tu t'en rendras compte quand tu seras un peu plus grand.

Elle l'appela à peine entrée dans sa chambre. Lorsque Ronèn apparut sur l'écran, la première chose qu'il lui dit fut qu'elle avait l'air très en forme. « Tu passes un bon moment là-bas ? Comment trouves-tu la ville ?

— En ébullition. Erann va bien ?

— Il est sous la douche, on rentre de la piscine, il va sortir d'un instant à l'autre. »

Nul besoin de poser la question, il se douchait certainement avec Julia tandis que Ruth les aidait à se savonner – elle le savait. Quelques secondes plus tard, les deux enfants apparurent effectivement à l'écran : Julia, en petite culotte orange et torse nu, se planta la première devant la caméra de l'ordinateur, suivie de près par Erann qui déboula, enveloppé dans une serviette blanche, les cheveux dégoulinants, plus bruns et raides que jamais.

Orna demanda à rester seule avec lui. Ronèn prit alors la gamine par la main et tous deux quittèrent la pièce.

« Comment vas-tu, mon amour ? lui demanda-t-elle. Si tu savais comme tu me manques !

— Bien, maman. T'es où ? »

Elle lui expliqua ce qu'elle lui avait déjà expliqué, à savoir qu'elle avait pris un avion, un Boeing 737 bimoteur, pour atterrir dans la capitale d'un pays qui s'appelait la Roumanie. Elle se trouvait à présent dans un hôtel, et avant elle s'était promenée en ville, avait bien mangé et lui avait acheté des cadeaux.

« Tu veux voir ma chambre ? » lui proposa-t-elle, mais ce qui l'intéressait, lui, c'était ses cadeaux. Alors elle sortit l'épée en bois et le tee-shirt de leur sac plastique noir et les lui montra.

Il n'eut pas l'air déçu. Elle enchaîna : « Ranran, tu te sens toujours aussi bien avec papa ?

— Oui. Alors, tu as décidé si je pouvais rester plus que cinq jours ?

— J'ai décidé que non, mon chéri. Tu me manques trop, je ne pourrais pas tenir plus longtemps sans toi. Mais papa viendra nous voir encore plein de fois avant de repartir. »

C'était toujours comme ça entre eux.

De courtes conversations. Peu de mots.

Ce qui comptait, c'était tout le reste, le dialogue des yeux ou du corps, comme la veille de son départ, dans le bleu foncé de la mer, lorsque les courants les avaient éloignés pour à nouveau les rapprocher l'un de l'autre. Le garçon hocha la tête, ce refus ne le contrariait pas trop. Peut-être même en était-il content.

« Tu n'as pas la force de me raconter ta journée, c'est ça ?

— La piscine, c'était super, et maintenant, on va manger des escalopes panées.

— Est-ce que tu notes ce que tu fais dans ton cahier, comme tu me l'as promis ? J'espère bien que tu pourras tout me lire quand on se retrouvera. »

Pour sa part, elle n'avait encore rien écrit.

Elle ne termina pas cette conversation sans lui demander un bisou via l'ordinateur, un bisou qu'elle attrapa au vol juste avant qu'il appuie sur le bouton et la fasse disparaître de l'écran.

À vingt heures cinquante-six, Guil frappa à sa porte. Elle ne s'était pas encore déshabillée, mais ne comptait toujours pas ressortir. Elle était même encore plus déterminée à aller se doucher, enfiler un pyjama et se coucher sans dîner. Il l'avait harcelée, elle avait compté huit ou neuf appels sur son portable et les avait tous rejetés dans l'espoir qu'il cesse… si ce n'est que ses nombreuses tentatives et le fait qu'il laissait sonner très longtemps (plus de dix coups) l'obligèrent à se faire une raison : il ne renoncerait pas à sortir avec elle ce soir-là.

Elle ouvrit sans réfléchir. Dès qu'il fut à l'intérieur, il lui plaqua une main molle sur la bouche, verrouilla la porte et, très violemment – jamais elle ne lui aurait soupçonné une telle force –, il la poussa sur le lit avant qu'elle comprenne ce qui lui arrivait. Elle tomba, son visage s'écrasa contre l'oreiller qui étouffa son cri. Il lui tira alors les deux bras vers l'arrière et, avec ses genoux, lui maintint les mains plaquées contre le dos. Elle sentit qu'il lui attachait les poignets avec un linge. Lorsqu'il l'eut ainsi ligotée, il prit une serviette et la bâillonna.

Orna lutta, essaya de le repousser avec les pieds et le dos, de se débarrasser de lui en donnant des coups de talon, mais il ne fit qu'appuyer davantage les genoux contre sa colonne vertébrale, au risque de la lui briser. Et chaque fois, il lui écrasait le visage plus profondément dans l'oreiller. Elle respirait de plus en plus difficilement. Durant les quelques secondes qui passèrent avant qu'elle ne perde connaissance, elle se dit qu'il ne cherchait qu'à la faire souffrir, pas à la tuer, non, même si ça en avait tout l'air. La douleur dans ses vertèbres devint insupportable. Elle cria : « Qu'est-ce que tu fais, Guil ? », mais aucun son ne sortit de sa bouche.

Lorsqu'elle reprit connaissance, elle était allongée sur le lit dans la même position, les mains toujours attachées dans le dos et toujours bâillonnée, les reins douloureux. Impossible d'évaluer combien de temps s'était écoulé, mais la pièce était à présent plongée dans la pénombre, comme si la nuit était très avancée. La voyant bouger, Guil se tourna vers elle. Il était assis sur le lit, lui avait pris son portable qu'il tenait entre les mains. De la télévision émanaient des lumières colorées qui déchiraient le noir de la chambre.

À ce stade, elle ne comprenait toujours pas ce qu'il lui voulait.

« Donne-moi ton code », murmura-t-il soudain, comme s'il avait oublié qu'elle avait la bouche obstruée par une serviette.

Malgré la douleur, elle tenta de se renverser sur le côté ou sur le dos, mais il la plaqua à nouveau face contre le matelas.

« Indique-moi ton code, répéta-t-il. S'il te plaît, avec les doigts. »

Il n'en dit pas plus.

N'ajouta pas le moindre mot dans les minutes qui suivirent. N'émit pas le moindre son. Se contenta de manipuler le téléphone d'Orna sans qu'elle arrive à voir ce qu'il faisait, la seule chose qu'elle saisit du coin de l'œil, grâce à la lumière de l'écran, ce furent les gants en latex qu'il portait. Alors elle comprit qu'il avait bel et bien l'intention de la tuer. Qu'apparemment, il effaçait tous les messages qu'il lui avait envoyés, comme si le meurtre était déjà commis, ne lui restait plus qu'à faire disparaître les éléments compromettants. Mais comme elle était toujours en vie, elle recommença à se tortiller dans l'espoir de rouler sur le sol. Il se leva et, sans lâcher l'appareil, vint à nouveau lui planter un genou dans le dos.

Elle se dit : ce ne sont pas là mes derniers instants, ce n'est pas la fin de ma vie. Et aussi : je ne verrai plus Erann. Puis : est-ce pour ça qu'il m'a fait venir en Roumanie ? Avait-il tout prévu d'avance, certain qu'ici personne ne l'attraperait ? Elle continua : il ne sera démasqué que si je tiens le coup, si je meurs, il s'en sortira, je n'ai dit à personne qu'on se revoyait, ça fait des mois que je n'ai parlé de lui à personne, et personne ne sait que je suis venue à Bucarest le retrouver. Ma seule chance, c'est le billet d'avion qu'il m'a acheté, ça doit figurer quelque part, de même que la réservation de l'hôtel… sauf s'il a planifié la chose et utilisé des faux noms. Elle se souvint qu'elle avait laissé les rideaux ouverts, comme d'habitude, pour profiter de la vue à chaque instant, et vit qu'il les avait fermés. Elle pensa soudain à la réceptionniste et à son œil de verre, à qui, quelques heures auparavant, elle avait demandé de chercher le nom de Guil Hamtzani dans la liste des réservations. Se souviendrait-elle de ce nom demain ? Mais non, demain, ça ne pouvait pas être la fin. Non.

Alors qu'elle essayait à nouveau de se retourner pour tomber du lit, elle vit la corde blanche et là, elle sut.

Il ne serait pas inquiété.

Il s'agissait d'une longue rallonge électrique blanche terminée d'un côté par un boîtier de trois prises, de l'autre par un nœud coulant. Plus de doutes : c'est avec ce câble qu'il allait la tuer. Et maquiller ça en suicide. Il le lui passerait autour du cou, serrerait puis l'accrocherait à la tringle ou à n'importe quoi de suffisamment haut dans la chambre. Puis il sortirait de la pièce sous le couvert de l'obscurité, regagnerait sa chambre, à supposer qu'il en ait pris une, ou bien irait dormir ailleurs, là où il séjournait habituellement. Ainsi, il rentrerait en Israël en ignorant tout de celle qu'il n'avait jamais rencontrée et qui s'était donné la mort dans une chambre d'hôtel à Bucarest, une femme dont on ne chercherait pas l'assassin puisque la police roumaine conclurait à un suicide, une femme dont les proches partageraient cette thèse tant ils la savaient malheureuse à cause d'Erann et de Ronèn. Quant à Ronèn justement, quoi de mieux pour lui ? Leur fils ne serait désormais plus que le sien et il pourrait sans encombre l'emmener au Népal. Guil était-il en train d'envoyer quelques ultimes messages à partir de son téléphone à elle ? Écrivait-il une lettre d'adieu à Erann ? Erann Erann Erann Erann, rien qu'Erann.

Elle ne cessa de parler sans être entendue.

Guil, lui, ne disait toujours rien.

Il se leva, posa enfin le portable sur le secrétaire. S'approcha d'elle. Lui plaqua l'oreiller sur la tête. De nouveau, elle étouffait. Il fallait qu'elle ne pense qu'à Erann, Erann, Erann, mais sous ses yeux son garçon apparut aux côtés de la fillette de Ruth, Julia, qui la regardait de l'écran de l'ordinateur comme une demi-heure auparavant, avec sa petite culotte orange. Impossible que ce soit la fin. Personne ne le démasquerait.

Elle dit : non, non et non, je ne me suis pas suicidée, jamais je ne t'aurais abandonné.

Sûr que quelqu'un le saurait. Quelqu'un. Ce n'est pas ma lettre d'adieu. Tu le sais. Tu le sais. Tu le. Tu tu tu.

Peut-être, quand même, non, pas encore, pas la fin.

Comment puis-je cesser de vivre alors que le corps de mon fils est à des milliers de kilomètres du mien…

DEUX

1

Nahum meurt un 25 décembre, en pleine célébration de la naissance du fils de Dieu.

En fait, l'agonie avait commencé quatre jours plus tôt, lorsqu'il se réveilla au milieu de la nuit en détresse respiratoire. Une ambulance les transporta à l'hôpital mais dès cet instant Emilia se rendit compte qu'elle ne servait plus à rien. Infirmières et médecins s'occupaient à présent de lui. Accourus aussitôt à l'hôpital, ses enfants restèrent assis devant la chambre où il reposait. Leur expression et les quelques mots échangés entre eux en hébreu signifiaient clairement que c'était la fin.

Elle s'installa tout d'abord à côté d'eux dans le couloir, mais, trop mal à l'aise, prit l'ascenseur jusqu'au rez-de-chaussée et sortit sur la dalle de béton devant l'entrée pour respirer un peu d'air frais à ciel ouvert. À son retour, une infirmière lui demanda, en russe, si elle était l'auxiliaire de vie du vieux monsieur et quand elle répondit que oui, la femme la prévint qu'elle allait devoir chercher un nouveau poste : le patient, endormi et relié à un respirateur artificiel, ne tiendrait pas plus de deux ou trois jours, tous ses organes vitaux étant en train de collapser. « Il avait quel âge ? lui demanda-t-elle encore comme si Nahum était déjà au ciel.

— Quatre-vingt-quatre ans, répondit Emilia.

— Et vous vous en occupez depuis combien de temps ? »

Ça faisait deux ans.

Depuis qu'elle était arrivée en Israël.

La première année, il marchait avec un déambulateur et parlait encore. Il l'avait accueillie en lui tendant un cahier préparé à son intention dans lequel il avait écrit l'alphabet hébraïque et un choix de mots pour l'aider à apprendre la langue. Au bout de quelques mois, il avait cessé de parler et comme il ne marchait plus elle le descendait en chaise roulante afin qu'il ne soit pas coincé à la maison toute la journée. Elle le plaçait au soleil et il restait ainsi une à deux heures, selon le temps, tête baissée sur la poitrine, paupières closes, peut-être dormait-il, parfois un sursaut lui rouvrait les yeux, alors il regardait à droite et à gauche, paraissait perdu ou paniqué à l'idée de se retrouver seul, mais dès qu'il la voyait, là, tout près, son visage luisant de sueur sous la chaleur se détendait.

Ils s'installaient tous les deux côte à côte toujours sur le même banc, celui qui était sous l'arbre.

Elle en savait peu sur lui, uniquement ce qu'Esther, sa femme, lui avait raconté : Nahum était né en Autriche, à Linz, avait été pédiatre, et jusqu'à son premier AVC à l'âge de quatre-vingts ans, soit quatre ans plus tôt, il avait toujours été en bonne santé. Avant cette attaque, il jouait volontiers avec ses petites-filles, même s'il regrettait de ne pas avoir de petits-fils. Depuis sa retraite, il essayait d'écrire un livre sur les traitements de certaines maladies infantiles et construisait, pour son plaisir, toutes sortes de jouets en bois motorisés – des locomotives ou des manèges miniatures –, mais il ne pratiquait plus ces activités lorsqu'elle avait été engagée comme auxiliaire de vie pour s'occuper de lui.

Dans l'après-midi, l'aînée de la famille envoya sa mère se reposer à la maison – rester à l'hôpital ne servait à rien. Emilia l'accompagna, et, une fois arrivée dans l'appartement, lui proposa de préparer quelque chose à manger mais comme la vieille dame refusa elle se retira, désœuvrée, dans sa chambre… une chambre qu'elle devrait apparemment quitter dans quelques jours. La pièce, quasiment vide, aux murs dont la blancheur s'était ternie, ne contenait qu'un lit d'une place, une armoire, un petit téléviseur posé sur une table basse et un transistor.

Le jour de l'enterrement, au cimetière de Petah Tikva, personne ne lui adresse la parole.

En rentrant, les quatre enfants de Nahum et Esther se montrent généreux avec elle, comme ils l'ont toujours été. Ils lui disent qu'elle peut garder la petite chambre jusqu'à ce qu'elle trouve un nouveau travail et donc un nouveau toit. Elle propose de les aider durant la semaine traditionnelle de deuil, elle est prête à faire la cuisine, le service et la vaisselle, à nettoyer le salon et les toilettes après le départ des visiteurs, mais ils refusent : elle n'est pas leur bonne, si elle était là, c'était uniquement pour s'occuper de leur père. De toute façon, pendant cette triste semaine, ils seraient entourés de proches qui s'occuperaient de tout.

Effectivement, elle constate que les visiteurs apportent des tas de choses, qui un plateau de viennoiseries et de petits gâteaux, qui des casseroles de soupe, qui des plats en sauce. Les femmes se chargent de la vaisselle. Emilia, qui n'a donc plus aucune raison de rester, s'éclipse pendant la journée, et si elle revient le soir, c'est parce qu'elle n'a pas encore trouvé un autre lit où poser la tête. Elle sort à sept heures et demie, après avoir pris son petit déjeuner avec Esther mais avant que les gens ne commencent à défiler avec leurs condoléances, et revient vers vingt-deux ou vingt-trois heures, après leur départ, quand l'appartement est déjà plongé dans le noir. Elle se met en quête d'un nouvel emploi, non seulement en sollicitant l'agence de recrutement spécialisée qui l'a fait venir en Israël, mais aussi en parcourant les petites annonces de la presse russophone ou en parlant aux quelques autres auxiliaires de vie qu'elle connaît. Elle essaie de se remettre à l'hébreu avec le cahier que Nahum lui a donné le jour de son arrivée, mais, comme toutes les fois précédentes, elle n'arrive pas à dépasser la barrière de cet alphabet si différent. Pourtant, elle n'ignore pas que ça lui sera à présent indispensable.

Au début, elle était persuadée que cette langue prendrait racine en elle et se développerait facilement, deviendrait un arbre qui étendrait ses branchages de lettres d'où, tels des feuilles et des fruits, écloraient les mots, mais cet espoir s'était amenuisé au rythme du déclin de Nahum, un espoir qu'elle devra sans doute abandonner là, en quittant sa petite chambre.

Les enfants du défunt lui remettent une courte lettre de recommandation, rédigée en hébreu, et lui expliquent en anglais ce qu'elle contient, à savoir qu'ils la présentent comme une aide fidèle et efficace, qui a fait preuve d'un dévouement digne d'une mère envers son nouveau-né.

Lors de sa visite de condoléances, il y a même une de leurs connaissances qui, entendant avec quelle satisfaction ils parlent d'elle, se renseigne pour savoir si elle serait prête à venir travailler dans les environs de Haïfa et à s'occuper de la mère d'un de ses amis… mais parler couramment l'hébreu étant une condition préalable, Emilia explique qu'elle ne pourra pas.

Elle s'assied encore sur leur banc, à l'ombre de l'arbre qui les protégeait, elle et Nahum. Se pose la question de savoir si ce ne serait pas le moment pour elle de rentrer à Riga. Le froid de ces journées ravive des souvenirs qu'elle croyait oubliés. Rien que l'idée de devoir s'installer au domicile d'une autre famille l'angoisse.

Deux jours après la fin de la semaine de deuil, une employée de l'agence de recrutement prénommée Nourith lui annonce que ça y est, ils ont une proposition pour elle : s'occuper d'une vieille dame qui vit dans une maison de retraite à Bat-Yam. Pour l'instant, il s'agit d'un temps partiel, trois jours par semaine, sans les nuits. Jusqu'à ce que la famille arrive à obtenir une allocation adulte dépendant qui lui permettra de l'embaucher à temps plein et de l'héberger sur place, elle devrait aussi, lui explique encore Nourith, trouver à se loger. Emilia se met aussitôt en quête d'une chambre, bien qu'elle ne sache toujours pas si elle veut ou doit rester en Israël.

Lorsqu'elle boucle ses deux valises et se sépare d'Esther, celle-ci lui demande ce qu'il y a dans l'appartement qu'elle a loué et lui dit qu'elle peut, si besoin, emporter tout ce qui se trouve dans la petite chambre, y compris le téléviseur et le transistor. Emilia hésite mais finalement ne se laisse pas tenter et refuse même les deux appareils.

« Vous avez de quoi cuisiner là-bas ? Il y a de la vaisselle ? » lui demande encore la veuve.

L'auxiliaire de vie n'accepte de recevoir que la tasse dans laquelle elle buvait son café le matin. « Vous me donnerez de vos nouvelles, n'est-ce pas ? Vous ne le savez peut-être pas, Emilia, mais Nahum n'est pas le seul ici à s'être attaché à vous. Moi aussi. »

Emilia lui promet de revenir de temps en temps.

Ensuite elle prend l'ascenseur, celui dont elle se servait pour descendre Nahum en chaise roulante jusqu'au jardin, passe devant leur banc, sous l'arbre qui les abritait tous les deux du soleil ou de la pluie.

C'est la dernière fois que je les vois, pense-t-elle.

2

Son ancienne patronne l'appelle près d'un mois plus tard. Début février, un mardi matin. Emilia est au travail chez la personne âgée dont elle s'occupe désormais. Elle lui répond mais s'excuse en chuchotant de ne pas pouvoir parler – le moment est mal choisi –, promet de la rappeler plus tard, attend de coucher la vieille dame pour sa sieste, puis sort sur le balcon. Elle est contente d'entendre la voix d'Esther qui lui demande de ses nouvelles, ne lui laisse pas le temps de s'excuser de ne pas avoir repris contact et lui lance en hébreu : « Vous avez disparu ! Vous m'aviez promis de ne pas vous volatiliser mais vous l'avez fait. Vous travaillez dur ? Vous n'avez pas une minute pour passer me voir, c'est pour ça ? Si vous saviez comme c'est pénible, pour moi, d'être dans cet appartement sans Nahum. »

Ces mots ramènent aussitôt Emilia dans la petite chambre qu'elle a quittée, elle revoit le lit étroit sur lequel elle a dormi pendant deux ans, les murs grisâtres.

« Je suis libre ce jeudi et je peux passer dans la matinée. Vous serez à la maison ?

— Je ne bouge pas de chez moi. Sauf peut-être tout à

l'heure pour aller chez le coiffeur. Appelez-moi quand même avant de venir, que je puisse me préparer », répond Esther, toujours en hébreu, d'une manière qui, clairement, indique qu'elle cherche à poursuivre la conversation. D'ailleurs elle enchaîne : « Mais en attendant, racontez-moi ce que vous devenez. Vous êtes contente de votre nouvelle place ? Les gens sont corrects avec vous ? »

Elle retourne donc à son ancienne adresse le jeudi, comme promis. Devant l'immeuble, assise sur le banc toujours abrité par son arbre, elle voit une jeune femme avec une poussette : la voisine du rez-de-chaussée, dont le mari est un homme de grande taille qui l'a un jour aidée à rentrer la chaise roulante dans l'ascenseur quand une des roues s'était coincée. Au moment de la mort de Nahum, elle était enceinte jusqu'aux yeux, se remémore Emilia. Maintenant, la voilà jeune maman, qui salue la visiteuse avec un large sourire, peut-être se souvient-elle de cette auxiliaire de vie étrangère, même si elles ne se sont jamais parlé.

Esther lui ouvre la porte en chemise de nuit bleu marine bien qu'il soit onze heures et demie et qu'Emilia l'ait appelée à dix heures pour lui confirmer sa venue. Elle semble ne pas s'être coiffée depuis l'enterrement tant ses cheveux gris sont emmêlés. Embrassades, mais tout de suite, la vieille dame s'étonne : « Qu'est-ce qui vous arrive, ma petite, vous avez terriblement maigri ! »

Sur la table du salon les attend un plateau avec une assiette de gâteaux secs et un cake industriel. La chaise roulante de Nahum n'est plus là, les volets qui donnent sur le jardin de devant sont baissés, mais l'odeur de l'appartement n'a pas changé, une odeur qu'elle avait trouvée si étrangère les premières semaines mais qui était devenue celle de l'endroit où elle se sentait chez elle : l'odeur des sécrétions corporelles et des médicaments mêlée au parfum des crèmes d'Esther, aux effluves rances des vieux murs et au moisi de certains placards. À la question de savoir ce qu'elle désire boire, café ou thé, Emilia propose de faire le service pour elles deux.

« Certainement pas, vous restez assise. Aujourd'hui, vous êtes mon invitée », réplique la gentille veuve en se dirigeant aussitôt vers la cuisine.

Restée seule, Emilia ne ressent que de l'embarras à se retrouver ainsi en visite dans un appartement qui, un mois plus tôt, était à la fois son toit et son lieu de travail.

Dès qu'elle revient avec les tasses, la vieille dame se met à parler, on dirait que ça fait des semaines qu'elle n'a pas eu d'interlocuteur. Elle dit qu'elle continue à aller à la piscine trois fois par semaine, mais comme elle n'a plus la force de nager elle se contente de faire de la gymnastique ; que les enfants viennent la voir, mais pas souvent ; qu'elle est encore fatiguée de l'agitation de la semaine de deuil et de tous ces gens qui ont envahi la maison, surtout les amis des enfants qui n'arrivaient qu'en fin de journée, restaient parfois jusque très tard et impossible de les chasser, très pénible pour elle qui avait l'habitude de se coucher tôt.

Elle parle mais remarque qu'Emilia ne touche pas aux gâteaux et lui demande à nouveau pourquoi elle a tellement maigri. « Vous ne mangez plus ou quoi ? insiste-t-elle, et sans lui laisser le temps de répondre elle enchaîne : Si vous saviez comme je regrette que vous soyez partie ! Si ça dépendait de moi, je vous aurais gardée, mais que faire, je ne suis pas encore impotente, je n'ai pas encore perdu toutes mes facultés ! J'espère que quand je tomberai malade vous serez toujours en Israël et que vous pourrez venir vous occuper de moi. Vous n'avez pas l'intention de quitter le pays et de rentrer chez vous, n'est-ce pas ? »

Emilia la rassure, quoique la pensée d'un retour à Riga la titille de plus en plus fréquemment.

« Je trouve que l'appartement est mieux rangé, lui dit-elle.

— Vous savez pourquoi ? Parce que j'ai commencé à me débarrasser de ses affaires. J'y vais doucement par manque d'énergie, mais je le fais. D'abord, les livres. Tous les jours, j'en dépose deux ou trois dans l'escalier, les voisins les prennent ou les descendent pour moi à la poubelle. Aujourd'hui, j'ai même sorti sa vieille chaîne stéréo. Vous vous en souvenez ? Vous ne l'avez pas vue dehors ? »

Elle ne lui propose pas de faire un tour dans son ancienne chambre, et Emilia n'en exprime pas le souhait. À part évoquer les affaires données ou jetées, les deux femmes ne parlent pas de Nahum. Esther veut savoir comment se passe son nouvel emploi, mais elle élude, à quoi bon désoler son ancienne patronne et de toute façon se plaindre n'est pas dans sa nature. Alors elle change de sujet et explique qu'elle cherche encore quelques heures de travail supplémentaires pour arriver à payer son loyer.

« Vous voulez que je demande aux personnes âgées du quartier ou à la piscine s'ils ont besoin de quelqu'un ? propose Esther. Combien de jours disponibles avez-vous ?

— Deux, le dimanche et le jeudi. Votre shabbat aussi, en cas de besoin, ajoute-t-elle. Je peux commencer très tôt le matin, dès le premier bus qui part de Bat-Yam, et terminer tard le soir. J'ai croisé une auxiliaire de vie comme moi dans le réfectoire de la maison de retraite et elle dit que je pourrais faire des ménages dans des appartements, des bureaux ou des cages d'escalier... » Tout en parlant, Emilia ne peut s'empêcher de chercher Nahum, comme s'il devait être là ou comme si elle avait du mal à croire qu'il n'y était plus.

Ce qu'elle omet de dire à Esther, c'est que le vieil homme, elle le voit quand elle se retrouve seule dans le cagibi qu'elle loue à présent ou même sur son lieu de travail. Elle a l'impression qu'il essaie de lui dire quelque chose mais sans y parvenir. La première fois qu'elle l'a aperçu furtivement, c'était au réfectoire, parmi les dizaines de pensionnaires, il avait un visage effrayant, les yeux très enfoncés dans leurs orbites, la peau presque translucide, mais maintenant, elle s'est habituée à sa lividité cadavérique et il ne lui fait plus peur.

« Pourquoi des ménages, Emilia ? se désole Esther. Ça ne me semble pas du tout une bonne idée. Vous devriez plutôt vous occuper d'une deuxième personne âgée, vous le faites si bien. D'ailleurs, avez-vous le droit de travailler dans un autre secteur d'activité ? »

Emilia répète ce que sa collègue lui a dit : que ça valait le coup parce qu'on était payé en liquide, qu'on n'avait pas besoin de permis de travail et qu'on n'était pas obligé d'avertir l'agence de recrutement ; que si on avait peur d'avoir des ennuis on pouvait toujours aller demander conseil à un avocat et faire changer le permis de travail délivré par le ministère de l'Intérieur, afin que ce soit légal.

C'est là qu'Esther a une idée : « Eh bien, pourquoi ne pas aller voir mon fils ? Vous savez qu'il est avocat, non ? Je suis presque certaine qu'il s'occupe aussi de ce genre de dossiers. Vous vous souvenez de Guil, n'est-ce pas ? Il sera ravi de vous aider. Et moi, je serai rassurée de savoir que vous restez dans la légalité. Avez-vous conscience que sinon, vous risquez l'expulsion ? Les choses se sont compliquées depuis un certain temps à cause de tous les sans-papiers africains qui débarquent et cherchent du travail ici. »

Et pour bien montrer qu'elle est sérieuse, elle va aussitôt dans sa chambre, en revient avec son portable et essaie d'appeler Guil… qui ne répond pas.

« C'est toujours comme ça, il ne prend jamais mes appels », soupire-t-elle avant de noter sur une feuille de papier le numéro du cabinet et de le lui donner.

Elle lui propose ensuite de rester déjeuner et fait fi du refus d'Emilia qui hésite car elle a remarqué à quel point cette visite et l'obligation de parler au moins une partie du temps en anglais fatiguent la vieille dame.

Toutes deux passent à la cuisine, s'asseyent de part et d'autre de la table sur laquelle ils buvaient leur café tous les matins et ne parlent quasiment pas pendant le repas. Emilia veut juste savoir qui cuisine à présent et Esther répond qu'elle s'y remet doucement et d'ailleurs, la soupe était-elle bonne ? Après un long moment de silence, elle répète à plusieurs reprises : « Si j'entends qu'il y a du travail pour vous par ici, je vous le dirai, et surtout, n'oubliez pas d'appeler Guil. Je suis sûre qu'il vous accueillera chaleureusement. »

Au moment de se séparer, elle la supplie presque de revenir la voir. Pourtant, cette fois, Emilia sent que, si elle ne la rappelle pas, la vieille dame ne le fera pas non plus.

3

Or voilà ce qu'Emilia a essayé de cacher à Esther, voilà ce qu'elle pense aussi arriver à cacher à tout le monde : elle est en train de perdre pied. Attend qu'une main salvatrice se tende vers elle et l'empêche de sombrer. Au moins un signe annonciateur de l'arrivée imminente d'un secours.

Le travail à la maison de retraite de Bat-Yam est si différent de ce qu'elle faisait chez Nahum !

L'établissement est composé de deux tours érigées sur le front de mer, deux ruches dans lesquelles s'agitent vieillards et personnel de soins. Emilia n'est pas seule. Sur place, elle côtoie d'autres auxiliaires de vie étrangers comme elle, hommes ou femmes venus d'Ukraine, de Bulgarie, de Thaïlande, de Colombie, de Roumanie, de Pologne, de Moldavie ou des Philippines. Elle les croise dans l'ascenseur, dans les couloirs aux sols couverts d'une moquette bleu ciel, dans le hall d'accueil, dans le réfectoire, humide et sombre, qui n'a pas encore été rénové, ou dans la cour. De temps en temps, une conversation se noue. Certains vivent sur place, dans l'appartement de leur employeur, d'autres louent le même genre de chambre qu'elle, soit à plusieurs, soit seuls.

Certains ont des familles et des enfants avec eux, d'autres les ont laissés au pays. Leur principal sujet de conversation, c'est l'argent. Tous cherchent à en gagner davantage. La plupart ont deux emplois. Ce sont toujours les mêmes questions qui reviennent : depuis quand es-tu en Israël ? Par quelle agence de recrutement es-tu arrivée ? Combien de temps as-tu l'intention de rester ? Les questions qu'elle se pose à elle-même sont, pour leur part, autrement plus désespérées.

La vieille dame dont elle a commencé à s'occuper s'appelle Adina, elle a quatre-vingt-douze ans et parle très mal anglais, ne sait dire que des choses basiques comme : «*go outside*», «*cleaning*» ou encore «*come*», mais le comprend mieux. Elle a une fille, Eva, la soixantaine, et, d'après les photos encadrées posées sur un rayonnage dans sa chambre, il se peut qu'elle ait aussi eu un fils, aujourd'hui décédé. Elle a cinq petits-enfants, dont l'un est déjà à l'armée.

Le premier jour, Eva a expliqué à Emilia que sa mère n'était plus totalement lucide, qu'elle avait des moments de déconnection ; qu'elle avait toujours été autonome et n'avait commencé à décliner sérieusement que depuis deux ans ; que jusqu'à présent une Israélienne venait deux fois par semaine faire le ménage, la lessive et les courses, mais la situation s'étant dégradée, elle a besoin d'une surveillance quasi permanente, impossible de la laisser seule plus de deux ou trois heures par jour devant la télévision ; qu'elle, Eva, vient le dimanche, le jeudi et le week-end, c'est-à-dire le vendredi et le samedi, précise-t-elle, les autres jours étant confiés à l'aide à domicile. Si l'assistante sociale décidait qu'Adina avait totalement perdu son autonomie, ils pourraient l'embaucher à temps plein, sauf si la vieille dame était transférée dans le service pour personnes dépendantes de la maison de retraite, « et dernière chose : si vous voulez qu'on vous garde, vous devez améliorer votre hébreu, sans quoi, vous occuper de ma mère vingt-quatre heures sur vingt-quatre sera trop compliqué, même si la plupart du personnel parle anglais et pourra vous aider ».

Eva se révèle moins généreuse que les enfants de Nahum. Plus méfiante aussi. Et la relation qu'elle entretient avec Adina n'est pas des plus réjouissantes. Chaque fois qu'elle la touche pour l'aider à se lever ou à s'asseoir sur le canapé dans le minuscule salon de l'appartement, ses gestes et ses mimiques dégagent quelque chose de violent, qui déteint jusque sur la manière dont elle donne ses instructions à Emilia – laquelle a rapidement appris ce qu'on attendait d'elle.

Le matin, elle accompagne la vieille dame au réfectoire, lui prépare une assiette avec un œuf dur, une tranche de pain blanc, des crudités et une cuillerée de *cottage cheese*. Après le déjeuner, elles font un tour en bas et dans la cour. S'il ne pleut pas, elles sortent pour une petite heure sur la promenade qui passe juste devant la maison de retraite. Adina tient à s'asseoir à distance du bâtiment pour ne pas avoir à parler aux autres pensionnaires. Elle préfère suivre les passants d'un œil particulièrement vif, à croire qu'elle cherche quelqu'un. Ensuite elles remontent dans la chambre au septième étage et c'est à ce moment-là qu'Emilia a le temps soit de faire les courses – acheter des médicaments, de la nourriture si besoin –, soit de s'occuper du ménage. De la lessive aussi. Les deux femmes communiquent avec le peu d'hébreu de l'une et le peu d'anglais de l'autre. En fait, elles se parlent surtout avec les mains. Adina est presque tout le temps furieuse, elle élève la voix, lance des mots que l'auxiliaire, à l'évidence, se réjouit de ne pas comprendre.

Elles prennent le déjeuner au réfectoire avec tout le monde, ensuite elles remontent pour la sieste. L'après-midi est normalement occupé par une conférence donnée dans la grande salle de la résidence, ou par des parties de cartes organisées au sous-sol, dans l'abri antiaérien. Il leur arrive aussi de rester dans la chambre où la vieille dame regarde la télévision. Après le dîner, Emilia l'aide à se doucher et attend qu'elle soit quasiment endormie pour quitter les lieux, jamais avant huit heures du soir.

Dans les chambres, au-dessus du lit, il y a un bouton d'urgence sur lequel chaque pensionnaire peut appuyer pour alerter l'équipe de garde en cas de besoin. Emilia, elle, verrouille la porte avec la clé qu'Eva lui a confiée. Que ce soit le matin à son arrivée ou le soir à son départ, Adina répond à peine à son salut.

Avec Nahum, bien que la dernière année il ait perdu l'usage de la parole, c'était différent. Surtout quand il ouvrait les yeux en sursaut, la cherchait d'un regard terrifié et soudain la voyait. D'abord étonné, il en était si rasséréné qu'il refermait les paupières. Avec la nouvelle, c'est tout le contraire. Et puis, Emilia sait deux choses : d'abord qu'Adina refuse sa présence et ensuite que tout autre auxiliaire aurait mieux fait l'affaire. De plus, elle est certaine que là n'est pas la finalité de sa présence en Israël, si loin de l'endroit où elle est née ; qu'il y a forcément autre chose, quelque mission dont le sens ne lui a pas encore été révélé mais qu'elle se doit de trouver, parce que sinon, à quoi bon rester ? Mieux vaudrait qu'elle rentre chez elle, même si, à Riga non plus, personne ne l'attend.

Alors elle s'accroche. Elle entame chaque nouvelle journée avec l'espoir qu'un événement positif se produira.

La nuit elle a du mal à dormir parce que le minuscule studio qu'elle a loué donne sur une grande artère où la circulation ne s'arrête jamais. À cause du froid aussi.

Bien qu'elle compte déménager sous peu dans la maison de retraite d'Adina, elle finit par franchir le seuil du bazar de la rue Balfour, choisit quelques jolies assiettes, une poêle, deux serviettes de bain colorées et une couverture. Elle passe aussi beaucoup de temps à nettoyer la pièce où, avant elle, ont logé trois ouvriers géorgiens qui n'ont jamais fait le ménage. Le soir, elle rentre à pied du travail, dix minutes de marche. S'arrête au supermarché, achète des tomates, des concombres, des citrons, quelques pommes et de l'eau minérale parce que chez elle l'eau du robinet est douteuse. De pain, elle n'en prend plus et c'est tout ce qu'elle mange dans sa chambre, où il n'y a pas de miroir – mais elle estime ne pas en avoir besoin. Ce qu'elle voit dans ceux de l'ascenseur de la maison de retraite, c'est qu'elle maigrit.

Le soir, elle se prépare un verre de thé très sucré, comme sa mère le faisait à l'époque, et chaque fois elle est submergée de nostalgie pour Riga, ou plutôt non, pas pour Riga mais pour l'appartement où elle a grandi. Pour les heures où elle attendait, toute seule, que son père rentre du travail vers midi – sa mère, elle, ne revenait qu'en fin de journée. Petite fille, elle posait deux assiettes sur la table, une pour lui, une pour elle, plaçait correctement couteaux, fourchettes et cuillères. Au centre, dans une corbeille en osier, elle mettait la demi-miche de pain qui restait du petit déjeuner. Leurs assiettes creuses étaient ornées de cigognes et d'oies jaunes et noires. Comme elle n'avait pas le droit d'allumer le gaz, c'était son père qui réchauffait les plats dès qu'il rentrait pour sa pause de midi. À la fin du repas, elle débarrassait la table et faisait la vaisselle à l'eau froide dans l'évier.

Rue Balfour, elle a pour voisins du dessus un couple âgé. Comme elle ne ferme jamais ses fenêtres, le froid et les odeurs nocturnes pénètrent à l'intérieur en même temps que les cris des deux vieux qui se disputent en hébreu. La plupart du temps, elle se persuade qu'elle a eu raison de ne pas prendre le téléviseur et le transistor que lui proposait Esther : ce studio de location lui apparaît de plus en plus comme une grotte de quatorze mètres carrés – elle n'arrive toujours pas à comprendre comment les Géorgiens ont réussi à caser trois matelas entre ces murs ! – qui serait l'antichambre de quelque chose. Et c'est justement parce qu'elle n'a ni télé ni radio que les bruits du dehors, la voix des gens qui passent sous sa fenêtre ouverte par exemple, peuvent l'atteindre. Exactement comme ceux captés par hasard dans le bus ou chez Adina. Or chaque son peut être celui qu'elle attend. Qui lui est destiné. Une vibration unique qui la guiderait. Le signe.

Peut-être d'ailleurs lui a-t-il déjà été envoyé.

Elle le sait le jour où, dans la maison de retraite, une Philippine prénommée Jennifer accroche sur le tableau d'affichage à côté de l'ascenseur une annonce pour inviter les fidèles à la messe du mercredi des Cendres, début du carême.

Emilia, qui la voit punaiser le papier, lui demande en quelle langue sera dite cette messe, et Jennifer lui répond que ce sera en anglais.

Impossible pour elle d'y participer, le mercredi elle travaille, mais elle comprend que peut-être, inconsciemment, elle a déjà entamé son carême : n'a-t-elle pas renoncé à la télévision et à la radio ? N'a-t-elle pas adopté de nouvelles habitudes alimentaires ?

C'est le jour de ses quarante-six ans, un anniversaire que personne ne marque sauf elle, qu'elle se rend pour la première fois à l'église dont elle a recopié l'adresse inscrite sur l'annonce de la Philippine. Fin janvier, elle prend le bus jusqu'à Jaffa et découvre qu'elle aurait pu y aller à pied en longeant la mer : son logement se trouve à moins de trois kilomètres de là. Ça aussi, c'est un signe.

Elle n'a qu'une vague idée – juste ce que tout le monde sait – du comportement qu'on doit adopter dans une église. Ce jour-là, lorsqu'elle avance pour la première fois dans la nef, elle ne se signe pas et ne s'agenouille pas devant la statue en marbre du fils de Dieu. Petite, elle n'a que très peu fréquenté les églises, son père ne donnait pas dans la religion et sa mère qui elle, apparemment, était croyante, assistait rarement à la messe et en général sans sa fille, pour ne pas énerver son mari.

Ce n'est que dans le bus qui l'amène à Jaffa qu'elle se souvient qu'avec sa tante Stefka elle était entrée une fois dans l'église Saint-Pierre de la vieille ville de Riga. Elle était alors adolescente et Stefka, qui s'était installée chez eux pour s'occuper de sa sœur malade, l'y avait emmenée afin qu'elle prie pour la guérison de sa mère, ce qu'elle avait fait, mais pas seulement : elle avait aussi demandé à ce que cessent les souffrances que celle-ci endurait. Lorsqu'elle était morte, moins d'une semaine plus tard, Emilia s'était sentie terriblement coupable et n'avait parlé à personne de sa prière secrète.

Elle entre dans l'église de Jaffa à l'horaire de l'office en polonais. S'assied sur un siège, dans les derniers rangs, écoute la messe, n'y comprend pas grand-chose, mais la voix du prêtre résonne sous la voûte telle une douce mélodie.

Avant de sortir, elle achète un cierge et l'allume à la flamme de celui qui brûle à côté d'une vasque remplie d'eau. Lorsqu'elle le place avec les autres, que l'odeur de cire fondue monte à ses narines, elle songe à Nahum, à Esther, à sa mère et aussi à son père, lui qui, quelques semaines avant de mourir brutalement, avait justement commencé à lui parler du fils de Dieu.

Depuis cette première fois, elle se rend à Jaffa tous les dimanches. Assiste à la même messe, dans une langue qu'elle ne comprend pas. Elle a découvert que l'église s'appelle Saint-Pierre comme celle de Riga. Elle commence à reconnaître les visages des fidèles et a l'impression, au bout d'un certain temps, que le jeune prêtre l'a remarquée. Chaque dimanche, elle s'approche un peu plus de l'autel, avance vers les premiers rangs et remue les lèvres en même temps que lui.

Elle n'ose pas encore l'aborder. Elle en a pourtant envie et sait que le moment viendra.

Elle n'arrive pas vraiment à suivre les prières, bien que la sonorité de certains mots ressemble à sa propre langue. Au fil du temps cependant, elle commence à sentir que peut-être Il la guide, non pas avec une langue constituée de mots et de lettres, mais avec la langue des objets, des actes et des événements, une langue que l'on ne peut apprendre dans aucun cahier et qui vous demande, si vous voulez la comprendre, d'ouvrir toutes les fenêtres en grand et de laisser entrer les choses.

C'est exactement ce qu'elle essaie de faire.

Le jour de sa visite chez Esther, elle est retournée à Bat-Yam en bus, est descendue rue Balfour, est une nouvelle fois entrée dans le bazar et a acheté une belle nappe brodée, un égouttoir en plastique et une petite corbeille en rotin où disposer des viennoiseries ou des fruits. Ce soir-là, elle a tiré de la poche de son pantalon la feuille de papier sur laquelle était inscrit le numéro de téléphone de Guil et l'a appelé. Elle avait besoin de gagner plus d'argent et devait absolument trouver un travail supplémentaire.

Dans le cahier où elle recopie les mots et les courtes phrases en hébreu qu'elle pêche sur toutes sortes de panneaux publicitaires et qu'elle s'efforce de retenir, elle note aussi le nom de la rue où se trouve l'église et celui des deux rues qui y conduisent depuis l'arrêt du bus. Elle reproduit aussi son propre nom, Emilia, *aleph*, *mèm*, *youd*, *lamed*, *youd*, *hè* – des caractères si étrangers qu'elle les considère comme des petits dessins et non des lettres.

Un jour, elle se rend au cimetière où Nahum a été enterré et recopie aussi les inscriptions gravées sur sa tombe :

« *Notre grand-père, notre père et mon mari bien-aimé* »

« *Le sel de notre terre, un pionnier et un grand pédiatre* »

« *Que son âme repose en paix* »

Elle est en train de disperser sur la pierre tombale de Nahum les fleurs du grand bouquet qu'elle a acheté à l'entrée, quand elle le voit soudain à nouveau : le vieil homme est là, pas très loin d'elle, debout au milieu des stèles, qui l'observe avec des yeux de plus en plus sombres.

4

Premier rendez-vous avec Guil. Un dimanche, fin février. Encore en hiver.

Les mauvaises nouvelles étaient arrivées quelques jours plus tôt. Emilia avait ouvert la porte de la chambre d'Adina et était tombée sur Eva en train de mettre de l'ordre dans les armoires.

« Est-ce que Nourith, de l'agence de recrutement, vous a parlé ?

— Non.

— Eh bien, ça y est, ma mère a enfin obtenu l'allocation de personne dépendante. Les services sociaux vont donc lui financer une auxiliaire de vie à temps plein. Vous allez pouvoir vous installer ici dès le 1er mars », lui annonça alors la fille d'Adina avant de la conduire dans la chambre à coucher de la vieille dame.

L'armoire était ouverte, des piles de vêtements et de serviettes usées posées sur le lit. Elle demanda à Emilia si un tiroir et trois rayonnages lui suffiraient, précisa qu'il y avait des draps et des couvertures pour elle, mais que si elle avait besoin d'autre chose qu'elle lui prépare une liste, « je regarderai ce que j'ai chez moi, et ce que je n'ai pas, je m'arrangerai pour vous le procurer».

Adina était assise sur le canapé du minuscule salon. Sans comprendre exactement leur conversation, elle se rendait bien compte des préparatifs et se mit soudain à crier, en hébreu, qu'elle ne voulait pas de cette étrangère chez elle, qu'elle n'avait besoin de personne, que cette souillon lui volait son argent.

«Vous avez compris ce qu'elle a dit?» lui demanda Eva, qui, devant le regard horrifié d'Emilia, poursuivit en lui indiquant, en anglais, de ne pas y prêter attention. «Elle pense que tout le monde la vole. Surtout moi, mon mari et mes enfants. Comme si elle avait laissé quelque chose qu'on pouvait lui voler! Elle a passé sa vie à jeter l'argent par les fenêtres et maintenant qu'elle n'a plus rien, c'est moi qui dois payer pour elle.»

À partir de ce moment-là, Emilia n'a donc plus besoin de conseils juridiques. Elle n'annule cependant pas le rendez-vous fixé depuis longtemps avec Guil.

Et elle garde le dimanche comme jour de congé.

Elle se lève tôt, quand il fait encore nuit dehors. Prend un café face à la fenêtre ouverte de sa cuisine où luit une ampoule électrique. De telles matinées lui sont à présent comptées. Ses yeux contemplent la corbeille qu'elle a achetée, posée sur la nappe brodée au milieu de la table et remplie de citrons et de pommes. Un bref instant, la circulation des voitures s'interrompt et elle entend le rythme rapide des hauts talons d'une femme qui marche dans la rue. Elle se convainc que tout arrive pour le mieux : elle n'aura plus de loyer à payer et gagnera plus d'argent. De toute façon, elle n'aurait pas pu rester dans cette chambre, elle n'en a pas les moyens. Elle sent pourtant que la quitter lui sera encore plus pénible que d'avoir quitté celle qu'elle occupait chez Esther et Nahum.

Elle prend le bus 42 pour aller de Bat-Yam à Ramat-Gan. Comme l'arrêt de la rue Balfour – là où elle monte – est en début de ligne, elle trouve un siège à l'arrière, à côté d'une vitre couverte de buée. Ce jour-là, elle est vêtue de son jean et de son tee-shirt habituels, gris tous les deux, et elle a de grandes lunettes de soleil. Comme elle a beaucoup maigri, elle flotte dans ses vêtements mais ne peut imaginer en porter d'autres. D'ailleurs, elle n'a pas de quoi s'acheter quelque chose qui correspondrait mieux à sa nouvelle silhouette. Elle a mis dans le sac plastique qu'elle pose sur ses genoux son porte-monnaie rectangulaire noir et son téléphone portable, un modèle ancien.

Autour d'elle, les passagers se succèdent et, au fil du trajet, le bus se remplit. Ceux qui n'ont pas de place assise sont de plus en plus serrés, cherchent où s'agripper, tandis que leurs manteaux mouillés se frottent les uns aux autres. À un arrêt, elle aperçoit soudain le jeune prêtre de Jaffa, celui qui dirige la messe en polonais. Il monte dans le bus. Le voir hors de son église la perturbe, il a quelque chose de déplacé, d'étrange dans ce contexte, comme s'il ne devait pas se trouver là, ou plutôt comme s'il n'était venu là que pour elle. Dans cette ambiance profane, il n'a plus la même allure, même s'il reste reconnaissable par son col blanc qui dépasse du pull bleu recouvert d'un coupe-vent noir. Il a un sac à dos en cuir sur l'épaule, comme un étudiant.

S'il ne la remarque pas, c'est parce qu'elle est cachée par la masse compacte des passagers. De son côté, elle ne peut l'apercevoir que lorsque quelqu'un bouge ou descend et que les gens s'écartent. Son visage n'apparaît alors qu'un bref instant pour disparaître aussitôt, mais cela suffit à la bouleverser. Comme personne ne lui propose de s'asseoir, c'est elle qui se lève – en veillant à laisser son sac plastique sur le siège –, et se fraie un chemin jusqu'à lui.

« *Do you want to sit* ? » lui demande-t-elle sans se présenter.

D'abord étonné, il sourit puis lui répond que c'est inutile, il descend à la prochaine.

Elle regagne sa place et descend à son tour quelques arrêts plus loin, au coin des rues Bialik et Abba Hillel.

La secrétaire lui annonce que Me Hamtzani est occupé et lui indique un fauteuil en face de son poste d'accueil.

Au bout d'un certain temps, deux hommes de petite taille, dont la ressemblance est telle qu'Emilia pense qu'ils sont jumeaux, sortent du bureau de l'avocat. Pourtant, de longues minutes s'écoulent avant que la femme ne la fasse entrer à son tour. La main molle et blanche, spongieuse de Guil lui rappelle, dès qu'elle la serre, celles de Nahum, des mains qu'elle lavait matin et soir, et dont elle coupait les ongles toutes les deux semaines. Il a aussi les mêmes yeux verts que son père, songe-t-elle, seul le regard diffère : elle n'y trouve pas la spontanéité qui émanait du vieil homme lorsqu'il se réveillait en sursaut ou la laissait lui essuyer le visage.

L'avocat qui l'accueille porte un costume, est rasé de près et dégage encore l'odeur de l'after-shave qu'il a dû appliquer sur ses joues. Au début de leur rendez-vous, il paraît préoccupé. Peut-être juste fatigué.

« Bien, je suis à vous, commence-t-il en hébreu. Ma mère m'a dit que vous aviez besoin d'un conseil. »

En fait, elle n'a plus besoin de lui à présent, étant donné qu'elle va bientôt être employée à plein temps dans la maison de retraite d'Adina. Comme elle tarde à répondre, il reprend, en anglais cette fois : « Bien, en quoi puis-je vous aider ? »

Elle l'avait compris sans problème, mais du coup, elle lui répond en anglais, elle aussi. Et elle lui ment, puisqu'elle lui répète ce qu'elle a dit à Esther (lors de sa visite, c'était encore d'actualité) : elle n'a qu'un poste à temps partiel, le salaire ne lui suffit pas et donc elle envisage, les jours où elle ne travaille pas, de prendre des heures de ménage dans des appartements ou des bureaux. Ce qu'elle ne sait pas, c'est si elle peut le faire sans autorisation légale ou si c'est important pour elle d'essayer de modifier son permis de travail... Est-ce d'ailleurs possible ? C'est quand elle a posé la question à Esther que celle-ci lui a conseillé de contacter son fils avocat, et c'est pour ça qu'elle l'a appelé.

Elle s'en veut de mentir à Guil, ce qui la réconforte un peu, c'est que son histoire n'est pas totalement fausse, qu'elle était vraie au moment où elle avait appelé le cabinet.

À ce stade, voici le peu de choses qu'elle sait de l'homme assis en face d'elle : c'est le benjamin des enfants de ses anciens patrons et, si quelques années le séparent de ses deux grandes sœurs, il y a une différence d'âge significative entre lui et l'aîné de la famille. Des quatre enfants, c'est celui qui venait le moins chez leurs parents sous prétexte de nombreux déplacements professionnels à l'étranger, ce qui ne convainquait pas vraiment Esther, comme elle le laissait parfois entendre, affirmant qu'il allait bien davantage chez ses richissimes beaux-parents que chez eux, et d'ajouter que ces derniers leur donnaient beaucoup d'argent, à lui et à sa femme. Emilia se souvient même de l'avoir entendue dire un jour à Nahum : « Notre plus jeune fils a trouvé un bon parti, financièrement parlant, mais ça ne l'aide pas à être heureux. »

Elle ne l'avait donc pas vu souvent. C'était Zeev, l'aîné, qui gérait leurs finances et donc le salaire de l'auxiliaire de vie.

Elle trouve le cabinet d'avocat petit, sans grand luxe, avec sa moquette grise et son mobilier daté.

Ce ne sont pas seulement les mains de Guil et la couleur de ses yeux qui lui rappellent Nahum, il y a aussi quelque chose dans la lente douceur de ses mouvements.

Il a épousé une femme prénommée Ruthy – Emilia ne l'a pas vue souvent, elle non plus – et le couple a deux filles, Hadass et Noa, qui, elles, rendaient visite à leurs grands-parents, ensemble ou séparément. Durant la semaine de deuil, Esther avait sorti de vieux albums photo, et le shabbat, une fois les visiteurs partis, elle lui avait montré les photos de son petit dernier, d'abord en bas âge, puis adolescent.

Au moment où, après lui avoir demandé ses papiers, il se penche sur son passeport et les documents qu'elle a reçus de l'agence de recrutement, elle songe que peut-être la petite chambre dans laquelle elle a dormi pendant deux ans chez ses anciens patrons avait été celle de cet homme.

Il relève la tête, la regarde.

Puis il lui explique, en anglais, que ce n'est plus vraiment son domaine, ça fait quelques années qu'il ne travaille plus pour les agences de recrutement de travailleurs étrangers, mais qu'à son avis ce sera difficile, voire impossible, de modifier son permis de travail. Quoi qu'il en soit, cela ne se fait que par demande officielle auprès des autorités compétentes, « si vous voulez, je peux contacter votre agence, la seule habilitée en l'occurrence, et demander qu'ils essaient d'obtenir cette modification », propose-t-il.

Emilia se hâte de dire non.

« Bien… Travailler sans autorisation, je ne peux pas vous le conseiller en tant qu'avocat, enchaîne-t-il, c'est cependant sans doute le plus simple. Elles le font toutes. Les Israéliennes aussi. Mais laissez-moi quelques jours, je vais quand même me renseigner et je reviendrai vers vous, d'accord ? »

Elle acquiesce. Ne s'en va pas tout de suite et insiste sur le fait qu'elle ne veut surtout pas qu'il contacte son agence. Il assure qu'il comprend ses craintes, lui demande comment on prononce exactement son nom de famille, et quand elle répète une seconde fois « Nodyevs », parce qu'il a du mal à ne pas l'écorcher, elle se rend compte que ça fait longtemps qu'on ne le lui a pas demandé, ce nom, comme si la seule identité qui lui restait c'était Emilia – E-mi-lia –, une identité qui, elle aussi, allait disparaître parce qu'Adina, à la différence de Nahum et Esther, ne l'appelait jamais par son prénom. Elle se dit que grâce à cet avocat elle a, fût-ce pour un instant, retrouvé son patronyme.

Il lui demande encore si elle a de la famille en Israël, elle répond que non, puis il passe à l'hébreu : « Et en Lettonie ? À Riga ? »

Elle secoue la tête.

« Personne en Lettonie ?

— Ni enfants, ni parents maintenant. » Elle a même envie d'ajouter qu'Esther et Nahum avaient été sa dernière famille, mais ce n'est pas exact vu que sa tante Stefka a deux fils qui, eux aussi, ont des enfants.

Et c'est précisément à ce moment-là que Guil mentionne son père : « Je sais combien il vous était attaché. Vous faites ce métier depuis longtemps ? Avant de venir en Israël, vous étiez aussi aide à domicile ? »

Non. À Riga, elle était employée dans un magasin de décoration d'intérieur, explique-t-elle parce qu'il veut savoir ce qu'elle faisait avant. Lorsqu'elle sort son porte-monnaie noir de son sac plastique, il l'arrête du geste : « Vous n'avez rien à me régler, je n'ai encore rien fait. Je vous tiendrai au courant. Soyez assurée que je ferai mon possible pour vous aider. »

Ce dimanche-là, Emilia marche jusqu'à Jaffa. Comme elle arrive en avance pour la messe en polonais qui ne commence qu'à dix-huit heures, elle passe un long moment assise sur un banc du parvis de l'église, à contempler la mer.

Elle repense au prêtre qu'elle a croisé plus tôt dans la journée. Se dit qu'elle ne pourra peut-être plus venir à la messe quand elle travaillera à plein temps et logera dans la maison de retraite. Mais elle comprend une chose : la rencontre dans le bus, c'est un signe – elle doit aller trouver cet homme de foi et lui parler. Elle décide de le faire sans plus attendre. Le jour même.

Elle connaît à présent parfaitement le déroulement de

l'office, se lève du banc ou s'agenouille en même temps que les autres fidèles.

Elle imagine le canapé-lit du salon exigu d'Adina qui l'attend à son nouveau poste et les vieux draps sur lesquels elle dormira, mais la voix du prêtre qui tombe d'en haut envoie ses pensées vagabonder ailleurs, vers d'autres horizons, par exemple vers les paumes et les doigts de Nahum – seule partie de son corps qui ne portait aucun signe de mort imminente ni même de vieillesse – et vers leur ressemblance avec la douce main que Guil lui a tendue le matin. Elle remarque aussi que celles du fils de Dieu sur la statue qui se dresse derrière l'autel ne portent pas, elles non plus, de stigmates, à la différence du corps supplicié. Sculptées dans le marbre, elles sont blanches et fines, avec des doigts longs et propres, sans la trace des clous qu'on y a plantés. Alors, l'espace d'un instant, elle voit à nouveau son ancien patron, mais cette fois c'est un souvenir : ils se trouvent dans la salle de bains, face au lavabo, lui dans sa chaise roulante, elle debout à côté, et elle lui prend les mains, les approche du bac, les lave à l'eau et au savon, tandis que, peut-être parce que le miroir est trop haut et qu'il ne peut pas y capter son reflet, il la dévore des yeux. Elle songe ensuite qu'elle était à peine adolescente lorsque sa mère était tombée malade et qu'à l'époque elle ne savait pas comment affronter la mort sans s'affoler. Ensuite elle pense à son père, décédé si abruptement d'une crise cardiaque des années plus tard qu'elle n'avait pas eu à s'en occuper.

Lorsqu'elle lui demande en anglais si elle peut lui parler, le prêtre ne mentionne pas leur rencontre dans le bus. Elle non plus. Il lui dit d'attendre qu'il prenne congé des fidèles, puis l'invite à le suivre le long d'un couloir qui donne sur une grande pièce bien chauffée, derrière la nef.

Ils s'asseyent sur des chaises en bois à une table rectangulaire couverte d'une nappe rouge. Il lui propose un verre d'eau qu'elle accepte volontiers – il a deviné à quel point elle avait soif.

Face à lui, Emilia a du mal à s'exprimer. Elle n'arrive pas à trouver les mots justes – exactement ce qu'elle craignait.

De près, il lui paraît jeune. Très jeune. Plus encore que ce qu'elle imaginait. Il n'a même pas l'âge qu'aurait eu son fils ou sa fille si elle n'avait pas fait une fausse couche. Et il a les yeux de la même couleur que ceux de Nahum et de son fils Guil – verts.

Sa gêne, il la remarque aussitôt. Alors, pour l'aider, il lui demande comment elle s'appelle, d'où elle vient, depuis combien de temps elle se trouve en Israël et si elle fréquente cette église depuis son arrivée dans le pays. Elle secoue la tête, non, cela ne fait que quelques semaines.

« Alors qu'est-ce qui vous amène tout à coup ? S'est-il passé quelque chose dans votre vie ?

— Je… ne sais pas », répond-elle, déstabilisée.

Il la regarde en souriant : « Pardon, ma question n'est peut-être pas la bonne. Il ne faut aucune raison pour pousser la porte d'une église. »

Il prend la carafe transparente, remplit le verre qu'elle a vidé d'un trait et lui apprend que, pour sa part, il n'est arrivé en Israël que depuis peu, qu'il s'appelle Tadeusz, est originaire d'une petite ville de Pologne, non loin de Poznań, et que ces deux dernières années il a vécu et travaillé à Sheffield en Angleterre, « à vrai dire, j'en suis encore à essayer de m'habituer au mode de vie israélien ».

Effectivement, ces paroles l'aident à évacuer un peu de son embarras et elle ose même lui poser une question : « Est-ce que vous avez demandé à être envoyé ici ?

— Non. » Comme elle ne dit rien, il précise : « Nous ne postulons en général pas pour un endroit précis. On peut émettre des vœux, mais on va presque toujours là où on nous envoie. Et vous, vous vouliez particulièrement venir ici ? »

Elle secoue la tête, repose son verre sur la table, et soudain les mots lui viennent, elle commence par parler de Nahum, « avant d'arriver dans ce pays, je ne savais pas de qui j'aurais à m'occuper, mais dès que je l'ai vu, j'ai senti qu'il y avait un sens à ma présence ici, auprès de lui, peut-être est-ce une sorte de réparation parce que je ne me suis pas occupée de ma mère quand elle est tombée malade, il y a de cela des années. Pas de mon père non plus. D'ailleurs, depuis que Nahum est mort, je ne sais pas si je dois rester ou rentrer à Riga ». Elle poursuit en expliquant qu'elle cherche en vain une raison de ne pas quitter Israël, une raison qui ne peut pas être Adina, sa nouvelle patronne, pourtant elle sait que si elle est là ce n'est pas un hasard. Et enfin, elle prend son courage à deux mains et pose la question qu'elle voulait poser au prêtre dès sa première visite à l'église : « Comment pouvons-nous être sûrs de ne pas nous tromper, de suivre la voie qu'Il nous a tracée ? Comment savoir si on n'est pas sur un mauvais chemin et si on ne doit pas changer de direction ? »

Devant le sourire qui éclaire le visage de Tadeusz, elle en

est cette fois certaine : c'est bien lui qu'elle a vu le matin dans le bus, avec ce même sourire généreux au moment où elle lui a proposé sa place. Il a le visage aussi doux que celui d'un enfant, des cheveux blonds et raides dans lesquels il passe la main au moment de lui répondre : « Nous ne savons jamais, Emilia. Ou plutôt, je pense que la plupart du temps nous ne savons pas. Mais il peut nous arriver d'être traversés par une sorte d'évidence, d'avoir l'impression, en de rares instants, très brefs, de savoir, et c'est en fonction de ces instants-là que nous nous efforçons d'avancer. Je ne vous connais pas encore assez pour l'affirmer, cependant il me semble que vous suivez justement la voie qu'Il a tracée pour vous. Parce que je crois qu'Il attend de nous que nous aidions notre prochain – et c'est exactement ce que vous faites. »

Sur le chemin du retour, Emilia s'arrête au bazar de la rue Balfour. La vendeuse la connaît déjà, même si elle ignore son nom, son âge et ce qu'elle fait dans la vie. Même si elle ignore que celle qui s'appelle Emilia Nodyevs ne devrait pas gaspiller ainsi ses quelques sous pour des bibelots. Oui, même si elle ne sait rien de tout cela, elle reconnaît la femme maigre, entre deux âges, aux cheveux blonds coupés court, vêtue presque toujours et par tous les temps d'un simple tee-shirt gris et d'un jean évasé de la même couleur, qui cache ses yeux derrière de grandes lunettes de soleil à monture rouge et s'attarde très longtemps entre les rayons. Bien que cela ne rime à rien d'acheter quoi que ce soit pour un appartement qu'elle va quitter, Emilia ne peut s'empêcher de choisir un lot de sous-verres avec de jolis dessins et une clochette en cuivre suspendue à une lanière qu'on peut accrocher au cadre d'une fenêtre.

Elle passe ses dernières soirées chez elle, après s'être préparé un thé bien sucré, à recopier dans son cahier des mots et des phrases en hébreu qu'elle pêche dans les journaux ou les prospectus ramassés à l'entrée de la maison de retraite. Elle trace encore et encore les caractères hébraïques qui forment son nom : « *Emilia* = אמיליה », et écrit aussi : « *Jaffa / Tadeusz / Saint-Pierre-Simon-Kephas* ».

Nahum passe de temps en temps dans sa chambre, s'assied à côté d'elle pendant qu'elle s'exerce à dessiner les lettres au crayon. Elle n'ose pas le regarder. Il a la peau de plus en plus fine et les yeux de plus en plus sombres. Elle aimerait savoir ce que le jeune prêtre pense de l'autre monde, cet endroit où sont partis son père, sa mère et son ancien patron, mais pour l'instant elle préfère ne pas lui poser de questions, de peur de l'affoler. Elle sait aussi que, de toute façon, jamais elle ne lui parlera des apparitions du vieil homme.

Le matin, son réveil sonne de bonne heure, elle le règle ainsi pour avoir davantage de temps seule. Elle se lève et va boire son café sous une lumière hivernale, à la fenêtre qu'elle garde ouverte.

5

Le 1er mars arrive. Emilia remballe ses affaires dans deux valises. Elle enveloppe de papier journal les quelques bibelots qu'elle s'est achetés, les glisse entre ses vêtements. À la maison de retraite, elle les range dans un carton qu'elle a demandé à une employée moldave du réfectoire et les relègue dans un coin du balcon d'Adina, sous une chaise en plastique afin de les protéger de la pluie qui, de toute façon, cessera de tomber sous peu.

Sa nouvelle patronne se réveille beaucoup la nuit, en pleurant ou en criant, ce qui oblige Emilia à se lever du canapé-lit et à aller voir ce qui se passe dans la chambre à coucher. Chaque fois, elle s'étonne d'arriver à la calmer en caressant son bras osseux et ses cheveux clairsemés jusqu'à ce qu'elle se rendorme. Ces moments-là sont les meilleurs, car durant la journée Adina ne cesse de râler, de l'insulter et essaie parfois de la frapper quand elle veut l'aider à s'habiller. Son état est loin d'être stable et elle ne reconnaît pas toujours son auxiliaire de vie.

Emilia, pour sa part, a maintenant deux chambres à regretter : la petite qu'elle occupait chez Nahum et Esther et dont le souvenir s'estompe, et celle de Bat-Yam dans laquelle elle a vécu pendant quelques semaines, qui donnait sur une rue bruyante, avec des voisins dont les éclats de voix passaient par sa fenêtre ouverte. Dans la maison de retraite, elle n'a ni chambre, ni lit. Tous les soirs, elle ouvre le canapé du salon, sort du tiroir un oreiller, un drap et une couverture qu'elle étend ; tous les matins, elle les enlève, les range dans le tiroir et replie le canapé.

Ce qu'elle a le plus de mal à supporter, c'est que, dans cet endroit, il n'y a jamais un moment de silence. Parce que, sans silence, elle n'entend rien, n'arrive pas à savoir quelle voie Il attend qu'elle prenne. Alors, elle se sent perdue. Elle a beau se lever tôt, dès qu'elle ouvre le robinet pour se laver le visage la vieille se réveille, et la nuit le bruit de la respiration qui sort de la chambre à coucher envahit tout l'espace. Elle est de plus en plus inquiète et elle a beau essayer, de temps en temps, de s'échapper, elle n'y arrive pas. Le soir, toutes les auxiliaires ont une vie sociale animée et, quand Emilia sort de l'appartement, elle croise toujours quelqu'un dans le couloir ou l'ascenseur, se heurte à un groupe de travailleuses étrangères assises dans la cour qui lui proposent de venir les rejoindre. L'autre chose qu'elle supporte très mal, c'est l'odeur. Rien à voir avec l'odeur de vieillesse qui régnait dans la maison de son père, ni avec celle de chez Nahum et Esther. Et cette odeur-là, qui enveloppe à présent sa vie, l'empêche de respirer.

Le dimanche, elle arrive toutefois à se souvenir de la quête spirituelle qu'elle a entamée. Eva lui octroie – bien que de mauvaise grâce – quatre heures de liberté et elle marche jusqu'au port de Jaffa, arrive au moins une heure avant la messe, s'installe au premier rang, si bien que c'est elle que Tadeusz voit dès qu'il entre dans le chœur. Après la prière, il l'invite à le suivre dans la sacristie. Il se rend compte qu'elle va de moins en moins bien mais chaque fois qu'il s'inquiète de savoir si elle mange correctement elle répond que oui. D'ailleurs, elle ne lui cache pas son mal-être, c'est juste que quand elle parle avec lui elle décrit sa dérive sous d'autres noms : questionnement, quête, confusion. Le prêtre lui assure que dans la vie il y a parfois des périodes floues, des semaines, des mois, voire des années durant lesquels on a l'impression de souffrir pour rien, de ne pas trouver le Sens, « souvent, affirme-t-il, on se rend compte *a posteriori* qu'il s'agissait de périodes de préparation, de maturation.

— Je sais tout ça, mon père, mais quand je suis à la maison de retraite, je n'arrive plus à y croire.

— Eh bien, je me demande si, justement, le fait que vous vous sentiez si mal là-bas n'indique pas que vous êtes au bon endroit, là où, précisément, en ce moment, Il veut sans doute que vous soyez », et de lui rappeler les quarante jours de jeûne que le fils de Dieu a passés dans le désert ainsi que les tentations du diable auxquelles il a résisté, « et ce n'est qu'après ces quarante jours-là qu'il a commencé à prêcher ». Pour la réconforter encore, il promet de lui apporter un exemplaire du Nouveau Testament à leur prochaine rencontre, dans la langue – laquelle ? – qui lui conviendra le mieux. « Cela dit, suggère-t-il, peut-être devriez-vous retourner dans votre agence de recrutement pour voir s'ils n'ont pas une autre place à vous proposer ? » Il veut aussi savoir si elle a gardé des contacts avec un membre de sa famille en Lettonie.

Il est si jeune. Souvent, lorsqu'elle détaille ce visage lisse qu'il tourne vers elle, elle songe qu'il aurait pu être son fils si elle en avait eu un. Il a un teint doré, comme s'il s'était oint d'huile d'olive, et malgré sa jeunesse ses propos sont toujours énoncés avec calme et assurance. Il a dans le regard quelque chose qui réussit à la réconforter. Il répète sans cesse : « Chacun de nous se trouve ici dans un but particulier. Vous le saviez avant même de m'avoir rencontré, c'est pourquoi vous êtes venue à moi. Pas pour que je vous aide à trouver ce but, mais pour que je vous accompagne sur le chemin qui vous y mène. Si vous êtes patiente et courageuse, je sais que vous l'atteindrez. »

Son entrevue avec l'avocat, elle n'y pense plus jusqu'au jour où il lui téléphone. D'ailleurs, depuis qu'elle s'est installée dans la maison de retraite, elle ne voit plus que très rarement Nahum qui préférait apparaître lorsqu'elle était seule – ce qui ne lui arrive presque plus.

Guil l'appelle un mardi soir, un peu après vingt et une heures. Drôle d'horaire. Emilia a déjà aidé Adina à s'endormir et est en train d'arranger le salon pour se coucher. Elle répond en chuchotant et sort continuer la conversation dehors, dans le couloir.

Il lui demande comment elle va et s'excuse d'avoir mis tant de temps à la recontacter. Il s'excuse aussi de ne pas lui apporter de très bonnes nouvelles. Au début, elle ne se souvient même pas de quoi il parle : sa vie a tellement changé que tout ce qui précédait son déménagement s'est effacé. Il lui dit qu'il n'a pas encore renoncé définitivement mais que les choses s'orientent vers une impossibilité de modifier son permis de travail sans une demande officielle de la part de l'agence qui l'a recrutée. Donc, si elle veut prendre des heures de ménage en plus de son travail, elle devra le faire dans l'illégalité. Emilia pour sa part ne lui avoue pas qu'à présent elle n'en a plus besoin – comment le pourrait-elle, après tous les efforts qu'il a faits ? Malgré ses appréhensions (elle craint de ne pas pouvoir rassembler la somme nécessaire), elle lui demande combien elle lui doit et il répond que pour l'instant elle n'a rien à payer vu qu'il n'a rien obtenu.

Après un instant de silence, il reprend : « Il y a encore une petite chance pour que j'arrive à vous dégoter cette autorisation, mais je voudrais dès maintenant vous restituer les papiers que vous m'avez confiés et dont vous avez certainement besoin.

— Je passerai à votre cabinet dès que j'aurai une matinée de libre, propose-t-elle.

— Inutile, il se trouve que je suis justement à Bat-Yam. Je peux les déposer chez vous. »

Alors elle continue à mentir, peut-être pour qu'il ne découvre pas qu'elle travaille déjà à plein temps et qu'il s'est donné du mal pour rien. Peut-être aussi pour une autre raison. Oui, elle lui cache qu'elle vit à présent dans la maison de retraite, et lorsqu'il lui demande si elle peut descendre dans la rue quand il sera en bas de chez elle afin qu'il n'ait pas à se garer, elle dit : « Oui, mais je ne rentre que dans une demi-heure. »

Ce qui lui arrive est surprenant, elle ne peut pas encore

en saisir la signification mais voilà qui tranche avec sa routine quotidienne, si peu propice à l'imprévu.

Elle enfile un pull blanc sur son tee-shirt gris parce que les soirées sont fraîches. Juste avant qu'elle ne s'éclipse, Adina se réveille et l'appelle. Par chance, elle arrive à la calmer et la vieille dame se rendort rapidement.

Ce soir-là, pour se rendre de la maison de retraite à son ancien logement, Emilia refait le chemin qu'elle a parcouru pendant plusieurs semaines. L'épicerie où elle achetait des fruits, des légumes et de l'eau minérale est encore ouverte, la vendeuse fume devant, sur le trottoir. En revanche, le bazar est fermé, tout comme la fenêtre de la cuisine derrière laquelle elle aimait s'asseoir. Son ancien cagibi est plongé dans l'obscurité. Sans doute n'a-t-il pas encore été reloué, mais de l'appartement des voisins du dessus s'échappent de la lumière et des voix familières. Elle se souvient de ce couple qui ne cessait de se disputer, il n'y a pas si longtemps, et pourtant tout semble avoir été englouti dans les tréfonds de sa mémoire. Sans doute à cause de la pénibilité de ses journées à la maison de retraite. Son téléphone sonne au moment où une grosse voiture s'arrête à sa hauteur.

Elle descend du trottoir, s'approche. Par la fenêtre, Guil lui tend une main très douce. Il a rangé les papiers dans la sacoche qui se trouve à côté de lui, sur le siège passager, s'excuse à nouveau de ne pas avoir réussi à modifier son permis de travail, ajoute qu'il n'a pas encore renoncé et enchaîne : « Avez-vous parlé avec ma mère ces derniers temps ?

— Non, avoue-t-elle en se sentant coupable. Comment va-t-elle ?

— C'est dur pour elle, en ce moment», commence-t-il avant de s'interrompre : il ne peut pas rester plus longtemps au milieu de la chaussée, accepterait-elle de venir prendre un café quelque part ?

Elle monte dans le véhicule et s'assied à sa droite tandis qu'il pose les papiers et sa sacoche sur la banquette arrière.

Elle doit retourner à son poste, elle n'a pas le droit de laisser trop longtemps Adina sans surveillance.

Guil se penche vers elle et passe la main sous ses genoux pour lui montrer comment reculer le siège. Il lui demande si elle connaît un endroit sympathique dans les environs, mais elle ne s'est jamais attablée dehors depuis son arrivée en Israël. Il reprend la route et continue à lui parler d'Esther qui ne sort quasiment plus de chez elle et a attrapé une vilaine grippe qui a évolué en pneumonie. Ce court trajet suffit à persuader Emilia qu'il va lui demander de quitter sa nouvelle place pour revenir chez eux s'occuper de sa mère.

Ils sont seuls dans le pub qu'ils ont choisi, sur la promenade du bord de mer. Emilia demande à la serveuse de lui apporter un café et se souvient de la matinée où elle est allée trouver Guil à son cabinet de Ramat-Gan. C'est ce jour-là qu'elle a croisé Tadeusz dans le bus. Elle s'efforce de ne pas se laisser trop tôt gagner par la joie. Il la regarde avec les yeux de Nahum. Ses gestes lents, la manière dont il est assis, ça aussi il le tient de son père. Plus le temps passe, plus elle est sûre qu'il a l'intention de lui demander de s'occuper d'Esther. Ce rendez-vous nocturne ne peut avoir d'autre finalité. Elle se voit réintégrer sa petite chambre, a déjà glissé sa valise sous le petit lit… sauf que quelques instants plus tard elle découvre que le but de cette conversation est tout autre.

Avant cela, elle lui a demandé des nouvelles de sa femme et de ses filles, mais il n'a pas répondu. Peut-être parce qu'il hésitait, que dire à une étrangère plus toute jeune, qui a été l'auxiliaire de vie de son père mais avec laquelle, jusqu'à cette minute, il n'a pas échangé plus de deux ou trois phrases ? Et puis soudain, comme s'il venait de comprendre qu'il pouvait se confier à elle, il se lance et lui explique qu'il traverse, lui aussi, une période très compliquée.

Il la prie de ne pas en parler à Esther, au cas où elles se verraient, mais voilà, « je suis en train de divorcer, avoue-t-il. C'était prévu de longue date mais on a repoussé l'échéance d'abord à cause de l'état de mon père, puis à cause de sa mort. Maintenant, on a compris que c'était inutile d'attendre davantage… Je ne sais pas si vous avez déjà été mariée, mais si tel est le cas, vous comprenez certainement. Nous en sommes arrivés à un point, ma femme et moi, où ça ne peut plus continuer. Bref, je viens de louer un appartement non loin de mon ancien domicile, et il faut maintenant s'en occuper. Je veux m'y installer rapidement et le préparer pour accueillir mes filles parce que nous aurons une garde alternée… »

Alors, quand il lui demande si elle connaît quelqu'un qui puisse venir nettoyer le lieu à fond et l'aider à tout arranger là-bas, elle se propose parce que c'est, se dit-elle, ce qu'il attend. Elle s'étonne donc quand il affirme qu'il lui a posé la question persuadé qu'elle connaissait une femme ayant besoin d'heures supplémentaires et qu'il ne pensait pas du tout à elle.

Emilia s'oblige à faire bonne figure et même, elle insiste : elle serait ravie de faire le ménage chez lui, mais n'est disponible que le dimanche. Si Eva accepte de la laisser partir plus tôt son jour de repos, elle est certaine d'avoir le temps de travailler chez Guil avant d'aller à la messe.

« Mais surtout, répète-t-il, je vous demande de ne rien dire à ma mère si jamais vous vous parlez. C'est vraiment la dernière chose qu'elle a besoin d'apprendre. Nous ne voulons pas ajouter ce souci à son chagrin, c'est suffisamment pénible comme ça en ce moment. »

Emilia s'excuse, elle doit maintenant partir, mais elle ne lui révèle toujours pas qu'elle doit rentrer à la maison de retraite, que c'est là qu'elle habite à présent. Ils remontent dans la grosse voiture et il la dépose devant son ancien immeuble de la rue Balfour. Elle entre dans le hall, attend qu'il reparte, ressort dans l'obscurité et regagne à pied la maison de retraite.

Sur le chemin, elle reçoit un premier SMS, en anglais : « Merci pour tout, Emilia. J'ai été content de vous revoir. Et après réflexion, ça me ferait très plaisir que vous veniez dimanche prochain. »

6

Dimanche, un peu avant midi. Première visite à l'appartement de Guil.

Emilia attend rue Balfour, devant son ancienne adresse, puisqu'il croit qu'elle habite toujours là. En se réveillant le matin, la perspective d'aller faire le ménage chez lui ne l'a pas enthousiasmée, la déception qu'il lui a causée en ne lui demandant pas, comme elle l'avait cru un court instant, de venir s'occuper d'Esther est toujours cuisante. Mais il vient la chercher en voiture, souriant et sympathique, lui dit qu'il est content de la voir et lui demande comment elle va – quelle différence avec la matinée sordide passée avec Adina et surtout sa fille qui, lorsqu'elle a pris la relève, ne s'est pas gênée pour lui faire comprendre, par de lourds sous-entendus et des regards ouvertement hostiles, qu'elle n'appréciait absolument pas les congés dominicaux de l'auxiliaire de vie.

C'est la deuxième fois qu'elle roule dans cet imposant véhicule. Se trouver si proche de lui dans un espace confiné la ramène à Nahum.

« Je suis passé voir ma mère le week-end dernier, commence Guil, et je lui ai dit qu'on se voyait. Elle vous passe un grand bonjour et vous embrasse. Je pense que ça lui fait du bien de savoir que nous sommes en contact. J'ai vraiment insisté pour qu'elle recommence à sortir et elle m'a promis de retourner à la piscine, poursuit-il avant d'ajouter : Vous savez, vous lui manquez beaucoup. Et vous, le quartier que vous avez fréquenté pendant deux ans ne vous manque pas ?

— Si.

— Je ne lui ai rien dit de notre petit accord au sujet de mon nouvel appartement puisqu'elle n'est pas au courant de mon divorce et que je n'ai pas l'intention de lui en parler pour l'instant. »

Il ne demande pas à Emilia d'aller voir Esther ni même de lui téléphoner pour prendre de ses nouvelles. Lorsqu'il se gare le long du trottoir, elle défait sa ceinture de sécurité, persuadée qu'ils sont arrivés, mais il l'arrête : « Pas encore. Attendez-moi ici, je dois vous acheter de quoi travailler. J'arrive. »

Lorsqu'il revient, il lui tend un sac plastique contenant du liquide pour lessiver les sols, du produit d'entretien pour sanitaires, des chiffons, des gants en caoutchouc et des cordes à linge qu'il demandera ensuite à Emilia de tendre entre les deux barres en métal rouillé, scellées dans le mur extérieur sous la fenêtre de la salle de bains.

« Finalement, je suis un peu gêné de vous employer chez moi, déclare-t-il après avoir redémarré. Vous voulez vraiment passer votre jour de congé à faire le ménage ? »

Elle lui assure qu'elle ne le regrette pas et quand elle entre chez lui pour la première fois elle sait qu'elle ne s'est pas trompée.

Cet appartement, elle l'aime au premier regard. Dès qu'il ouvre la porte, allume la lumière dans le salon et lui dit en hébreu : « Voilà, c'est ici. »

Tout en faisant le tour du propriétaire avec elle, il lui explique que personne n'a habité là depuis des mois et qu'il y dort pour sa part depuis quinze jours à peine ; qu'il n'a pas encore eu le temps de se séparer d'une partie des affaires laissées par les anciens locataires ; qu'à part un nettoyage superficiel des toilettes, de la salle de bains et de la chambre à coucher, il n'a pas réussi à faire grand-chose à cause de ses longues journées de travail et d'un déplacement à l'étranger ; qu'en plus il ne sait pas trop comment s'y prendre pour transformer un endroit qui appartient à un autre en un chez-soi chaleureux. Dans chacune des deux petites chambres destinées, lui explique-t-il, à accueillir Noa et Hadass les trois jours par semaine où elles seront chez lui, il y a un lit d'une place, un bureau en bois blanc et une armoire à deux portes, blanche elle aussi. À l'évidence, quelqu'un occupe déjà la grande chambre à coucher car le lit double, avec son drap bleu, sa couverture et ses trois oreillers, est défait. Dans le salon, le mobilier est plutôt succinct, un canapé, une table basse et, à part un téléviseur accroché en face, les murs sont nus.

« Ça ne ressemble pas encore à un nid douillet mais ça peut le devenir, n'est-ce pas ? » lui demande-t-il quand ils regagnent le salon. Sur ces mots, il s'éclipse une seconde, revient avec un balai en caoutchouc, un grand seau, et s'enquiert du temps dont elle pense avoir besoin.

Dès qu'il est parti, Emilia passe de pièce en pièce, ouvre volets et fenêtres pour y laisser pénétrer de l'air et de la lumière : l'air est à la fois frais et chaud, la lumière vive grâce au soleil printanier.

Enfin seule. Ça fait si longtemps !

Elle enlève son jean et son tee-shirt dans la salle de bains et enfile le pantalon de jogging et le sweat-shirt rouge qu'elle a apportés dans son sac plastique. La dernière fois qu'elle a enfilé ces vêtements, c'était pour nettoyer et préparer sa chambre à Bat-Yam avant de s'y installer. Ils en ont gardé l'odeur. Un autre souvenir remonte soudain, celui de l'appartement de ses parents qu'elle a vidé et préparé pour la professeure de musique qui l'avait loué après la mort de son père. Les deux chambres des filles, avec leurs lits étroits, lui rappellent non seulement celle qu'elle a occupée chez Nahum et Esther, mais aussi celle dans laquelle elle a grandi, même si là-bas, en Lettonie, elle n'avait pas de fenêtre. Elle songe à Noa et à Hadass, qui viendront vivre là, se dit qu'elles auront chacune une chambre dans deux maisons différentes, essaie de se représenter ces espaces une fois qu'elles y auront apporté leurs affaires et auront accroché aux murs des affiches, un miroir… Depuis combien de temps n'a-t-elle pas vu de chambre d'adolescente ? Depuis combien de temps s'installe-t-elle uniquement dans des chambres de personnes rongées par la mort, dans des lieux vides et sans vie ?

Guil ne lui a pas demandé de s'occuper des armoires dans les chambres des filles, mais elle décide de le faire quand même. Lorsqu'elle en ouvre les battants, elle découvre que personne n'y a encore rien rangé. Elle les nettoie avec soin, d'abord au chiffon à poussière, puis avec un autre chiffon qu'elle mouille et essore dans le récipient jaune trouvé au fond d'un meuble sur le balcon et qu'elle a rempli d'eau.

C'est là qu'elle passe le plus de temps, comme si ces pièces étaient ou seraient un jour siennes. Elle entre ensuite dans la grande chambre à coucher, secoue la couverture et les oreillers, les aère en les posant sur le rebord de la fenêtre, celle qui donne sur une petite cour. C'est là qu'elle a l'impression de voir Nahum pour la première fois ce jour-là, juste un flash : il est assis sous l'épais feuillage d'un des deux arbres qui y poussent, exactement comme, de son vivant, il s'asseyait à côté d'elle sur le banc. La forte odeur de naphtaline qui, dès qu'elle l'ouvre, se dégage de la vieille armoire occupant tout un mur lui rappelle celle de ses parents à Riga, de même que les rayonnages de bois fin et clair sur lesquels sont posées des chemises bien pliées. Dans la penderie, deux pantalons sont accrochés à des cintres, dans un des tiroirs, elle voit quelques slips, des chaussettes, et dans le dernier, celui du bas destiné aux chaussures, elle trouve un sac plastique avec des centaines de pièces de monnaie étrangères, deux stylos, un dossier, des carnets qui paraissent anciens et trois journaux, deux quotidiens en hébreu et un dans une autre langue. Au moment où elle les soulève pour faire la poussière en dessous, elle remarque que sur les trois journaux apparaît la photo d'une même femme, de son âge ou un peu plus jeune. Comme elle ignore si ces objets appartiennent au nouveau locataire ou ont été oubliés par les précédents, elle en fait un tas qu'elle dépose sur le seuil de la chambre, prêt à être jeté au cas où. Son téléphone pépie dans la cuisine, elle va le chercher et y trouve un SMS que Guil vient de lui envoyer : « Si vous voulez que je vienne vous chercher plus tôt, dites-le-moi, je ne suis pas loin. » Elle a aussitôt l'impression d'entendre la porte d'entrée claquer, va dans le salon, n'y trouve personne, en déduit que ça vient d'ailleurs. Elle termine de lessiver tous les sols aux environs de seize heures trente. En prévision de la nuit et comme le ciel se couvre de nuages et qu'il risque de pleuvoir, elle ferme les volets et les fenêtres, ne laisse entrebâillée que celle de la chambre à coucher, traversée par la lumière du jour déclinant qui tombe sur le lit.

Il est étonné et ravi de la propreté qui règne à présent dans l'appartement. Emilia le voit dès qu'il entre.

Il va dans les chambres des filles puis dans la sienne, s'émerveille du nouvel éclat du sol et des quelques meubles. Mais lorsqu'il aperçoit le tas à jeter – dont les vieilleries dénichées au fond du dernier tiroir – son regard se voile un bref instant. Elle comprend aussitôt qu'elle n'aurait pas dû ouvrir les armoires, s'excuse en lui disant qu'elle ne savait pas si ces objets lui appartenaient ou s'ils étaient aux précédents locataires. Bien qu'il affirme que c'est un oubli des anciens locataires, il rapporte le tas dans sa chambre : il préfère les trier avant de s'en débarrasser.

Il dépose Emilia à Jaffa.

En chemin, il lui demande si elle a eu le temps de déjeuner et quand elle lui dit que non, il propose de s'arrêter dans un restaurant pour manger un morceau. Elle refuse, elle ne peut pas arriver en retard. Il lui propose de venir la chercher plus tôt la prochaine fois, et elle comprend alors qu'apparemment il souhaite qu'elle revienne.

Il s'arrête devant le parvis de l'église où se presse une foule de touristes et lui demande combien il lui doit, ce qui les met tous les deux dans l'embarras. Elle ne sait pas.

« Cinquante shekels de l'heure, c'est bien, non ? Je vous

règle cinq heures de travail. Et d'ici à la prochaine fois, essayez de vous renseigner sur le tarif en vigueur, d'accord? Moi aussi, je vais me renseigner. » Il lui tend l'argent en liquide, trois billets de cent, et ajoute : « Surtout, j'espère que vous ne regrettez pas d'avoir accepté. »

Emilia glisse rapidement l'argent dans la poche de son pantalon, sans recompter ni lui rendre la monnaie, comme si elle ne méritait pas de recevoir son dû ou ne voulait pas qu'on la voie en train de le prendre. À la fin de la messe, elle le dépose intégralement – les billets se sont collés les uns aux autres à cause de la moiteur de sa poche – dans la corbeille qui passe entre les fidèles. Elle a l'impression que Tadeusz la surprend juste à ce moment-là, même s'il ne lui fait aucune remarque quand ils se retrouvent face à face dans la sacristie. Le prêtre se contente de lui demander comment elle va et comment s'est passée sa semaine. Elle ne souffle mot, pour l'instant, sur la sensation qu'elle a d'être peut-être arrivée à l'endroit où Il voulait la mener. Oui, peut-être que la période d'angoisse et de recherche se terminera bientôt, mais c'est encore trop tôt pour lui en parler. Pas encore. En revanche, elle prend son courage à deux mains et lui révèle enfin qu'elle voit Nahum. Le jeune prêtre la considère avec un regard plein de compréhension.

« Vous le voyez parce qu'il vous manque, n'est-ce pas? Et il n'est certainement pas le seul dont vous vous languissez.

— Bien sûr mais… je le vois aussi parce que c'est un signe, il veut me dire quelque chose, répond-elle avant de se reprendre, comme si sa propre franchise l'effrayait. Vous pensez que c'est possible? Qu'il se trouve devant moi pour de vrai? »

Tadeusz s'excuse, il est prêt à aborder avec elle le sujet du monde qui n'est pas celui d'ici-bas, mais un autre jour : c'est une longue discussion et ils doivent tous les deux s'y préparer. Avant de la laisser partir, il veut savoir si la situation dans la maison de retraite s'améliore, elle répond que oui, sans donner de détails.

D'ailleurs effectivement, à son retour auprès d'Adina, elle se sent davantage en sécurité, comme si les heures passées à travailler dans l'appartement de Guil l'avaient aidée à clarifier quelque chose d'essentiel dans sa vie ou lui avait rendu une partie d'elle-même. Elle supporte plus facilement les regards furieux qu'Eva lui lance parce qu'elle est en retard et la perspective des nuits à passer sur le canapé-lit. Lorsque, comme d'habitude, la vieille dame se réveille en plein cauchemar, Emilia reste une heure auprès d'elle avant d'arriver à la calmer, à lui réchauffer le bout des doigts entre ses mains.

Avant de retourner chez Guil, elle sort le carton qu'elle a rangé sur le balcon. Parmi les bibelots qu'elle s'est achetés, elle choisit la nappe brodée et la met dans son sac plastique : elle en couvrira la grande table de l'appartement de l'avocat.

7

Le printemps arrive d'un coup. Les quarante jours de carême vont bientôt s'achever.

Les matinées sont encore fraîches mais ensuite le soleil inonde la chambre d'Adina, et quand Emilia aère la literie sur le balcon, elle voit les premiers baigneurs arriver sur la plage.

Les messes aussi évoluent, deviennent plus sévères. S'allongent. Le sort du fils de Dieu est de plus en plus présent dans la nef, dans le chœur et aussi dans les cœurs. Bientôt viendra le moment de la crucifixion, du calvaire, de la mort temporaire et de la résurrection. Tadeusz supplie Emilia d'aller se confesser avant la semaine sainte pour qu'elle puisse recevoir les sacrements mais elle refuse parce qu'il y a des choses qu'elle ne peut avouer à personne. Elle laisse juste entendre au jeune prêtre qu'elle pense avoir trouvé sa place et sa voie, oui, elle sent que, peut-être, sa quête est terminée.

Tous les dimanches en fin de matinée, Guil vient la chercher rue Balfour et la dépose chez lui. En chemin, il lui donne des nouvelles d'Esther et de son divorce, lui explique

que pour l'instant l'état de sa mère ne s'améliore pas, que la dépression a des effets délétères sur sa santé, que bientôt elle aura besoin d'une aide à domicile, qu'elle sort très peu à cause du deuil et de la solitude, au point de ne même plus faire de simples courses.

Emilia en a le cœur brisé mais n'ose pas dire qu'elle aimerait s'occuper de la vieille dame : elle espère encore que la proposition viendra de lui.

« Vu son état, continue-t-il, je ne lui ai toujours pas parlé de ma séparation bien que le divorce soit maintenant officiel. On a signé une convention et on a réparti nos biens. Comme ma femme a un salaire très inférieur au mien, je lui ai presque tout laissé, et je lui verserai aussi une pension alimentaire importante. Je veux qu'elle continue à vivre correctement. La garde de Noa et de Hadass est, elle aussi, réglée, les filles commenceront bientôt à venir, dès qu'elles en auront envie et dès que tout sera prêt pour les accueillir. En attendant, je dors seul dans un grand appartement vide. »

Emilia parle peu durant ces conversations. Elle l'écoute. Elle tend l'oreille et capte la langue des objets.

Il lui explique que ses filles ont besoin de temps, que ce sont elles qui ont le plus de mal à accepter la situation. Davantage que sa femme, « mais elles sont venues voir où j'habite et ça leur a plu. Au final, ce sera bien pour elles aussi », conclut-il.

Dès l'instant où Guil emménage vraiment, l'appartement se met à vivre, malgré le peu d'affaires qu'il y a apportées. Le réfrigérateur, très propre, se remplit d'une brique de lait, de yaourts, d'une bouteille de vin blanc ouverte. Dans la salle de bains, il y a un flacon de shampoing, un autre de savon liquide, de la mousse à raser et un rasoir tout neuf.

Quant à Emilia, elle vide petit à petit le carton qu'elle a rangé pendant l'hiver sous la chaise du balcon d'Adina.

Sur la table à manger de l'avocat, elle pose la corbeille en rotin destinée aux viennoiseries ou aux fruits, accroche la clochette en cuivre au cadre de la fenêtre de la chambre à coucher, celle qui donne sur la cour et ses deux arbres, là où elle a vu Nahum le premier jour. Guil remarque chacune de ses attentions décoratives, l'en remercie et propose de la payer en échange, mais elle refuse. Elle lui explique qu'elle a acheté ces bibelots pour elle mais n'en a plus besoin parce que, bientôt, elle devra quitter la rue Balfour et s'installer dans la maison de retraite chez la personne âgée dont elle s'occupe.

Il lui demande si elle a envie d'habiter là-bas. Ne préférerait-elle pas rester chez elle ? Elle répond que si, bien sûr, mais qu'elle n'aura pas le choix. Il s'inquiète alors de sa situation financière et veut savoir si elle a besoin d'argent. Il n'envisage toujours pas de lui proposer de retourner chez Esther ou – pourquoi pas ? – de s'installer dans cet appartement qu'il loue. En revanche, il lui assure que si elle a besoin de quoi que ce soit, qu'elle n'hésite pas à le lui demander, « et est-ce que vous devez envoyer de l'argent à quelqu'un, chez vous ?

— Non.

— Mais si vous êtes dans le besoin, vous me solliciterez, promis ? Vous savez que je serai toujours là pour vous aider, Emilia, n'est-ce pas ? »

Elle le remercie, elle n'a pas besoin d'argent, l'attention qu'il lui accorde a tellement de valeur à ses yeux.

Il reste de plus en plus souvent sur place pendant qu'elle travaille ou, s'il a un rendez-vous urgent, il se rend à son cabinet mais revient tôt et apporte un déjeuner pour deux dans des barquettes en plastique : une fois c'est un plat d'escalopes panées avec des pommes de terre au four et des haricots verts, une autre un menu thaïlandais, dont le goût épicé ne plaît pas beaucoup à son palais de Lettone. C'est lui qui dresse la table pendant qu'elle troque sa tenue de travail contre un jean bleu et un chemisier blanc, des vêtements tout neufs qu'elle a récemment achetés rue Yefet.

Et il ne cesse de l'observer. Dans la maison de retraite, elle continue à ne rien avaler à part des crudités et quelques pommes, mais face à lui, elle mange, quoique lentement, consciente de ses mouvements de mastication parce qu'il la regarde. Pendant le repas, il lui raconte des tas de choses, qu'il s'est inscrit dans une salle de sport, qu'il a commencé à faire du vélo. Lui aussi reprend vie, comme l'appartement. Au fil des conversations, il évoque de plus en plus la mort de son père et les répercussions que ce deuil a eues sur lui. Emilia boit ses paroles, non seulement parce que celles-ci la ramènent à Nahum mais aussi parce qu'elle sent que tout ce que dit cet homme la concerne, elle directement, et inclut même la mort brutale de son propre père.

Lorsque Guil lui propose un verre de vin blanc, elle refuse une première fois et accepte la fois suivante. Elle a terminé le ménage. Voilà longtemps qu'elle n'a pas bu, si bien que l'alcool agit tout de suite. La chaleur se répand dans son corps, elle sent ses pieds nus sur le sol froid. Elle n'a jamais aimé le vin et ce qui se passe autour de cette table est de plus en plus troublant. Il fixe son cou, son visage qui s'empourpre, remarque en susurrant qu'elle ne parle pas beaucoup. Lui demande pourquoi. Veut savoir si elle ne se sent pas trop seule en Israël, si elle n'a pas la nostalgie de son pays. Elle répond que tant qu'elle était chez ses anciens patrons elle ne se sentait pas seule, mais que maintenant, si, de temps en temps.

« Quel est l'endroit que vous appelez "maison" ? poursuit-il. Ici ou là-bas ? »

Elle se tait.

Quand il lui demande si elle a déjà été mariée, elle rougit encore davantage, reprend une gorgée de vin puis déclare que non, omet de lui parler de son presque mariage, il y a de ça des années, une histoire qui lui avait brisé le cœur et s'était terminée avec un bébé mort à sept mois et demi dans son ventre.

Après le déjeuner, Emilia débarrasse et Guil fait la vaisselle. L'appartement, nimbé de la lumière du soleil couchant qui filtre à travers les volets, exhale une bonne odeur citronnée de propreté.

Il lui est très reconnaissant. Assure que sans elle, il n'aurait pas réussi à transformer cet endroit en un nid accueillant. Ne cesse de la remercier pour l'aide qu'elle lui apporte dans cette nouvelle étape de sa vie, répète qu'il comprend de plus en plus pourquoi Nahum lui était autant attaché. Étrangement, chaque fois qu'il insiste sur ce point, elle se sent vraiment coupable de lui cacher qu'elle n'a pas d'endroit à elle et qu'elle dort déjà depuis un certain temps à la maison de retraite.

Au lieu de quoi elle lui répond qu'il ne doit pas la remercier ; qu'elle croit que rien n'arrive par hasard. Lui non plus ne croit pas au hasard, remarque-t-il avec un sourire auquel elle répond par un sourire. Lorsque, pour la première fois, il lui effleure le visage, elle ferme les yeux, appelle de toutes ses forces le souvenir des mains de Nahum qu'elle faisait tremper dans un bol d'eau chaude avec quelques gouttes d'huile pour bébé afin de ramollir les ongles avant de les couper avec une patience infinie.

Du bout des doigts, il touche son front étroit, glisse sur ses joues, son menton puis descend vers son cou. Et elle a beau serrer les paupières encore plus fort, elle sait que Nahum les observe à travers la fente de ses yeux, elle l'a vu quelques instants auparavant, assis dans le salon. Il faut que Guil cesse parce que son père les voit, elle et lui, mais elle n'en dira rien. D'ailleurs le vieil homme est maintenant là presque tout le temps, présence obsédante, bouche grise entrouverte. Elle songe aussi aux doigts de Tadeusz couleur d'huile d'olive, qui entourent la poignée de la cruche transparente lorsqu'il remplit son verre. Aux longs doigts blancs, en marbre, du fils de Dieu dont elle contemple la statue durant la messe.

Ceux de Guil sont doux et se promènent lentement au-dessus de ses vêtements. Puis en dessous. Ils s'arrêtent sur chaque centimètre de sa peau, caresses qui en éveillent chaque pore. Elle essaie encore de penser à autre chose tandis qu'ils remontent vers son cou et que, pour la première fois, elle respire l'haleine de cet homme dont la bouche est maintenant toute proche de la sienne. Elle doit absolument rendre visite à Esther, retourner chez Adina, et ces deux obligations donnent naissance, sous ses yeux clos, à la silhouette de son père, comme si elle devait aussi s'occuper de lui, ou peut-être comme si, enfin, on lui offrait la possibilité de s'occuper de lui.

« À dimanche prochain ? » lui lance Guil lorsqu'elle descend de sa voiture devant l'église, précaution inutile puisque, depuis un certain temps, il lui envoie des SMS pendant la semaine, en général tard le soir, à neuf heures ou neuf heures et demie, après le coucher d'Adina.

« Peut-on se voir, Emilia ? Votre odeur et votre corps me manquent », écrit-il en hébreu, et elle lui répond, parfois en hébreu elle aussi : « Je peux dans une demi-heure. » Une demi-heure, c'est le temps qu'il lui faut pour s'habiller, se maquiller et marcher jusqu'à la rue Balfour.

Elle doit faire vite : s'assurer que la vieille dort profondément et se doucher pour se débarrasser de l'odeur de cet endroit. Ensuite, elle ouvre la boîte à bijoux qu'Adina range au fond de son armoire fermée avec la clé cachée dans le tiroir de sa table de chevet. Emilia ne lui emprunte qu'une paire de boucles d'oreilles et une fine chaîne en or sans pendentif. Elle prie pour que la gardienne à l'accueil pense qu'elle va retrouver ses collègues dans la cour ou sur la promenade, pour qu'aucune d'entre elles ne la voie partir en direction de la rue Balfour, et surtout pour qu'elles ne la voient pas rentrer une à deux heures plus tard. Elle prie aussi pour qu'Adina ne se réveille pas et ne se mette pas à l'appeler pendant son escapade. Certains soirs, avec Guil, ils s'installent au café où ils sont allés la première fois ; d'autres, il gare la voiture sur un parking désaffecté face à la mer et ils restent assis dans le noir.

Parfois ses caresses sont pleines de désir, mais il est aussi capable de la toucher lentement, de s'écarter d'elle pour mieux voir son visage tandis qu'il effleure son corps ou qu'il passe des doigts très doux au-dessus de ses vêtements, depuis son front jusqu'à ses cuisses.

Jamais aucune voiture ne vient sur ce parking et lorsqu'ils restent ainsi phares éteints l'obscurité est aussi totale que protectrice.

C'est elle qui donne le signal du départ, sous prétexte qu'elle commence tôt le lendemain chez Adina, à la maison de retraite.

« Encore quelques minutes, pas plus, demande-t-il. C'est si calme ici. » Il ouvre la fenêtre pour écouter le ressac, la referme si le vent est trop frais. « Je me sens tellement bien avec vous, Emilia. Est-ce que vous ressentez la même chose ? C'est le début de la nouvelle vie dont je vous ai parlé. Ce qui signifie aussi que je veux vous aider et vous protéger, je veux que vous vous sentiez en sécurité, sachez que chez moi vous serez toujours chez vous, vous comprenez ce que je veux dire ? Vous le méritez, parce que vous me donnez beaucoup, beaucoup ! Je serai toujours à vos côtés. Tout ce que je demande, c'est que vous cessiez de vous inquiéter quand vous êtes avec moi. »

8

Parfois, lorsque Emilia se demande ce qu'elle représente pour Guil, ce qu'elle lui donne ou ce qu'il lui prend, elle se persuade que telle est sa mission : soutenir cet homme dans la nouvelle vie qu'il entame, l'aider à reconstruire un foyer après la mort de son père et son divorce. C'est ce qui explique aussi, à ses yeux, pourquoi Nahum apparaît justement dans cet appartement : il cherche à lui indiquer qu'elle est arrivée au bon endroit. Parfois aussi, surtout quand elle met de l'ordre dans la chambre à coucher, elle s'imagine se réveillant le matin face à la fenêtre qui surplombe la cour et ses deux arbres, avec la petite clochette en cuivre qu'elle a accrochée à son cadre, mais ce fantasme éveille en elle une telle gêne qu'elle s'empresse de le chasser. Elle ne doit pas penser à elle-même. Cependant, elle a l'impression que Guil aussi se sent très coupable de ce qui se passe entre eux. Il ne cesse de lui demander si elle est d'accord, promet qu'il arrêtera dès qu'elle lui dira qu'il va trop loin, s'excuse puis de nouveau lui caresse le visage, assure qu'il ne s'imaginait pas que les choses évolueraient ainsi entre eux, lui répète encore et encore qu'il veut la protéger, la persuade qu'elle a un foyer dans ce pays, oui, ce qu'il désire, c'est prendre soin d'elle et surtout ne jamais lui faire de mal.

Emilia se souvient : les journées où elle cherchait du travail et un toit après la mort de Nahum, l'époque où elle attendait un signe dans le studio minuscule qu'elle louait, le désespoir, le bruit de la circulation dans la rue et les cris des voisins qui passaient par la fenêtre, son déménagement dans la maison de retraite, les trois étagères octroyées par Eva dans l'armoire d'Adina, le canapé qu'elle transforme en lit toutes les nuits et qu'elle recouvre de draps usés. Elle attendait qu'Il lui montre la direction, et Il l'avait menée à cet appartement. Ce qu'elle ne sait toujours pas, c'est si elle est arrivée ou s'il ne s'agit que d'une étape sur un chemin qui reste encore à parcourir. C'est pourquoi elle ne prend jamais l'initiative de contacter Guil. Elle le laisse décider et fixer leurs rendez-vous. Et elle n'attend pas ses appels téléphoniques.

Le soir, après le coucher d'Adina, elle continue à apprendre l'hébreu grâce au cahier que Nahum lui a préparé. L'enjeu est de plus en plus important pour elle, il faut qu'elle parle la langue de Guil. Et ça se passe enfin mieux, comme si le bon moment était venu ou comme si la présence du vieil homme l'aidait et que, grâce à lui, cet alphabet étranger prenait plus facilement forme, les mots lui devenaient de plus en plus familiers. Elle arrive maintenant à déchiffrer partiellement les affiches à la maison de retraite, dans le bus (si le vieil homme est à ses côtés) ou dans le bazar. Quand elle se heurte à des mots qu'elle ne connaît pas, elle recopie les lettres dans son cahier et interroge soit Adina, soit Guil, soit une auxiliaire de vie arrivée avant elle dans le pays. Elle s'oblige aussi à recopier chaque soir au moins une phrase entière en hébreu. Elle la tire d'un journal, d'un dépliant ramassé dans le hall ou encore de la brochure touristique de l'église qui reste à présent en permanence dans son sac plastique. Elle dessine les mots lentement, en caractères d'imprimerie.

«*À Jaffa, il y avait une élève qui s'appelait Tabitha, c'est-à-dire Gazelle, elle faisait beaucoup de bonnes œuvres et d'aumônes.*»

Un souvenir d'enfance lui revient souvent en mémoire, elle se voit à la table de la cuisine en train de tracer lentement des lettres dans un cahier bleu, son père est à côté d'elle, l'image resurgit mais se dissipe aussitôt, comme si ça n'avait jamais existé. Elle arrive aussi à présent à lire les messages que l'avocat lui envoie en hébreu, et parfois même à y répondre laconiquement.

Il lui écrit par exemple : «Je pense beaucoup à vous, Emilia» ou : «J'ai vu un chemisier que je veux vous acheter. Vous aimez le bleu ?» Ou encore : «Pardon d'avoir ainsi disparu, Emilia. On peut se retrouver ce soir, tard si possible ?»

Adina sent qu'il se passe quelque chose. Eva aussi. Quand elle vient la remplacer le dimanche, elle veut tout savoir : où va-t-elle ? Pourquoi ne porte-t-elle pas ses vêtements habituels ? Est-ce qu'il lui arrive de quitter la chambre le soir et de laisser sa mère seule ? Emilia reste vague, presque jamais, répond-elle, et si oui ce n'est que pour quelques minutes, le temps de prendre l'air et de retrouver d'autres auxiliaires de vie. Elle pense que ce qui pourrait peut-être lui arriver de mieux, ce serait de se faire surprendre au retour d'un de ses rendez-vous et d'être renvoyée, parce que ça l'obligerait à chercher un autre lit et un autre toit.

Elle en révèle davantage à Tadeusz, donne des renseignements quand il lui demande le métier de Guil, le nombre d'enfants qu'il a ou la date de son divorce. Elle lui décrit aussi la douleur qu'il a ressentie à la mort de son père, l'appartement qu'il a loué et qu'il commence à emplir de vie, les chambres qu'il y a préparées pour ses deux filles, sa générosité et les sommes importantes qu'il verse à son ex-femme. Bien sûr, elle garde le silence sur ce qui se passe entre eux, mais laisse entendre qu'elle sait que sa rencontre avec cet homme n'est pas fortuite, qu'elle a trouvé un sens à sa vie. Elle lui rappelle leur première conversation, quand il lui avait dit qu'on ne savait jamais si on était sur la voie qu'Il avait tracée pour nous, mais qu'on avait parfois de brèves certitudes. Eh bien, elle sent que c'est vrai. Tadeusz lui avait aussi dit, ce jour-là, que Sa voie allait toujours dans le sens d'aider son prochain. C'est aussi ce qui la persuade qu'elle est sur le bon chemin.

« Comment Guil vous traite-t-il ? Est-ce qu'il vous paie pour votre travail ? J'avoue avoir remarqué que vous déposiez d'importantes sommes d'argent dans la corbeille qui passe entre les fidèles à la fin de la messe… êtes-vous sûre de pouvoir vous le permettre ?

— Oui.

— Tout de même, je préférerais que vous fassiez des dons plus raisonnables. »

Ce jour-là, elle discerne une certaine méfiance, voire une critique, dans son regard qui soudain lui rappelle celui d'Eva.

Elle décide que désormais elle ne s'ouvrira plus si franchement à lui. D'ailleurs, le ton sur lequel il lui parle a changé, alors, quand il veut savoir si l'avocat reste toujours dans l'appartement pendant ses heures de ménage, elle décide que ce sera leur dernière conversation : elle n'a pas envie de se justifier, d'autant qu'elle ne voit aucune raison de le faire. Elle lui répond qu'en général il est au travail, même si, depuis longtemps, la réalité est tout autre et qu'à part le précédent dimanche il est tout le temps là.

Ça se produit deux semaines avant Pâques. Le dimanche de la Passion.

Le jeudi, Guil lui envoie un SMS : il s'excuse d'avoir oublié de la prévenir mais il sera en déplacement le dimanche, elle n'est donc pas obligée de venir travailler. Elle lui répond qu'elle peut prendre le bus.

« Ce serait parfait, écrit-il en retour. Mais moi, j'aurai besoin de vous voir avant le dimanche d'après. Vous pourrez ? »

Il lui laisse la clé dans le placard électrique. Comme il lui a dit que les filles viendraient dormir chez lui pour la première fois la semaine suivante, elle redouble de soins, récure l'appartement à fond, surtout la cuisine, la salle de bains et les petites chambres. Leurs armoires sont encore vides, mais les autres pièces de l'appartement commencent vraiment à s'animer. D'après ce qu'elle sait, il doit rentrer de voyage le lendemain, et quand elle pose sur le canapé les coussins colorés qu'elle vient d'acheter au bazar de la rue Balfour, elle imagine l'instant où il ouvrira la porte et allumera la lumière du salon. L'armoire dans la chambre à coucher ne s'est toujours pas remplie, et il a apparemment emporté la plupart des vêtements qu'il y avait rangés. Elle ouvre le tiroir du bas et tombe de nouveau sur les dossiers, les carnets et les vieux journaux découverts le premier jour. Il les a remis en place au lieu de les jeter, donc, en déduit-elle, ces vieilleries lui appartiennent et ne sont pas des souvenirs des précédents locataires. Elle essaie de lire un des gros titres au-dessus de la photo de la femme reproduite sur les trois journaux, bute dès le premier mot, parce que celui-là elle ne le comprend pas : « Suicide d'une Israélienne ». Elle détaille les photos identiques, hésite à emprunter un des exemplaires, à le glisser dans son sac plastique pour en lire davantage quand elle sera rentrée à la maison de retraite. Elle aère ensuite draps et couverture sur le rebord de la fenêtre qu'elle aime bien, mais la femme sur la photo pique de plus en plus sa curiosité : à l'évidence, elle est liée à Guil, ou plus exactement, il est lié à elle. Alors elle décide d'en savoir plus sur cette inconnue, qui n'est pas son ex-femme, celle-là elle l'a vue les rares fois où ils rendaient visite aux vieux parents. Qu'il puisse exister une relation entre lui et cette photo l'effraie un instant, elle doit en savoir plus, mais non… elle n'a pas le droit d'avoir ce genre de pensées. Elle se rappelle à l'ordre : si elle a été mise sur cette route, ce n'est pas pour elle-même mais pour lui. Alors elle se dit que mieux vaut ne pas emprunter le journal… pourtant, il reste dans son sac.

La sonnerie de la porte retentit soudain. Elle s'étonne, Guil est censé être en voyage.

Elle se fige au milieu de la chambre à coucher, mais lorsque la sonnette retentit une deuxième fois, elle va regarder par l'œilleton et voit une femme aux cheveux noirs et courts, qui apparemment sait qu'elle est à l'intérieur puisqu'elle sonne une troisième fois, ce qui oblige Emilia à ouvrir.

« Excusez-moi de vous déranger, commence l'intruse qui avance d'un pas. J'habite l'appartement d'en face et je vous ai déjà vue venir faire le ménage ici. Est-ce que vous auriez le temps de vous occuper d'un autre appartement, le même jour ou à n'importe quel autre moment ? »

Elle fait semblant de ne pas comprendre l'hébreu et, lorsque la femme réitère sa demande en anglais, elle lui répond, en anglais aussi : « Je ne sais pas. Aujourd'hui non. Peut-être la semaine prochaine. »

Quelque chose lui déplaît dans l'attitude de la voisine, une curiosité désagréable, comme si ce n'était pas uniquement pour le ménage qu'elle était venue sonner mais parce qu'elle voulait en profiter pour jeter un coup d'œil dans l'appartement de Guil. Au moment où elle sonnait, Emilia était en train d'examiner le visage de la femme sur la photo et, un instant, elle a l'impression d'y reconnaître son interlocutrice… mais non, rien à voir. Avant de retourner chez elle, la femme lui demande encore : « Vous vous appelez comment ? », puis ajoute, en anglais : « Moi, c'est Yaël, enchantée. Et vraiment, je serais ravie que vous puissiez venir chez nous. À propos, vous prenez combien de l'heure ? Ou peut-être que ça dépend de la surface à nettoyer ? »

Guil rentre de voyage le lendemain dans la nuit et envoie un SMS à Emilia : « Quand pouvons-nous nous voir ? »

Ils se retrouvent le soir même. Ils restent assis dans sa

voiture, face à la promenade. Il ne dit pas un mot des coussins neufs qu'elle a disposés sur le canapé du salon ni de la propreté de l'appartement, mais il lui offre un parfum acheté spécialement pour elle à l'étranger, enveloppé dans un papier coloré et maintenu par un ruban bleu. Il lui demande d'ouvrir le flacon, de s'en vaporiser puis se penche pour humer son cou. L'odeur, trop forte, ne lui plaît pas, à elle. Il lui a aussi acheté un châle vert en soie fine dont elle s'enveloppe aussitôt les épaules. Celui-là, elle l'aime encore plus qu'elle ne le montre. Il s'enquiert de la santé d'Adina, veut savoir si on lui a déjà fixé une date pour son éventuel déménagement dans la maison de retraite, s'excuse d'être un peu pressant ce soir, « c'est que j'ai beaucoup pensé à vous pendant mon voyage ».

Ensuite, il lui confie la merveilleuse idée qu'il a soudain eue : il doit de nouveau partir pour affaires au moment de la Pâque et voudrait emmener Emilia avec lui, incognito, sans en parler à qui que ce soit, ni à ses filles ni à personne. Une courte escapade, même deux ou trois jours, ce serait magnifique. Il n'a cessé d'y penser tout ce temps et il sait aussi où ils iront.

Emilia se montre réticente.

« Depuis combien de temps n'avez-vous pas pris de vacances ? insiste-t-il. Pas deux heures, mais quelques jours de vraies vacances ? »

Elle ne s'en souvient plus.

« Et depuis combien de temps n'êtes-vous pas retournée chez vous ? »

Elle le regarde sans comprendre.

Alors il lui explique : il doit se rendre à Bucarest et ce qu'il voudrait, c'est qu'ils aillent ensemble à Riga.

L'idée d'atterrir à l'aéroport de sa ville natale l'effraie et la bouleverse en même temps.

C'est alors qu'il lui demande, pour la première fois, d'aller chez elle. Lorsqu'elle refuse, il ne cache pas sa déception, mais elle n'a pas d'autre choix que d'inventer un nouveau mensonge : Adina est malade, elle doit passer la nuit auprès d'elle à la maison de retraite.

9

Peu de temps après, une nuit, Emilia fait un rêve : elle devait nettoyer l'appartement de ses parents qui rentraient enfin d'un long voyage. Elle étendait sur leur lit les mêmes draps que ceux de son enfance – avec des motifs de cigognes grises volant entre des nuages –, essuyait la poussière des meubles familiers puis traçait lentement, en caractères d'imprimerie, sur un carton : « Bienvenue aux revenants ». Elle préparait le dîner. Ça faisait longtemps qu'ils ne s'étaient pas retrouvés tous les trois, et elle s'apprêtait à leur annoncer qu'elle était enceinte et que, cette fois, il n'y aurait pas de fausse couche. Ce qui était étrange, c'est qu'elle avait conscience de ne plus pouvoir avoir d'enfants, mais personne n'a d'emprise sur les rêves. On sonnait à la porte, elle s'empressait d'ouvrir, persuadée que c'étaient eux qui arrivaient plus tôt que prévu, mais se retrouvait face à une femme qui ressemblait en même temps à la voisine de Guil, cheveux noirs et courts, et à la fameuse Orna des mystérieux journaux. Cette femme lui demandait de venir l'aider à faire le ménage de son appartement. Emilia hésitait parce qu'elle savait que ses parents devaient arriver d'un instant à l'autre et qu'elle n'avait pas le temps de prendre en charge deux endroits différents, mais elle était déchirée parce que dans la voix et le regard de l'inconnue il y avait une vraie supplique, « je vous en prie, disait-elle. Je vous paierai ce que vous voudrez ». Dans son rêve, Nahum aussi était présent, il se trouvait quelque part dans l'appartement de ses parents à Riga – Emilia le sait parce que, même endormie, elle sent qu'il est là et quand elle ouvre les yeux, il est bien là, à côté du canapé-lit. À son réveil, elle comprend exactement pourquoi toutes ces images lui sont apparues en rêve.

Les jours suivants, Guil ne reparle plus d'un voyage à l'étranger ni de sa proposition de l'emmener quelque part avec lui. Elle en déduit qu'il a sans doute changé d'avis, mais ne peut plus brider son imagination qui, en dépit de tout bon sens, franchit les frontières. La ramène à Riga.

Lorsqu'ils se retrouvent pour la deuxième fois de la semaine – les deux fois, c'est lui qui l'a appelée –, il n'en dit toujours pas un mot, mais elle n'arrive pas à se retenir et, l'air de rien, sous prétexte de voir avec lui quand venir faire le ménage, elle lui demande s'il repart la semaine prochaine ou celle d'après. Il ne répond pas.

Ils s'arrêtent d'abord dans leur café habituel, puis reprennent la voiture pour se rendre au parking non éclairé face à la mer.

Là, il commence par s'excuser : il ne sait pas encore s'il arrivera à prolonger son prochain déplacement et s'il pourra l'emmener. Elle le sent hésitant, peut-être même regrette-t-il d'en avoir émis l'idée. Et il a beau lui répéter que tout cela n'est lié qu'à son travail, elle se l'explique différemment : soit il craint qu'elle ne prenne leur relation trop au sérieux, soit il a honte qu'on les voie ensemble. Pour lui faire plaisir ce soir-là, Emilia a vaporisé dans le creux de son cou et de ses poignets le parfum qu'il lui a offert et dont elle a laissé derrière elle l'odeur prégnante dans l'ascenseur de la maison de retraite. Elle porte une jupe et s'est parée d'une paire de boucles d'oreilles en perles qu'elle a prises pour la soirée dans la boîte à bijoux d'Adina.

Ensuite, ils parlent de choses et d'autres. Elle a beau essayer de surmonter sa déception et une légère vexation, elle n'y parvient apparemment pas puisque, quelques minutes après que Guil l'a déposée rue Balfour, alors qu'elle se dirige vers la résidence, elle reçoit de lui plusieurs messages à la suite : « Vous viendriez avec moi si je vous achetais un billet ? », ensuite : « Je vais m'arranger, on part ! », et finalement : « Demandez à votre patronne si vous pouvez prendre quelques jours de congés dans les deux semaines à venir, d'accord ? »

Emilia ne croit pas encore tout à fait à ce voyage, pourtant elle suit les instructions de Guil et tâte le terrain auprès d'Eva, laquelle n'est pas très enthousiaste.

« Pourquoi avez-vous besoin de vacances ? Ça fait à peine trois mois que vous travaillez ici, non ? Vous êtes déjà fatiguée ? » lui assène-t-elle avant d'ajouter qu'avec un délai si court, et dans une période si intense, juste avant les fêtes, c'est très compliqué : elle-même ne sait plus où donner de la tête et pendant les vacances elle avait prévu de partir avec sa famille, « d'ailleurs, vous voulez aller où ? ».

Elle ne répond pas immédiatement, ne lui révèle pas que lors de leur dernière conversation téléphonique, Guil lui a dit qu'il voulait voir l'endroit où elle était née et avait grandi.

Il lui a aussi demandé s'il y avait un lieu particulier où elle aimerait dormir à Riga et des gens à qui elle voudrait annoncer sa venue.

À partir de cette demande de congés, quelque chose change dans l'attitude d'Eva qui est de plus en plus crispée. Le week-end suivant, elle débarque deux fois chez sa mère, à l'improviste. Elle n'a pas encore donné de réponse définitive à Emilia, prétend qu'elle doit en parler avec son mari, continue à lui reprocher de la prendre de court, pourquoi une telle urgence, de combien de jours s'agit-il exactement et pourquoi ne pas remettre ce voyage à l'été ?

Évidemment, Emilia pourrait demander à Guil de trouver une autre date, plus éloignée, mais elle ne veut pas, tant elle est persuadée que si elle attend trop il changera d'avis. Depuis un petit moment, elle a même l'impression qu'il lui en veut. Il la regarde avec moins de douceur, ses doigts sont froids et durs, et elle discerne de la méfiance au fond de ses yeux.

Le vendredi suivant, Eva débarque une fois de plus à l'improviste, tard dans la soirée. Adina dort depuis longtemps. Elle entre avec sa clé, sans frapper. Emilia est là – par chance ce soir-là Guil ne l'a pas contactée –, déjà en pyjama, cheveux mouillés après sa douche, et s'est assise sur une chaise en plastique du balcon pour contempler la mer. La fille ne daigne pas lui donner d'explication sur sa présence soudaine et n'entre pas dans la chambre où dort sa mère. Elles se parlent en chuchotant, la question du voyage revient et Emilia, qui ne veut pas mentir mais ne peut rien révéler, prétend qu'elle voudrait juste se rendre à Riga pour voir de la famille.

En son for intérieur, elle sait que la pensée de retourner dans son pays natal la réjouit beaucoup trop, mais c'est plus fort qu'elle. Et pas seulement à cause de son rêve. Elle se dit que, pendant quelques jours, elle n'aura plus à s'occuper de la vieille, qu'elle sera loin de cette résidence, qu'elle dormira à l'hôtel, dans un lit tout prêt et non sur le canapé d'un salon exigu. Elle songe aux vêtements qu'elle mettra dans sa valise, se renseigne sur le temps qu'il fera là-bas. Et cela, bien que Guil ne lui ait pas encore confirmé qu'il voulait ou pouvait partir avec elle et qu'Eva ne lui ait pas donné son accord.

Elle a toujours son manteau gris doublé de laine qu'elle n'a pas même porté une seule fois depuis son arrivée en Israël.

Si elle a d'abord renoncé à en parler à Tadeusz (à cause du ton critique qu'elle avait décelé dans ses propos lors de leurs dernières rencontres), elle est incapable de garder autant d'émotion pour elle et c'est avec impatience qu'elle attend le dimanche suivant pour partager la nouvelle avec lui. Elle a déjà préparé les réponses qu'elle lui fera, les justifications qu'elle lui donnera pour ce voyage, au cas où il ne l'approuverait pas. À qui d'autre pourrait-elle confier qu'elle sera accompagnée de Guil ? Le prêtre, lui, est déjà plus ou moins au courant des relations qu'elle entretient avec l'avocat et Nahum. Elle n'avait cependant pas encore décidé si elle lui dirait la vérité ou si elle prétendrait voyager seule. D'ailleurs, elle n'ose pas encore vraiment croire à la réalité de l'aventure, surtout que Guil ne lui envoie aucun message durant tout le week-end. Et lorsque, le dimanche, sans l'avoir prévenue, il ne vient pas la chercher rue Balfour, elle comprend qu'il a certainement changé d'avis mais ne sait pas comment le lui annoncer.

Elle décide de l'attendre au bazar et le guette à travers la vitrine. La vendeuse lui demande comment elle va. Pour une fois, elle n'achète rien, bien qu'elle ait un porte-monnaie garni. Au bout de plus d'une demi-heure, elle ressort, hésite à retourner chez Adina, appelle Guil qui ne lui répond pas. Alors elle prend la direction du centre-ville. La pluie se met à tomber, elle se retrouve trempée parce que le matin il faisait doux et qu'elle est sortie sans son blouson en jean et sans son parapluie. Pendant quelques heures, elle retrouve la même sensation de dérive que lorsqu'elle a commencé à travailler à la maison de retraite, avant de rencontrer l'avocat. L'angoisse sourd en elle. Elle n'a pas envie de retourner dans la chambre où la vieille et sa fille l'attendent. Elle rappelle Guil et n'obtient pas davantage de réponse. À présent, c'est sûr, il lui en veut, mais qu'a-t-elle fait ? Est-ce parce qu'elle a pris le journal avec la photo de la femme ? S'en est-il rendu compte avant qu'elle l'ait remis en place ? S'il garde trois journaux qui parlent tous de cette Orna qui s'est suicidée, la malheureuse doit lui être très chère – pensée qui, par instants, éveille en elle une pointe de jalousie.

Elle arrive à l'église plus d'une demi-heure avant le début de la messe en polonais. S'étonne du grand nombre de fidèles qui assistent à l'office précédent, de la forte odeur d'encens et de la quantité de cierges allumés à côté des fonts baptismaux. C'est le dimanche des Rameaux, premier jour de la semaine sainte et dernière entrée de Jésus à Jérusalem, rien d'étonnant à ce qu'il y ait plus de monde que d'habitude.

La messe se termine, les gens, pour la plupart originaires des Philippines, sortent de l'église. Emilia va prendre sa place au premier rang mais, en voyant le prêtre qui entre pour préparer la messe en polonais, elle retient un sursaut : au lieu de Tadeusz, c'est quelqu'un qu'elle ne connaît pas, beaucoup plus vieux, plus grand aussi, sa peau est hâlée, ses cheveux blanchissent et il porte des lunettes. Il se présente sous le nom de Narkis, pose sur elle un regard doux, mais elle n'attend pas la fin de l'office, se lève, contourne le chœur et se dirige vers la sacristie. Tadeusz ne s'y trouve pas davantage. Lorsqu'elle se renseigne, on lui dit qu'il est parti en Pologne passer Pâques en famille. Elle est presque blessée qu'il ne l'en ait pas avertie. Doit-elle interpréter cette absence comme un signe, voire comme un aval à son voyage, au cas où Guil tiendrait sa promesse ? N'a-t-il pas choisi de faire exactement la même chose qu'elle en rentrant au pays ?

Mais en ces heures, la peur est plus forte que tout.

Le soir, quand elle regagne la maison de retraite, Eva lui annonce qu'elle a discuté avec son mari Méïr, « pour ma part, vous pouvez partir en vacances, ayez juste l'amabilité de me donner vos dates le plus rapidement possible.

— Combien de jours de congés m'autorisez-vous à prendre ? » demande-t-elle, même si, à ce moment-là, ces vacances lui paraissent de moins en moins réelles.

La réponse l'étonne : peu importe le nombre de jours, Eva veut juste le savoir afin de pouvoir s'organiser.

Emilia ne téléphone pas à Guil. Ne lui envoie aucun message. C'est lui qui appelle, tard le soir. Il s'excuse de ne pas être venu la chercher, explique qu'il a été pris toute la journée par des rendez-vous imprévus et n'a pas pu lui répondre parce que son téléphone avait buggé. Il parle d'une voix froide mais qui la rassure tout de même et quand il lui demande si Eva l'a autorisée à prendre quelques jours, elle répond que oui.

« Vraiment ? Elle a accepté ? De quand à quand ? »

Malgré cette réaction, elle a l'impression d'entendre à nouveau ses hésitations, peut-être même ses regrets. Pourtant non, il lui promet de la recontacter plus tard.

Effectivement, il la rappelle. Après minuit. Elle pense à lui proposer de laisser tomber, elle sent qu'il ne veut plus partir, mais étonnamment, il paraît soudain bien décidé, ne reste plus à Emilia qu'à lui dicter son numéro de passeport, sa date de naissance et son nom tel qu'il y est orthographié.

La nuit même, il réserve les billets.

Ensuite, tout se passe très vite, trop vite pour Emilia qui n'arrivera ni à comprendre, ni à assimiler ce qui se joue réellement autour d'elle.

D'abord, elle se retrouve obligée de passer beaucoup plus de temps auprès d'Adina parce que, du jour où elle a communiqué sa date de départ à Eva, celle-ci s'est totalement volatilisée. Guil non plus ne l'appelle pas de toute la semaine, ne cherche pas à la voir et ne lui envoie aucun message, comme si, à nouveau, il regrettait. La seule fois où elle se résout à lui téléphoner, il lui explique qu'il est simplement surchargé de boulot. Tadeusz lui manque énormément. Elle a tellement besoin de discuter avec quelqu'un qu'elle envisage de rendre visite à Esther, mais y renonce : elle craint de ne pas arriver à lui cacher la relation qui s'est nouée entre son fils et elle ainsi que le voyage imminent, alors qu'elle s'est engagée à garder là-dessus un secret total.

Alors elle se contente de téléphoner à la vieille dame. Courte conversation décevante. Lourde de silences. Esther ne semble pas dans son assiette, peut-être est-elle malade. Au début, elle n'entend pas qui est son interlocutrice et raccroche. Emilia doit s'y reprendre à deux fois et remarque que la vieille dame lui demande d'une voix fatiguée si elle travaille toujours dans la maison de retraite.

« Oui.

— Ça se passe mieux maintenant ? Vous êtes contente ? On vous traite correctement ? Et elle ajoute : Je trouve que vous avez fait des progrès en hébreu.

— C'est grâce à Nahum, je continue à me servir de son cahier, précise-t-elle en anglais.

— Beaucoup de choses sont arrivées grâce à Nahum. J'ai du mal à continuer sans lui. »

En l'entendant, Emilia se dit qu'elle n'est peut-être pas la seule à voir tout le temps le défunt à ses côtés.

Cela dit, avec Adina, peut-être parce qu'elle sait qu'elle va cesser de s'en occuper pendant quelques jours, certains moments deviennent agréables, quand elles descendent ensemble dans la cour se réchauffer au soleil de l'après-midi, ou avant de l'endormir, quand elle lui tient la main et attend qu'elle sombre dans le sommeil.

Elle reçoit enfin un message de Guil : « Tout est prêt, Emilia ? Vous avez déjà bouclé vos bagages ? »

Elle est un peu incrédule, se demande ce qu'il attend d'elle, hésite puis finit par lui répondre en hébreu : « Je suis prête. »

Il lui explique alors qu'il s'envole le prochain dimanche de Tel-Aviv à destination de la Roumanie. Il a deux jours de travail intense à Bucarest, elle partira le mardi, par le vol qui décollera de Ben Gourion à seize heures, et le rejoindra en fin de journée. Ils resteront à Bucarest le lendemain puis prendront un avion pour Riga où ils passeront le week-end.

Emilia a quelques idées sur les endroits où l'emmener dans sa ville natale. En premier, ils iront à l'appartement de ses parents. Si la professeure de musique qui s'y est installée après eux y loge toujours, elle pourra lui demander l'autorisation de visiter.

Ils conviennent encore que Guil viendra la chercher à l'aéroport de Bucarest vers dix-neuf heures. Au cas où ses rendez-vous l'en empêcheraient, Emilia devra prendre un taxi et se rendre à l'hôtel où il lui a réservé une chambre. Elle en a soigneusement recopié l'adresse dans son cahier.

Le vendredi après-midi, deux jours avant le départ de Guil et quatre jours avant qu'elle s'envole pour le rejoindre, elle profite de la sieste d'Adina pour tirer discrètement sa valise de l'armoire et la poser dans le salon. À son réveil, la vieille dame remarque qu'elle fait ses bagages et s'étonne : « Quoi, tu t'en vas ? »

À cet instant, elle comprend qu'Eva n'a pas prévenu sa mère. En hébreu et avec des gestes qui miment le vol d'un avion, elle lui explique : « Je ne m'en vais pas. Je pars en vacances. Ensuite je reviens ici. »

Adina approuve de la tête, mais Emilia se demande si elle a vraiment compris.

Elle plie les vêtements qu'elle veut emporter et les empile soigneusement. La bonne odeur de lessive qu'ils dégagent arrive à couvrir celle de transpiration et de poussière qui stagne toujours dans les vieilles valises.

Le lendemain matin, le samedi, elles viennent à peine de se réveiller et sont encore en pyjama lorsque Eva débarque, accompagnée de Méïr et de leurs deux enfants. Ils attendent qu'elle aide Adina à s'habiller, puis la fille demande à ses enfants d'aller en bas prendre un thé avec leur grand-mère et ordonne à l'auxiliaire de vie de rester, elle et son mari ont à lui parler.

Ils la font asseoir dans le salon, sur le canapé-lit qu'elle n'a pas eu le temps de replier, prennent les deux chaises qui entourent la table et s'installent face à elle. Emilia n'a même pas bu son café du matin. Ils lui disent qu'ils savent tout : elle a volé de l'argent et des bijoux à Adina et s'apprête à fuir hors du pays. Si elle ne leur restitue pas immédiatement son butin, ils l'emmènent droit au commissariat.

10

Emilia se voit ouvrir l'armoire de la chambre à coucher, en sortir la boîte à bijoux et le grand porte-monnaie vieillot en cuir dans lequel Adina cache son argent, puis le remettre à sa place, ouvrir la boîte à bijoux avec la clé et en sortir une paire de boucles d'oreilles en perles. Elle ne sait ni quand ni comment a été prise la vidéo que Méïr lui montre sur son téléphone. Aucun son n'est audible, et c'est Eva qu'elle entend crier : « Alors quoi, tu prétends toujours que tu n'as rien volé, espèce de salope ! Tu oses nous mentir ? Des vidéos comme ça, on en a d'autres ! »

Méïr, lui, reste plus calme.

D'un geste, il indique à sa femme de baisser le ton et pose son appareil sur la table basse.

« Si vous voulez, on peut régler ça entre nous. Vous payez cinq mille shekels à Adina, vous lui rendez ses bijoux et on ne fera pas intervenir la police. C'est le mieux. »

Eva, elle, est tellement en colère – ou du moins le paraît-elle – qu'elle repousse la proposition de son mari et, bien qu'il lui redemande de baisser la voix, continue à hurler : « Pourquoi cinq mille ? Comment sais-tu que cette sale pute n'a pas pris plus que ça ? Et où tu crois qu'elle va trouver le fric, maintenant, où ? », et d'ajouter qu'elle va aussi porter plainte pour mauvais traitements, mais son mari ne se laisse pas impressionner : « Alors tu veux qu'elle te donne combien ? Dix mille ? Pour dix mille shekels, tu accepterais de fermer les yeux ? Je pense qu'on a tous intérêt à régler l'affaire entre nous. D'ailleurs, viens, écoutons-la. Voyons ce qu'elle a à dire. »

Pas grand-chose. Il l'écoute. Elle s'excuse. Pleure. Nie farouchement avoir fait du mal à Adina. Comment peuvent-ils l'accuser d'une horreur pareille, alors que nuit après nuit elle reste assise auprès de la vieille dame et lui tient la main jusqu'à ce qu'elle s'endorme ? Les boucles d'oreilles et le collier, explique-t-elle, ce n'est qu'un emprunt, elle les a remis à leur place, le contenu de la boîte à bijoux est intact, ils peuvent vérifier avec Adina si quelque chose manque.

« D'accord, c'est ce que nous allons faire », convient Méïr qui semble disposé à la croire.

Eva, en revanche, campe sur ses positions : « Tu penses que ma mère se souvient de ce qu'elle possède ? Elle ne se souvient plus de rien, comment tu veux qu'on vérifie avec elle ? »

Pour ce qui est de l'argent, Emilia jure qu'elle n'a rien pris depuis des mois, c'était juste les premières semaines, à trois ou quatre occasions, et jamais plus de cent shekels à chaque fois. Elle explique qu'à l'époque elle louait une chambre et que son mi-temps ne suffisait pas à payer le loyer, qu'elle s'était juré de rembourser dès qu'elle le pourrait. Elle omet de préciser que depuis elle aurait facilement pu restituer ces larcins mais que chaque fois qu'elle avait de l'argent elle le déposait dans la corbeille à la messe ou achetait des bibelots pour Guil.

Eva se remet à crier : « Et tu oses encore discutailler ? » Puis elle se tourne vers son mari : « Qu'elle explique aux flics combien elle a pris, pas à moi. Une chance qu'on ait enlevé à temps presque tout l'argent qui se trouvait là, sinon, tu crois qu'elle aurait laissé quelque chose ?

— Ne lui répondez pas, Emilia, je vous le demande, intervient Méïr. Vous n'êtes pas en position de pouvoir négocier. Si vous nous rendez sept mille cinq cents shekels d'ici à demain, on en restera là. Je m'engage à ce que ma femme n'entame aucune poursuite contre vous. D'accord ? Sachez que je le fais pour votre bien, pour vous éviter des ennuis. Vous comprenez ? Et toi, Eva, tu m'entends ? Elle va te rembourser sept mille cinq cents shekels et voilà. D'ici là, donnez-nous votre passeport et laissez toutes vos affaires ici. Quand vous nous aurez apporté l'argent, on vous les rendra. C'est nous, ou la police. À vous de choisir. »

Emilia quitte la résidence pour la dernière fois un peu après onze heures. Elle sort de l'ascenseur et, avec la terrible sensation que tout le monde est au courant de ce qui s'est passé quelques minutes plus tôt dans la chambre du septième étage, traverse rapidement le hall envahi par les vieux, leurs proches et le personnel. Elle atteint les portes coulissantes en verre qui s'ouvrent devant elle. En réalité, personne ne sait rien, pas même la gardienne assise à l'accueil.

Ses affaires, elle les a laissées chez Adina. Son passeport et ses autres papiers, elle a été obligée de les remettre à Eva et son mari. Dans le sac plastique qu'elle a pris avec elle, il n'y a que des habits de rechange et son porte-monnaie en cuir rectangulaire. Elle est vêtue de son jean et de son tee-shirt gris. Ses yeux sont cachés derrière ses lunettes de soleil rouges. Son blouson en jean est resté à la maison de retraite.

Elle rejoint l'église de Jaffa à pied, un chemin qu'elle a parcouru maintes et maintes fois. La route est plus longue que d'habitude. Elle marche lentement. La journée est belle, le soleil ardent. Tous ceux qui la croisent la fixent du regard. Elle ne sait ni où elle va dormir, ni où elle va trouver l'argent que lui réclame le couple. Elle n'a plus la force de continuer. Envisage de retourner à la maison de retraite à la nuit tombée et de demander à une auxiliaire de vie de l'héberger. Elle ne désire qu'une chose à présent : quitter Israël et rentrer chez elle. Elle n'ose pas raconter à Guil ce qui s'est passé de peur qu'il ne la soupçonne de lui avoir aussi volé de l'argent, à lui et peut-être aussi à Esther et Nahum, bien que jamais cette idée ne lui ait effleuré l'esprit. Elle n'ose pas non plus entrer dans l'église et reste donc sur le banc du parvis investi par de nombreux touristes. Inutile d'espérer que Tadeusz apparaisse soudain puisqu'il est en Pologne dans sa famille, et c'est mieux ainsi, comment aurait-elle pu le regarder en face après ce qui venait de se passer ? Elle sent sa peau brûler de peur et de honte. Il n'y a et n'y aura pas de pardon pour ce qu'elle a fait.

Guil l'appelle en fin de journée, comme s'il avait deviné qu'elle voulait lui parler mais en était incapable. À sa voix, il comprend tout de suite que quelque chose a déraillé, avant même qu'elle lui annonce la mauvaise nouvelle, à savoir qu'elle ne pourra pas partir avec lui.

« Qu'est-ce qui s'est passé, Emilia ? Dites-moi ce qui s'est passé. »

Elle ne répond pas. Quand il réitère sa question, elle éclate en sanglots. Incontrôlables.

Enfin, elle lui raconte tout : qu'Eva et son mari l'accusent d'avoir volé des sous et des bijoux et qu'elle a dû leur remettre ses papiers ; qu'ils lui ont demandé de l'argent qu'elle n'a pas et que si elle ne le leur donne pas avant le lendemain midi ils l'amèneront à la police. Guil ne dit rien, il l'écoute. Puis il veut savoir où elle se trouve et avec qui. Quand il lui propose de venir la rejoindre chez elle, elle avoue qu'elle n'a pas où dormir – continuer à mentir ne sert plus à rien. Il est le seul à pouvoir l'aider.

Il lui promet de la rappeler dans quelques minutes. Il ne le fait qu'au bout d'une longue demi-heure.

Entre-temps le soleil s'est couché, la nuit est tombée. Elle attend son coup de fil, sent moins la brûlure de sa peau, a moins peur aussi.

Il lui assure que tout va s'arranger. Lui promet de l'aider. Lui demande de suivre exactement ses instructions. Elle doit monter dans un bus et venir chez lui.

Elle aurait bien pris un taxi mais elle ne veut pas être vue, pas non plus avoir à parler à qui que ce soit, or on est plus facilement anonyme dans un transport en commun. De plus, en cette soirée de samedi, le bus est presque vide. Elle s'assied sur un siège près de la porte arrière, à côté de la fenêtre. Se remémore son premier trajet, le jour où elle est allée au cabinet de l'avocat et où Tadeusz était monté – peut-être au même arrêt qu'elle aujourd'hui – et était resté debout parce qu'aucun passager ne lui avait cédé sa place. Les stations défilent rapidement. Personne ne vient s'asseoir à côté d'elle. Elle descend du bus, et même si elle a laissé l'adresse dans le cahier resté chez Adina, elle se souvient qu'elle doit continuer tout droit puis tourner à droite, et par chance elle retrouve le chemin sans problème. Reconnaît l'immeuble, n'allume pas la lumière dans le hall, gravit les deux étages dans le noir, mais au moment où elle s'arrête devant l'appartement la cage d'escalier s'illumine tout de même... pourtant aucune porte ne s'ouvre et personne ne monte ni ne descend. Elle frappe deux fois, n'obtient aucune réponse, va prendre la clé dans le placard du compteur puis entre – telles sont les directives qu'il lui a données. Elle a à peine posé le pied à l'intérieur qu'elle se sent gagnée par une irrésistible envie de se coucher et de fermer les yeux. Dès le début, elle a su que cet endroit lui serait salutaire.

Elle n'entend pas la porte s'ouvrir et se refermer, peut-être s'est-elle endormie, mais elle sent tout à coup une main douce se poser sur son épaule et le voit au-dessus d'elle. Dans son autre main, il tient un verre d'eau.

Ensuite, ils vont s'asseoir à la grande table couverte de la nappe qu'elle a apportée il y a longtemps et sur laquelle est posée la corbeille en rotin dont elle se servait dans son ancienne chambre.

Guil attend qu'elle retrouve ses esprits puis lui demande de raconter exactement ce qui s'est passé. Il lui pose de nombreuses questions, auxquelles elle répond. Veut savoir si elle a effectivement volé de l'argent à Adina. Elle jure qu'elle n'a pris que quelques centaines de shekels, uniquement les premières semaines de travail, et que depuis qu'elle a commencé à faire le ménage chez lui elle a totalement arrêté. Les bijoux, elle les a empruntés deux ou trois fois, pas plus, pour leurs rencontres nocturnes, et les a aussitôt remis dans la boîte. Elle ne peut pas lui expliquer pourquoi elle a pris cet argent car elle-même l'ignore, elle sait juste que ce n'est pas par vénalité, la preuve, jamais elle n'a pris quoi que ce soit chez Nahum et Esther. Guil assure qu'il la croit mais soudain il lui demande si elle a un jour pris chez lui quelque chose qu'elle n'aurait pas dû prendre.

« Jamais, s'exclame-t-elle, et jamais non plus chez vos parents !

— Je ne parle pas de chez mes parents, susurre-t-il alors. Je vous repose la question, Emilia : êtes-vous sûre de ne jamais avoir pris dans cet appartement quelque chose que vous n'auriez pas dû ? » Il lui caresse le bras pour calmer ses protestations véhémentes. Répète plusieurs fois qu'il ne doute pas d'elle et qu'il va l'aider. Et tout d'abord, il va téléphoner à ses patrons pour leur apporter la preuve qu'elle n'avait pas l'intention de fuir puisqu'elle partait avec lui.

« Ils ne vous croiront pas, je n'ai jamais parlé de vous.

— Eh bien, je me présenterai... Quoi qu'il en soit, et peu importe ce que vous avez fait, ils n'ont pas le droit de confisquer votre passeport et encore moins de vous faire un tel chantage, affirme-t-il. Laissez-moi leur parler, je vous garantis qu'ils changeront de ton dès qu'ils sauront qu'ils ont affaire à un avocat. »

Ensuite il propose de lui préparer un verre de thé et lui demande si elle ne veut pas se doucher. Pendant ce temps, il contactera la fille d'Adina. Avant de s'éclipser pour passer le coup de fil dans sa chambre à coucher, il lui répète : « Tout va s'arranger, je vous le promets. Vous n'êtes plus seule. »

Elle s'excuse pour le voyage raté et il lui sourit : « Ce n'est pas grave. On aura d'autres occasions. »

Lorsqu'elle se retrouve dans la salle de bains sous le jet d'eau chaude, elle pense à Nahum et ferme aussitôt très fort les yeux. De honte et de chagrin. De gratitude aussi. Il était là au moment où elle est entrée dans l'appartement obscur, avant l'arrivée de Guil, et en le voyant elle a compris qu'il était venu pour elle. Que depuis le jour de sa mort il ne l'avait pas quittée.

Elle sort de la douche vêtue des habits de rechange qu'elle a emportés. Guil lui dit qu'il a parlé avec Eva et lui explique comment tout allait s'arranger : il réglerait avec cette femme le différend financier. En retour le couple s'était engagé à ne pas alerter la police et à lui rendre ses papiers. Emilia demande combien d'argent elle devra lui rembourser, il se contente de lui redire que tout va s'arranger, qu'il leur donnera une certaine somme, il refuse de lui dire combien mais certifie que c'est inférieur aux sept mille cinq cents shekels qu'ils exigeaient, « vous ne devez plus vous faire de souci, conclut-il. Demain, tout sera derrière nous ».

Il l'engage à boire le thé qu'il lui a préparé pendant qu'elle était sous la douche.

La boisson a un goût étrange, trop sucré. De plus, elle a refroidi, mais Emilia la boit jusqu'à la dernière goutte parce qu'elle n'a rien avalé de la journée. Guil l'accompagne dans la chambre à coucher. Elle a la tête qui tourne, la fatigue sans doute et la chaleur qui soudain la submerge. Elle s'allonge sur le lit. Il s'assied à côté d'elle et l'observe, exactement comme elle le fait au chevet d'Adina en attendant que celle-ci s'endorme. La lumière de l'appartement d'en face filtre à travers les volets entrouverts et c'est grâce à cette lumière feutrée qu'elle distingue encore le visage de l'avocat avant de sombrer dans le sommeil. Il ne la touche pas. Ne bouge pas mais elle l'entend parler, elle a l'impression qu'il lui demande quelque chose au sujet d'Orna, mais elle n'est pas sûre de bien comprendre tant sa conscience est brouillée d'épuisement. Elle se souvient avoir plusieurs fois tenté d'imaginer comment ce serait de se réveiller ici mais jamais elle ne s'était doutée qu'elle ressentirait un tel bien-être.

La clochette qu'elle a accrochée au cadre de la fenêtre ne bouge pas, pourtant elle l'entend tinter. Ses paupières se ferment, s'ouvrent, se ferment à nouveau. Nahum est là, lui aussi, dans cette chambre à coucher. Il la fixe de ses yeux verts tandis qu'elle perd conscience. Elle veut lui parler mais ne peut pas. Une étrange torpeur gagne tout son corps. Elle n'a plus de voix. Pense que le vieil homme essaie de lui dire quelque chose en retour mais n'arrive pas, exactement comme elle, à remuer les lèvres.

Elle se réveille à une heure du matin, dans la nuit du samedi au dimanche, la tête couverte du sac qui contenait ses vêtements. Quand elle essaie de respirer, un goût de plastique envahit sa bouche. Les mains de Guil lui bloquent les genoux, les plaquent contre le lit, l'empêchent de se lever, mais de toute façon elle ne veut pas se lever, c'est son corps qui agit tout seul. Son corps qui s'affole de plus en plus tandis que l'air se raréfie, alors qu'elle, justement, reste très calme.

Il est assis à côté d'elle. La regarde pendant que l'oxygène diminue dans le sac qui lui recouvre la tête.

Nahum aussi est là, debout à côté de son fils, le regard

halluciné. Elle comprend enfin qu'il n'essayait pas de la pousser vers lui mais au contraire, qu'il tentait de la mettre en garde.

Les yeux d'Emilia sont à présent grands ouverts, mais en dedans elle les clôt. Et dans un éclair, elle sait tout, tout ce qui est arrivé et tout ce qui arrivera, comme si c'était une histoire qu'on lui avait racontée juste avant le grand sommeil.

TROIS

1

La troisième femme, il la rencontrera dans le café de Guivataïm où il t'emmenait parfois, Orna, et où, depuis un petit moment, elle s'installe tous les matins, juste après huit heures, toujours à la même table dans un coin de la terrasse fermée en hiver par des panneaux vitrés. Lui, pour sa part, a pris l'habitude de s'y arrêter une à deux fois par semaine vers huit heures et demie en se rendant à son cabinet. Elle passe ses matinées assise, seule, face à son ordinateur portable, concentrée sur son travail, mais lève le nez chaque fois que quelqu'un entre ou sort et, à peu près toutes les heures, elle va fumer ou passer un coup de fil sur le trottoir.

Leur première conversation se nouera ainsi : un matin, il profitera d'une des pauses qu'elle s'octroie pour la suivre dehors et lui demander une cigarette. Elle lui tendra un paquet blanc de Winston Light quasiment vide, il en prendra une et l'allumera avec le briquet qu'elle lui tendra aussi. Elle restera les yeux rivés sur l'écran de son portable pendant qu'il s'excusera, expliquera qu'il ne fume quasiment plus et que c'est pour ça qu'il n'a pas de paquet sur lui. Elle répondra qu'elle aussi devrait arrêter mais que ce n'est peut-être pas le moment, vu qu'elle vient de recommencer. Ça le fera rire. Il lui demandera s'il peut lui poser une question, elle mettra son téléphone dans la poche de son manteau et dira oui, bien sûr. C'est à ce moment-là qu'elle lèvera la tête vers lui et le regardera.

« Sur quoi travaillez-vous ici, tous les matins, avec un tel sérieux ? »

Elle, par politesse, lui demandera en retour ce qu'il fait dans la vie.

Au moment de rentrer dans le café, il se présentera : « À propos, je m'appelle Guil. »

Ils se serreront la main.

« Enchantée. Ella. »

À partir de ce jour-là, il s'arrêtera au café presque tous les matins. Rasé de près, sentant bon, une chemise différente à chaque fois, la chevelure encore blonde et suffisamment épaisse, mais un peu moins fournie qu'à l'époque où vous l'avez toutes les deux connu. Il garera sa voiture dans le parking de la rue voisine et continuera à pied.

La deuxième fois qu'il la suivra dehors et lui demandera une cigarette, la conversation durera un peu plus longtemps. Ce qui les rapprochera tout d'abord, ce sera le sujet de la thèse qu'elle essaie d'écrire mais qu'elle n'a, lui expliquera-t-elle, quasiment aucune chance de faire aboutir, étant donné son âge.

« Sur quoi écrivez-vous donc ?

— Laissez tomber, ça ne risque pas de vous intéresser. »

Elle finira par lâcher qu'elle écrit sur le ghetto de Łódź. Oui, sur la Shoah. Plus précisément sur la vie d'un immeuble particulier du ghetto de Łódź entre 1941 et 1944, et sur les gens qui l'ont habité pendant cette période-là. Des dizaines de locataires, des dizaines de biographies totalement différentes les unes des autres, des dizaines de morts, plus tragiques les unes que les autres. Or elle a déjà trente-sept ans, trop tard pour se lancer dans la rédaction de travaux universitaires. Elle est plus vieille que la majorité de ses profs et a l'air d'être la mère de tous les étudiants qu'elle croise.

Guil s'étonnera qu'elle ait choisi un tel sujet parce qu'elle n'a pas l'air de venir de « là-bas », ce qui la fera rire et elle le traitera de raciste avant de confirmer qu'effectivement elle ne vient pas de « là-bas », quoi, ça se voit tellement ? Elle a commencé à s'intéresser à la Shoah, confiera-t-elle, pendant son service militaire. Sous-officier dans une des missions éducatives de l'armée, elle a enseigné l'histoire puis a elle-même étudié celle du peuple juif à l'université Bar-Ilan. Grâce à quoi elle a pu travailler comme guide pendant plusieurs années au musée de la Diaspora.

« Et maintenant ?

— Maintenant, je fais plutôt dans le genre pondeuse, dira-t-elle avant de détourner la tête pour ne pas lui souffler la fumée dans la figure. Ma petite dernière a dix mois et c'est pour ne pas devenir folle à la maison que je me suis inscrite en master. J'ai une nounou qui vient la garder tous les matins jusqu'à treize heures et elle reste aussi une fois par semaine l'après-midi. Sauf que ça ne sert pas à grand-chose.

— Parce que vous n'avez malgré tout pas assez de temps pour étudier ?

— Parce que je deviens tout de même dingue. D'ailleurs, je ne sais pas pourquoi je m'obstine… » Elle continuera en lui racontant qu'elle a deux autres filles, l'aînée âgée de six ans et la cadette de quatre. S'occuper des trois à la fois la rend folle. Ces quelques heures volées en matinée et sa journée entière à la fac sont des bouées de sauvetage, mais ne suffisent pas pour rester saine d'esprit. Sans antidépresseurs et si elle n'avait pas repris la cigarette après presque sept ans d'abstinence – en fait depuis sa première grossesse, précisera-t-elle en allumant une nouvelle Winston Light –, elle ne tiendrait pas le coup. Son mari est militaire de carrière, un chercheur, il ne rentre à la maison que tard le soir, en général jamais avant vingt et une heures, « je me demande parfois s'il est au courant qu'on a eu un bébé, lâchera-t-elle avant de sortir le téléphone de sa poche pour lui montrer une photo des petites. Ne vous méprenez pas, je les adore toutes les trois, ce sont des amours, c'est juste que, il y a dix ans, je ne m'étais pas imaginé ma vie comme ça. Mais pourquoi est-ce que je vous embête avec mes histoires ? Piètre tentative pour ne pas me remettre à mon ordi et à ma thèse sans doute… »

Avec cette troisième femme, il n'y aura aucune ambiguïté, aucun des deux ne se cachera d'être marié.

Guil portera une fine alliance qu'il n'enlèvera pas avant de venir la retrouver et qu'il ne cherchera pas non plus à dissimuler. Quant à elle, elle parlera beaucoup de son mari.

À partir de ce jour-là, ils se salueront dès qu'il entrera dans le café où elle sera déjà installée, et au bout de la troisième ou quatrième fois, ce sera elle qui lui fera signe en sortant fumer. Les jours de pluie, ils se réfugieront sous l'auvent du kiosque voisin et, s'il fait trop froid, ils resteront sur le seuil du café pour profiter de la chaleur du chauffage au gaz allumé sur la terrasse couverte. En cas de beau temps, ils profiteront du soleil, assis à la table ronde placée sur le trottoir à l'intention des fumeurs. Ce mois de février-là sera sec, et dès le début certaines journées si chaudes qu'elles sembleront déjà porter l'été en elles, telle la fleur qui regorge de pollen. Il proposera de lui acheter un paquet de cigarettes ou de lui offrir son café vu qu'il est inconcevable qu'elle subventionne sa nouvelle addiction mais elle répliquera que, non, au contraire, elle se sent coupable de l'encourager à fumer davantage.

Et avec elle, il ne mentira pas. Il lui dira qu'il a deux grandes filles, l'une au service militaire dans une base d'entraînement de l'armée de l'air, l'autre en terminale. Que sa femme est, elle aussi, avocate. Il ne lui révélera pas son prénom, Ruthy, mais ne prétendra pas être divorcé, ni même en instance de divorce. Quand elle s'étonnera de ne jamais la voir au café avec lui, il répondra qu'elle part plus tôt parce qu'elle travaille dans un cabinet du centre de Tel-Aviv. L'Europe de l'Est continuera à être leur dénominateur commun. Ainsi, il lui racontera par exemple que son père est né en Autriche et sa mère en Pologne, pas à Łódź, mais à Grójec, une petite ville non loin de Varsovie, et que tous les deux sont morts récemment : son père, Nahum, depuis presque trois ans et sa mère, Esther, à la fin de l'été précédent, un peu avant la fête de Soukkot.

Il sera de plus en plus loquace sur son travail, et elle se montrera de plus en plus intéressée : quel genre d'Israéliens réclament donc un passeport roumain, polonais ou bulgare ? Quelles sont leurs motivations et à propos, lui, comment en est-il arrivé à se spécialiser dans ce domaine ?

« Après l'effondrement du bloc communiste, dans les années 1990, lui expliquera-t-il, j'ai travaillé en tant que juriste dans une agence de recrutement de main-d'œuvre étrangère, ce qui m'a permis de nouer des relations dans les pays d'Europe de l'Est qui fournissent beaucoup de travailleurs bon marché, surtout des travailleuses d'ailleurs. C'est grâce à ça que j'ai pu ouvrir mon propre cabinet. Au début, alors que ces pays venaient tout juste d'adhérer à l'Union européenne, ma principale activité était d'obtenir ces fameux sésames dont sont friands nos compatriotes qui aiment tant se placer dans la file d'attente des Européens quand ils débarquent sur le Vieux Continent. Maintenant, je m'occupe principalement d'encadrer des investissements immobiliers et j'investis moi-même. Les Israéliens achètent de plus en plus de biens dans cette zone géographique, comme s'ils avaient l'intention, je ne sais pas quand, de retourner là-bas en masse. Étant donné qu'ils ne font pas confiance aux avocats locaux, mes affaires sont florissantes, comme on dit. De plus, j'ai fait là-bas trois excellentes acquisitions et je suis en train d'examiner une participation à deux grands projets de construction, ce qui m'oblige à de nombreux déplacements, en moyenne une à deux fois par mois. J'ai déjà embauché trois confrères que je salarie, un ici, un en Roumanie et un en Pologne.

— Eh bien, je qualifierais ça de belle réussite et de vie bien remplie, à la différence de la mienne…

— N'exagérons rien. Pas si remplie que ça puisque j'ai le temps de prendre un café avec vous tous les matins. »

Cette remarque la fera sourire : « Êtes-vous en train de sous-entendre que vous venez ici… pour moi ? »

La fois où il lui demandera ce qui l'a amenée à choisir son sujet de thèse, elle répondra : « Je ne sais déjà plus. Il fut un temps où j'avais des ambitions. Et puis j'avais l'impression que ces gens morts là-bas me demandaient de ne pas les oublier. »

2

Le cadavre d'Emilia est retrouvé le dimanche matin dans le sud de Tel-Aviv, non loin de l'ancienne gare routière. Sur le rapport du sergent Karim Nassri, un des policiers de la patrouille, on peut lire : « Le corps sans vie d'une femme d'une quarantaine d'années, cheveux courts, vêtue d'un pantalon et d'un tee-shirt gris, a été découvert dans le hall d'entrée d'un immeuble de la rue haGalil, la tête enveloppée dans un sac plastique. »

Sans aucun papier ni document significatif sur elle, la défunte reste non identifiée pendant plusieurs jours et, comme son corps n'affiche pas de traces de violence, la première supposition est qu'il s'agit d'un suicide. L'autopsie conclut à un décès par asphyxie. « Elle n'a pas eu de relations sexuelles dans les heures qui ont précédé la mort, située le dimanche matin très tôt, et son estomac ne contient quasiment aucun résidu alimentaire. » Ses couronnes dentaires indiquent que ce n'est sans doute pas une citoyenne israélienne, ce que corroborent les étiquettes de ses vêtements.

Les premiers jours, les policiers se concentrent sur une enquête de voisinage dans le quartier où elle a été retrouvée ainsi que sur des recoupements avec les dossiers de personnes disparues. Il y a peu de caméras de surveillance dans ce secteur et Emilia n'apparaît sur aucune vidéo dans le laps de temps qui les intéresse. Les commerçants et les habitants des rues attenantes à qui on présente sa photo ne la reconnaissent pas. Les fouilles menées dans les cours et les poubelles alentour ne donnent rien non plus, on ne déniche aucun objet ni document qui aurait pu lui appartenir.

Dans les rapports de police, elle est donc surnommée « l'Inconnue ». Une des pistes évoquée et rapidement rejetée est celle d'une arrivée clandestine en Israël pour travailler dans la prostitution – peut-être sans qu'elle s'en soit doutée au départ. On interroge donc beaucoup femmes qui œuvrent dans les clubs spécialisés de Neve-Shaanan mais aucune ne la reconnaît. Sans compter que son état physique contredit cette thèse : certes, à en croire l'examen post mortem, elle était en état de sous-alimentation, mais ne consommait pas de drogues et n'avait pas subi de mauvais traitements.

L'identification prend plus d'une semaine, le temps que, au commissariat de Bat-Yam qui dépend du secteur Ayalon, une plainte soit déposée contre une auxiliaire de vie étrangère qui, après avoir volé et maltraité la vieille dame dont elle s'occupait dans une maison de retraite, s'est soudain volatilisée. Les plaignants, Méïr et Eva Yashar, donnent à l'enquêteur de permanence le nom et la description de la personne en question et, quelques jours plus tard, c'est un policier du secteur Yiftah qui fait le rapprochement. Le couple est aussitôt convoqué au commissariat de la rue haMasguer et dès qu'on leur présente la photo du cadavre de l'Inconnue, ils la nomment sans hésitation : Emilia Nodyevs, originaire de Lettonie, âgée de quarante-six ans. Cette femme s'occupait d'Adina Danino depuis la fin du mois de janvier et habitait avec elle à la résidence de Bat-Yam depuis le 1er mars. Elle était arrivée en Israël plus de deux ans auparavant, légalement, par l'intermédiaire d'une agence de recrutement spécialisée et possédait un permis de séjour et un permis de travail valides.

Lorsqu'on leur demande quand ils ont vu Emilia pour la dernière fois, ils répondent que c'était le samedi matin – soit quelques heures avant le moment présumé de sa mort. Ils expliquent aussi qu'ils la soupçonnaient d'avoir volé de l'argent, c'est pourquoi ils avaient installé des caméras de surveillance dans la chambre à coucher de la mère d'Eva. Ils ont ainsi découvert que leurs soupçons étaient justifiés et, le samedi, ont décidé de confondre la voleuse en lui montrant les enregistrements. Non, ils ne l'ont absolument pas menacée, ils lui ont juste demandé de rendre ce qu'elle avait pris. Ils admettent l'avoir peut-être effrayée en lui faisant part de leur intention d'aller trouver la police.

Ils affirment qu'Emilia s'est engagée à les rembourser le jour même. Elle est sortie de la maison de retraite et depuis, elle a disparu. Comme ils savaient qu'elle s'apprêtait à partir à l'étranger, ils lui ont demandé de leur laisser son passeport. Après avoir attendu de ses nouvelles pendant deux jours, ils ont contacté l'agence de recrutement mais là, personne n'a pu leur fournir le moindre renseignement. Ils en ont déduit qu'elle avait réussi à fuir à l'étranger sans passeport et, pour leur part, ont tiré un trait sur l'argent. S'ils ont fini par porter plainte, c'est uniquement parce qu'on leur a expliqué que c'était la seule manière d'exiger de l'agence des dédommagements pour le préjudice causé.

Les enquêteurs leur demandent s'ils ont en leur possession des effets personnels d'Emilia Nodyevs à part son passeport. Non, répondent-ils, juste quelques vêtements encore rangés sur trois étagères dans la chambre à coucher d'Adina ainsi que les affaires de toilette et le maquillage qui sont restés dans la salle de bains.

Grâce à l'identification du corps et la déposition du couple Yashar, le dossier est quasiment résolu pour les policiers. Ce qu'ils ont appris confirme l'hypothèse du suicide et permet de retracer dans les grandes lignes les heures qui ont précédé le geste fatal : Emilia est sortie de la maison de retraite le samedi matin, après sa confrontation avec Méïr et Eva. Elle ne pouvait plus quitter le pays puisque son passeport lui avait été confisqué, ni revenir chez ses employeurs de peur d'être conduite au commissariat, et se retrouvait sans toit. Elle a sans doute erré toute la journée, seule, à la recherche d'une issue. Certes, ils ne comprennent ni pourquoi ni comment elle est arrivée de Bat-Yam à Neve-Shaanan dans le sud de Tel-Aviv – y avait-elle des relations, amicales ou autres ? –, mais dans le courant de la nuit son désespoir s'est apparemment accru et elle a décidé de mettre fin à ses jours. Peut-être aussi a-t-elle essayé de se faire embaucher dans un club d'escort-girls du quartier afin de gagner rapidement de l'argent mais a changé d'avis au dernier moment.

Le premier inspecteur en charge de ce dossier s'appelle A., habitant à Yéhoud mais travaillant au département d'investigation du secteur Yiftah. Âgé de quarante et un ans, marié, père de trois enfants, ancien officier dans les gardes-frontières, c'est un homme élancé, ses gestes comme son élocution sont lents et posés, ses yeux fatigués. Pour lui, pas l'ombre d'un doute : Emilia s'est suicidée par désespoir et par peur. Cependant, enquêteur méthodique et fier de ne rendre que des dossiers béton, il ne veut laisser subsister aucune zone d'ombre sur le dernier jour de cette pauvre femme. Une chose le taraude : comment expliquer que personne ne l'ait vue pendant les heures qui ont précédé son suicide dans le quartier de l'ancienne gare routière ? Il y a d'ailleurs une antenne de police non loin de là.

A. décide de convoquer le couple Yashar pour un nouvel interrogatoire dans l'espoir d'obtenir une image plus complète de ce qui s'est passé entre eux ce fameux samedi matin. Non qu'il les soupçonne d'avoir joué un rôle quelconque dans la mort de l'auxiliaire de vie, mais il n'est pas sûr qu'ils aient tout dit. Il leur demande d'apporter une clé USB avec les vidéos où l'on voit Emilia ouvrir l'armoire dans la chambre à coucher d'Adina et commettre ses vols. Après les avoir visionnées plusieurs fois, il décide de conserver la clé. Dans leur déposition initiale, celle faite au commissariat du secteur Ayalon, le couple a prétendu que la vieille dame avait subi de mauvais traitements mais comme rien, sur les films, ne permet de l'affirmer les plaignants préfèrent retirer cette accusation.

A. déduit de leurs dires qu'Emilia était une personne isolée, sans proches ni amis en Israël.

Le couple Yashar lui apprend aussi qu'avant la maison de retraite elle a travaillé chez des personnes qui habitent dans le nord de Tel-Aviv et que, pendant les quelques semaines où elle a dû attendre de pouvoir emménager chez Adina, elle avait loué un appartement à Bat-Yam. Elle travaillait pour eux six jours sur sept, le dimanche étant le jour de congé qu'elle avait demandé pour faire ses courses et aller à l'église. Dernièrement, elle avait aussi sollicité l'autorisation de partir en voyage à Riga, et rétrospectivement ils ont compris qu'elle n'avait pas l'intention de revenir. A. veut savoir si Mme Danino serait susceptible d'avoir d'autres renseignements à lui fournir mais ils assurent que non, la vieille dame étant complètement sénile.

Emilia est enterrée en Israël car personne, en Lettonie, n'a réclamé son corps, et personne, depuis sa disparition, n'est venu prendre de ses nouvelles ni se renseigner sur son sort. Aucune de ses collègues de la résidence n'assiste aux obsèques.

L'inspecteur attend presque un mois après la découverte du corps pour se rendre à la maison de retraite de Bat-Yam. Il le fait un matin, après avoir, comme d'habitude, assisté au premier office dans sa synagogue de quartier. Sur place, il interroge le personnel, aussi bien les Israéliens que les travailleurs et travailleuses étrangers, mais ni les uns ni les autres ne sont en mesure de lui fournir le moindre élément nouveau, rien ne vient éclairer les circonstances de la mort d'Emilia. Ils n'en savent pas beaucoup sur elle, à part que c'était un être solitaire et renfermé. Seule une auxiliaire de vie philippine prénommée Jennifer déclare l'avoir vue à l'église de Jaffa et une autre, Carole – qu'A. trouve très masculine malgré ses longs cheveux –, affirme avoir, ces derniers temps, remarqué qu'elle sortait le soir, pomponnée comme si elle allait à un rendez-vous mais impossible de savoir qui elle retrouvait, ni même si c'était un homme ou une femme.

Ce jour-là, un dimanche, fort du témoignage de Jennifer qui corrobore celui du couple Yashar, A. ne rentre pas directement au bureau, mais décide d'en profiter pour s'arrêter à l'église de Jaffa. Il y arrive vers treize heures, après avoir déjeuné sur le pouce dans un café du bord de mer beaucoup trop onéreux. En entrant, il n'ôte pas sa kippa (alors que la fois où, avec sa femme, il a visité Notre-Dame, il l'a enlevée en traversant le parvis). Une lumière bigarrée inonde la nef, il montre la photo de la défunte au prêtre qui se trouve là, lequel dit que oui, il a déjà vu ce visage, le conduit dans la sacristie, le prie d'attendre et revient accompagné de trois autres prêtres. L'un d'eux, qui s'appelle Tadeusz, identifie formellement Emilia et même assure qu'il la connaît bien. C'est la première personne à avoir l'air bouleversée en apprenant la mort de la travailleuse étrangère et il révèle au policier que tous les dimanches Emilia venait s'asseoir à cette même table pour discuter avec lui : elle a commencé à assister à la messe trois ou quatre mois auparavant et, un jour, s'est approchée de lui après l'office et a demandé à lui parler. Elle avait besoin de conseils et surtout de quelqu'un à qui se confier, explique-t-il, ajoutant qu'ils ont eu des discussions très personnelles.

Est-il possible que l'homme assis en face de lui soit celui qu'Emilia allait retrouver le soir ? songe l'inspecteur. Il est jeune et très beau, et A. ne doute pas – surtout après avoir vu *Spotlight* en VOD avec sa femme – que les prêtres, tout comme les rabbins d'ailleurs, ont les mêmes désirs que le reste de la population. Il en est déjà à s'imaginer des tas de choses et s'apprête à vérifier auprès de son interlocuteur où il se trouvait la nuit de la mort de Mme Nodyevs

– impossible de ne pas envisager qu'elle se soit tournée vers lui après avoir été menacée et chassée de la maison de retraite –, mais celui-ci le devance : il se désole de ne pas avoir vu la pauvre femme les semaines qui ont précédé sa mort, d'abord parce qu'elle semblait ne plus être intéressée par leurs tête-à-tête, ensuite parce qu'il a passé Pâques en Pologne dans sa famille. Tadeusz est aussi la première personne à insister sur le fait qu'Emilia n'a pas pu se suicider. Certes elle était très seule, mais elle était dans un processus de quête spirituelle qui semblait avoir abouti… sauf si, bien sûr, il lui était arrivé quelque chose de tout à fait exceptionnel les deux dernières semaines.

« Vraiment, répète-t-il, je ne peux pas croire qu'elle se soit asphyxiée elle-même. À propos, où est-elle enterrée ? »

Lorsque, à son grand étonnement, il apprend que c'est en Israël et non en Lettonie, il demande au policier de lui indiquer où se trouve exactement la tombe afin qu'il puisse aller s'y recueillir et y déposer un bouquet de fleurs.

A. lui révèle alors qu'Emilia a volé de l'argent à la femme dont elle prenait soin. Devant le silence avec lequel le prêtre accueille cette information, il le soupçonne d'avoir été au courant.

« Non, avoue tout bas Tadeusz, mais j'ai peut-être eu quelques soupçons. J'avais remarqué qu'elle déposait de grosses sommes dans la corbeille de dons qui circulait pendant la messe. De plus, quand je lui ai proposé de se confesser, elle a refusé. J'ai eu beau insister, elle n'en démordait pas, comme si elle avait des choses à cacher. Je me suis dit que l'argent provenait peut-être d'une source inavouable, mais pas de vols.

— À part la vieille dame dont elle s'occupait, vous a-t-elle parlé de certaines de ses fréquentations ?

— Quelques semaines avant sa mort, elle m'a vaguement laissé entendre qu'elle avait une relation avec l'homme chez qui elle faisait le ménage, c'est pour ça que je pensais que son argent venait de là. Je ne sais pas grand-chose de lui. C'est le fils de son premier employeur. Elle nettoyait chez lui tous les dimanches, avant de venir ici. À propos, lui, vous l'avez interrogé ? »

A. répond que non, se promet de le faire et, le jour même, contacte effectivement l'agence de recrutement d'Emilia et obtient le numéro de téléphone fixe de ses premiers employeurs.

Il est dix-sept heures lorsqu'il appelle la vieille dame. Exactement au moment où, à Jaffa, Tadeusz s'apprête à célébrer sa messe hebdomadaire et décide de la dédier à la mémoire d'Emilia, d'évoquer les conversations qu'ils ont eues et de dire quelques mots sur sa vie et sur sa mort.

Esther est la première personne à pleurer sincèrement en apprenant ce qui est arrivé à son ancienne auxiliaire de vie.

« Mon Emilia, se lamente-t-elle, jamais je n'aurais dû la laisser partir, je savais qu'elle devait rester auprès de moi. » Elle est étonnée lorsque le policier lui demande les coordonnées téléphoniques de son fils, et davantage encore d'entendre que, apparemment, il employait cette femme chez lui.

« Vous voulez parler de Zeev ou de Guil ? s'enquiert-elle. Aucun des deux ne m'en a dit quoi que ce soit. »

Elle lui donne les numéros de ses fils, et en premier A. n'appelle pas le bon.

3

Un matin, il lui proposera de déjeuner ensemble. Elle refusera.

« Pourquoi ?

— Parce que ça ne vaut pas le coup, vous le savez aussi bien que moi. C'est sympa comme ça, ces rencontres, alors pourquoi tout gâcher ? Je pense qu'il y a certaines limites à ne pas dépasser, vous n'êtes pas d'accord avec moi ? »

Il n'insistera pas, mais pendant quelques jours ne viendra pas au café le matin.

« Avec vous, c'est un déjeuner ou rien du tout ? » lui lancera-t-elle le jour où il refera surface.

Il feindra l'étonnement, aura même l'air d'avoir oublié cette invitation et prétextera un voyage d'affaires, « cela dit, continuera-t-il, on finira peut-être quand même par déjeuner ensemble ».

Elle éclatera de rire : « Vous êtes si affamé que ça ? »

Plus tard ce matin-là, juste avant qu'il ne parte pour son cabinet, elle s'approchera de sa table : « Vous savez quoi, ça marche. Mais de bonne heure. Je vais voir avec ma nounou quel jour elle peut rester plus tard que d'habitude. Et c'est moi qui invite. »

Il sourira et lui demandera si elle est sûre.

« Oui, *fuck it* ! Pourquoi pas, au fond ? Il faudra juste qu'on trouve un endroit où je ne risque pas de croiser mon mari. »

Une semaine plus tard, au port de Jaffa.

Ce sera le premier mercredi du mois de mars.

L'endroit aura été choisi parce que la Kyria, le quartier général de l'armée où sert le mari d'Ella, est située à l'autre bout de la ville. Ils y arriveront séparément. Elle aura totalement changé d'allure et, en cette journée très chaude, presque caniculaire, elle portera une courte robe bleue serrée à la taille et des chaussures à talons, si bien que de loin elle ressemblera soudain à Orna. Sans être vraiment belle, elle aura quelque chose d'irrésistible dans l'attitude, dans la manière de lever son verre de vin et de le regarder ou de baisser les yeux quand elle n'a rien à dire.

Ce sera un restaurant de poissons. Pour rester à l'abri des regards, ils ne s'installeront pas en terrasse, malgré la douceur de la température, la vue sur le port avec ses vieilles barques et la possibilité de fumer. Après le repas, ils feront une courte balade sur les quais puis remonteront vers le nord jusqu'à la place de l'Horloge. Lèveraient-ils la tête qu'ils verraient l'église de Tadeusz. Elle lui dira qu'elle n'est pas venue là depuis des années, il sourira, lui non plus ne se rappellera pas quand il est venu là pour la dernière fois.

Au début du déjeuner, il y aura eu quelques longs silences. Presque de l'embarras. Comme si, hors de leur café habituel et de leurs courtes pauses cigarette, ils n'avaient rien à se dire. C'est sans doute ce qui décidera Ella à rompre la glace de la manière la plus directe possible, voire un peu brutale : « Bon, alors… d'abord on va se tutoyer et ensuite, tu vas me dire depuis combien de temps tu trompes ta femme. »

Guil sera pris de court mais pas affolé.

« Waouh, lancera-t-il, voilà une bien étrange entrée en matière ! » Puis il enchaînera : « Ça fait quelques années. Mais très peu, contrairement à ce que tu sembles croire.

— C'est combien, très peu ?

— Pas plus de deux ou trois aventures… oui, c'est le nombre de rencontres qui se sont transformées en quelque chose qu'on peut qualifier de relation.

— Et ta femme n'a pas de soupçons ?

— J'imagine que si. À mon avis, elle est au courant mais préfère fermer les yeux. À vrai dire, elle n'a pas vraiment le choix, parce que, même si elle travaille, elle dépend de moi financièrement. Et toi ? »

Elle lèvera son verre de vin jusqu'à ses lèvres, secouera la tête : « Moi ? Jamais de la vie ! » et ajoutera qu'elle commence vaguement à y songer depuis un ou deux ans à peine, mais qu'avant, c'était impossible.

« Alors qu'est-ce que tu fais ici ?

— Justement… c'est peut-être le moment de… Non, en fait, je ne suis pas sûre de savoir pourquoi je suis là. Peut-être par curiosité.

— De quoi ?

— Difficile à définir. Peut-être que c'est toi qui aiguises ma curiosité. Je te trouve étrange, Guil. Vraiment étrange. Mais je pense plutôt que je veux me tester, moi. Voir ce que je peux ou ne peux pas me permettre. Non, ce que je peux ou ne peux pas éprouver, c'est peut-être encore plus important. »

Quand il voudra savoir ce qu'elle lui trouve d'étrange, elle se défilera et se rabattra sur toutes ses amies qui trompent leur conjoint et en parlent avec délectation. Elle ajoutera qu'elle, apparemment, ne passera jamais à l'acte.

« Avner est l'homme le plus jaloux que je connaisse, pas du tout le genre à accepter une telle situation.

— Mais qu'est-ce qu'il peut te faire ?

— Je préfère ne pas y penser, d'accord ? Il ne me le pardonnerait jamais et je perdrais tout ce que j'ai construit jusqu'à aujourd'hui. Ça te suffit ou il t'en faut davantage pour avoir peur ? »

Ensuite, ils parleront de choses et d'autres.

Guil lui dira que la serveuse qui vient de retirer leurs assiettes lui rappelle Noa, elle le questionnera sur ses relations avec ses filles, excellentes depuis toujours, répondra-t-il, « et plus elles grandissent, mieux ça se passe, pour le moment, mon aînée n'a pas de petit copain, alors quand elle a un week-end de permission, on va parfois au cinéma. Il y a deux semaines, elle m'a même emmené dans un pub ! Ma cadette, elle, est très occupée avec les épreuves du bac, et elle est plus proche de sa mère, mais on s'entend aussi très bien, elle et moi ».

Il se commandera un deuxième verre de vin et lui annoncera qu'il a décidé de ne pas retourner au cabinet l'après-midi. En plat principal, il prendra du bar avec du riz à la vapeur et des haricots verts. Elle, juste une salade. Il la questionnera sur ses relations avec ses trois filles ainsi que celles qu'elle entretenait avec son père, mais rapidement la conversation reviendra sur les relations extraconjugales, parce qu'elle voudra vraiment comprendre la manière dont les choses se passent en pratique, c'est-à-dire comment il gère une telle situation.

« En général, lui expliquera-t-il, après une première approche soit sur Internet soit par un autre biais, on se retrouve dans des hôtels à Tel-Aviv, à Herzlya, ou encore dans des chambres d'hôtes de la région qu'on peut louer à l'heure. Cela dit, l'année dernière, j'ai investi dans un appartement à Guivataïm, je le loue sur Airbnb mais parfois, surtout en hiver, il reste vide. Et les fois où la relation a duré, j'ai même organisé des escapades à l'étranger, pas très loin, par exemple à Athènes, Chypre ou Bucarest, de courts séjours pas ruineux que mes partenaires ont facilement réussi à déguiser en déplacements professionnels ou envie subite d'aller faire du shopping. »

Elle l'écoutera avec la concentration d'une petite fille à qui on révèle les choses les plus importantes qu'elle ait jamais entendues. « Mais peux-tu m'expliquer pourquoi tu as besoin de ça, toi ?

— Je n'en ai absolument pas besoin. Ça arrive, c'est tout. Tu trouverais logique que ça cesse uniquement parce qu'on est marié et qu'on a un peu vieilli ?

— Que quoi cesse ?

— Cette envie d'aller vers les autres, de découvrir de nouvelles personnes, d'apprendre à les connaître. Ce qui m'excite, ce n'est pas tant le sexe que le rapprochement entre deux êtres. L'intimité sans fard qui se crée soudain avec quelqu'un que tu ne connaissais pas du tout et qui, lentement, s'ouvre à toi. C'est bouleversant, tu ne trouves pas ? »

Presque désert durant la quasi-totalité de leur déjeuner, le restaurant se sera totalement vidé au moment du café et du dessert. Guil lui demandera alors s'il peut lui toucher la main, elle acceptera et sentira le contact de ses doigts mous et un peu moites posés sur les siens. Pendant quelques minutes, l'alliance qu'elle porte à l'auriculaire gauche s'en trouvera dissimulée. Elle ne le repoussera pas et chuchotera : « As-tu conscience que, depuis plus de dix ans, personne ne m'a touchée à part mon mari ? »

Après leur courte balade à pied, Guil la raccompagnera jusqu'au parking sablonneux non loin de la place de l'Horloge où elle a garé sa voiture.

Il sera presque quinze heures.

Il lui demandera si elle est sûre de ne pas vouloir venir chez lui, son appartement de location étant vide, ou aller à l'hôtel, maintenant ou une autre fois, à sa guise. Elle répondra qu'elle est en retard pour la nounou, ouvrira sa portière, posera son sac sur le siège passager puis se retournera une dernière fois vers lui : « C'était super, vraiment, mais je crois que tu ne tireras rien de plus de moi, Guil. Ou que je ne tirerai de moi-même rien de plus, je ne sais pas. Je ne m'en sens pas capable. Déjà comme ça, je suis allée beaucoup plus loin que prévu.

— Tant qu'on continue à fumer de temps en temps une cigarette ensemble, ça me va, lâchera-t-il en souriant. Tu as tout de même fini par me rendre accro. »

Au moment de se dire au revoir, il cherchera puis trouvera

ses lèvres qui lui répondront et, un bref instant, ils s'embrasseront. Si bien que les semaines suivantes il ne se comportera pas comme à son habitude. Il se fera plus insistant. Plus désespéré aussi. Ne lui mentira presque pas, incapable de s'avouer vaincu malgré les refus à répétition qu'il essuiera. Comme s'il n'était plus exactement le Guil que vous avez toutes les deux connu. Ou comme si le temps l'avait changé, lui aussi.

4

Selon les rapports de police, Me Guil Hamtzani, avocat, est convoqué au commissariat et interrogé pour la première fois sur la mort d'Emilia Nodyevs un mois et demi après la découverte du cadavre rue haGalil. Il arrive à onze heures au commissariat du secteur Yiftah, situé rue haMasguer à Tel-Aviv, et est reçu au premier étage du bâtiment, dans le bureau de l'inspecteur en charge du dossier. La déposition qu'il rédige et que Guil signe vient épaissir le dossier dont le plus ancien document est le gros plan du visage de la défunte pris le fameux dimanche matin où elle a été retrouvée, juste après qu'on lui a extrait la tête du sac plastique.

Dès le début, l'avocat confirme qu'il la connaît. Elle a été l'auxiliaire de vie de son père pendant deux ans, il la croisait lors de ses visites chez ses parents et à l'occasion d'événements familiaux. Il ne s'est pas occupé de l'embauche de cette femme parce que son grand frère, Zeev, réglait ce genre de questions, et pendant qu'elle travaillait chez ses parents il n'a jamais discuté avec elle en tête à tête. D'après ses informations, elle était très dévouée et avait donné entière satisfaction. À l'époque, il ne savait rien d'elle, excepté qu'elle était lettone et paraissait avoir quarante-huit ou cinquante ans, plus que son âge réel.

Quelques semaines après la mort de son père, elle l'a appelé à son cabinet. Sur la recommandation d'Esther. Elle avait besoin de conseils juridiques concernant son visa et son permis de travail en Israël, il l'a reçue gratuitement pour faire plaisir à sa mère.

« Quel était le problème ? l'interrompt A. Pourquoi avait-elle besoin de conseils ?

— Elle avait un emploi dans la maison de retraite que lui avait fourni son agence de recrutement mais voulait des heures de travail en plus. Elle m'a demandé si son permis existant l'autorisait à faire des ménages ou si, à défaut, il était possible de le modifier. Elle m'a expliqué qu'elle avait un besoin urgent de rentrées d'argent supplémentaires. J'ai eu l'impression, à voir son aspect et ses réactions, qu'elle était en grande détresse.

— Quel genre de détresse ? Pouvez-vous être plus précis ? » insiste A. qui se redresse sur sa chaise et se penche en avant, tout ouïe, tant il pressent que cette déposition – qui va dans son sens – comblera enfin les nombreux trous subsistant encore dans son enquête.

« Elle avait besoin d'argent, mais aussi d'un soutien psychologique. Difficile à définir. J'ai eu l'impression qu'il lui fallait des fonds très rapidement, peut-être même beaucoup, pour rembourser des dettes ou envoyer à l'étranger, je ne sais pas exactement. Du coup, je l'ai employée illégalement chez moi pendant quelques semaines.

— Attendez, on va y venir, le coupe l'inspecteur. D'abord,

est-ce que vous vous souvenez du conseil que vous lui avez donné lors de ce premier rendez-vous ?

— Je lui ai expliqué que son permis de travail actuel ne l'autorisait pas à cumuler des activités différentes et qu'il serait difficile à modifier, mais que je pouvais essayer, ce qu'elle m'a demandé de faire. En attendant, je lui ai aussi conseillé de recontacter son agence pour qu'ils complètent son temps partiel, mais elle m'a dit qu'ils ne lui proposeraient rien. Elle a aussi voulu savoir ce qu'elle risquait à faire des ménages non déclarés. Elle avait surtout très peur d'être expulsée et renvoyée à Riga, risque que je lui ai confirmé. Mais j'admets que, lorsqu'elle m'a rappelé quelques semaines plus tard pour savoir si j'avais réussi à faire quelque chose, je lui ai proposé quelques heures de ménage chez moi. »

Sur la feuille de papier, à la suite de la déposition de Guil, A. ajoute, de cette écriture propre et égale qui le caractérise depuis qu'il a intégré l'école primaire à Tibériade, les questions inspirées par les affirmations de l'avocat : *À qui, en Lettonie, envoyait-elle de l'argent ? Pourquoi avoir planifié un voyage à Riga si elle craignait tant d'y être renvoyée ? Avait-elle, là-bas, des ennuis financiers ou judiciaires ?* En marge de ces questions, il note un rappel qu'il souligne : *recontacter le consulat.*

Lorsque l'inspecteur le questionne sur la date et le contenu du deuxième appel d'Emilia, l'avocat déclare qu'elle lui a téléphoné deux ou trois semaines après sa visite au cabinet pour savoir s'il avait réussi à modifier son visa. Il s'est excusé parce que ses démarches n'avaient pas abouti et lui a demandé comment elle comptait se débrouiller. Elle lui a répondu qu'elle était obligée de prendre le risque de travailler au noir, a même sollicité son aide pour trouver des gens de confiance car elle hésitait à afficher des petites annonces avec son nom et son numéro de téléphone, « elle préférait que ça se fasse de bouche à oreille, explique-t-il encore. Au début, je lui ai dit que je ne voyais personne, mais au moment de raccrocher j'ai entendu un tel désespoir dans sa voix que j'ai eu pitié d'elle et je lui ai proposé de venir chez moi. J'ai investi dans un appartement que je loue à Guivataïm, à l'époque il était vide parce que j'avais décidé de le retaper un peu et j'avais besoin de quelqu'un qui vienne s'en occuper de temps en temps. Cela dit, c'est vraiment par compassion que je l'ai embauchée et aussi parce que mes parents lui étaient très attachés.

— Pourquoi n'avez-vous pas dit à votre mère que vous aviez donné du travail à leur ancienne employée ?

— Je ne voulais pas qu'elle sache pas à quel point la situation d'Emilia était problématique.

— Quand, exactement, a-t-elle commencé à travailler chez vous ? »

Guil ne s'en souvient pas précisément et ne pense pas l'avoir noté. La première fois, elle l'a rejoint à son cabinet et il l'a conduite à l'appartement pour lui indiquer précisément ce qu'il attendait d'elle.

« Comment l'avez-vous trouvée à ce moment-là ? Était-elle différente ?

— Il me semble que oui. Bien que, je viens de vous le dire, je n'aie pas eu beaucoup de contacts avec elle avant ça. Je ne peux rien affirmer, mais elle m'a paru très maigre, limite sous-alimentée, et très stressée. Je la décrirais comme une femme aux abois.

— Combien de fois est-elle venue faire le ménage chez vous ?

— Entre six et huit fois. À peu près une fois toutes les deux semaines. On convenait de l'horaire par téléphone. Je l'appelais sur son portable. »

A. se fait soudain la réflexion qu'aucun portable n'a été retrouvé près du corps.

« Au cours de toutes ces semaines, reprend l'avocat, je ne l'ai vue qu'une fois, j'avais rendez-vous dans l'appartement avec l'entrepreneur en bâtiment qui devait m'indiquer combien de temps prendraient les travaux et elle finissait juste le ménage. En général, je lui laissais la clé avec une enveloppe contenant sa paye dans le placard du compteur électrique et elle y remettait la clé en partant.

— Vous n'aviez pas peur de la laisser seule chez vous ?

— Non. Pourquoi aurais-je dû avoir peur ?

— L'avez-vous rencontrée ailleurs que dans votre appartement ? En soirée, par exemple ?

— En soirée ? Pourquoi donc ?

— Je ne sais pas, je vous pose la question et j'écoute votre réponse, dit A., même s'il trouve effectivement peu crédible que Guil et Emilia se soient rencontrés dans un autre cadre que celui du ménage.

— Absolument pas. C'est juste que je ne comprends pas pourquoi vous m'interrogez là-dessus. Je sais que vos questions ne sont jamais gratuites. Vous me soupçonnez de quelque chose ?

— J'ai un témoignage selon lequel, les semaines ayant précédé sa mort, Emilia fréquentait quelqu'un. Comme vous me dites qu'elle travaillait chez vous, je me demande si les deux choses sont liées.

— Franchement non, sourit Guil, je ne la « fréquentais » pas, comme vous dites. Demandez à ma femme, si vous voulez. La fois où nous nous sommes retrouvés à l'appartement, je l'ai déposée dans le Sud parce que j'avais moi-même un rendez-vous à Jaffa, mais à part ça je ne l'ai jamais vue hors de chez moi.

— Vous a-t-elle raconté quelque chose, parlé de sa situation personnelle ? Mentionné un conjoint, de la famille en Israël ou en Lettonie ? D'autres appartements où elle faisait le ménage ? »

Après un instant de réflexion, Guil répond que non, « pour autant que je me souvienne, elle ne m'a pas dit qu'elle avait trouvé d'autres employeurs et n'a pas non plus mentionné de parent ni d'ami, mais j'ai vraiment eu l'impression que son grand besoin d'argent venait de ce qu'elle envoyait tout ce qu'elle gagnait à un conjoint, un amant ou même peut-être un enfant à Riga… bien sûr, il est possible aussi que la personne en question se trouve en Israël.

— Qu'est-ce qui vous fait envisager ça ? Elle a dit quelque chose dans ce sens ?

— Non. Je ne me souviens de rien de précis. C'est juste l'impression que m'ont laissée nos courtes conversations. L'allure qu'elle avait et ce terrible besoin d'argent aussi. D'après ses vêtements, je ne pense pas qu'elle ait dépensé pour elle-même un centime de ce qu'elle gagnait. »

Lorsque A. lui révèle qu'Emilia a été prise en flagrant délit de vol chez la vieille dame dont elle s'occupait à Bat-Yam, Guil fait d'abord mine d'être stupéfait, puis esquisse un sourire. Il dit que d'un côté, ça le surprend beaucoup car jamais son père et sa mère n'ont émis le moindre soupçon, il est d'ailleurs quasiment sûr qu'elle ne leur a rien dérobé, mais d'un autre côté, il se souvient de s'être félicité, à plusieurs reprises, de ne pas avoir d'objets de valeur dans son appartement de Guivataïm, il la sentait si désemparée que oui, elle aurait sans doute été prête à faire n'importe quoi pour de l'argent.

« Que voulez-vous dire par "n'importe quoi" ? demande A., bien qu'il ait compris l'allusion.

— Je ne peux pas l'affirmer à cent pour cent mais la première fois que je l'ai emmenée dans l'appartement il m'a semblé qu'elle était disposée à m'accorder d'autres services que ceux du ménage. J'ai peut-être mal interprété son attitude, je ne sais pas, de toute façon je n'étais bien sûr pas intéressé. »

Après l'avoir dévisagé un instant en silence, le policier note rapidement quelques mots en bas de la page avant de poursuivre : « Vous pensez qu'elle était suffisamment désespérée pour proposer ses services dans des clubs d'escort-girls ou tenter de se vendre sur le trottoir ?

— Je n'en ai pas la moindre idée, mais c'est possible. Et vous, pensez-vous que sa situation matérielle et le fait qu'elle ait été prise en flagrant délit dans la maison de retraite puissent expliquer son geste ?

— Je suppose. Mais on n'a pas encore reçu suffisamment de renseignements de Lettonie. Ça ressemble à une situation financière et psychologique particulièrement difficile. Ajoutez à cela qu'elle était étrangère et très seule. Alors la peur d'aller en prison à cause de ses vols et de son travail non déclaré, peut-être aussi d'être expulsée vers Riga... On a pas mal de témoignages, dont le vôtre, qui suggèrent qu'elle avait de grosses dettes, ici ou là-bas, mais peut-être était-elle juste paniquée, étant donné qu'elle risquait de ne plus pouvoir travailler, c'est-à-dire de ne plus pouvoir entretenir la personne à qui elle envoyait son argent. C'est très courant chez ces femmes. Et je n'exclus pas une autre possibilité : par désespoir, elle a essayé de se prostituer – comme nombre de ses compatriotes –, mais n'a pas pu le supporter. Des histoires de ce genre, j'en ai déjà vu pas mal. Surtout dans le quartier pourri de la gare routière. »

Dès que Guil est sorti de son bureau, A. appelle le consulat de Lettonie pour voir si la police de Riga leur a fait parvenir de nouveaux éléments sur Emilia, mais c'est dimanche et personne ne répond. De toute façon, certain d'avoir éclairci les circonstances de ce suicide, il ne cherchait là qu'à éliminer les quelques points encore un peu flous qui l'empêchent de reconstituer une image parfaite. Il recopie ses dernières interrogations sur son carnet, à savoir la question des envois d'argent à un tiers non identifié et la raison du voyage prévu à destination de Riga, y ajoute la note qu'il a inscrite au bas de la déposition signée par l'avocat, glisse la photo d'Emilia dans une pochette transparente et remet d'équerre tous les documents car il n'aime pas que des feuilles dépassent du dossier en carton blanc et risquent de se corner. Ensuite, il pose le tout sur la pile d'autres affaires en cours qui attendent au coin de sa table de travail et c'est la dernière initiative qu'il prend dans cette enquête.

5

Guil continuera à venir tous les matins au café, mais pas elle. Il l'attendra, lèvera la tête de son journal ou de l'écran de son téléphone chaque fois qu'il entendra la porte s'ouvrir, mais la table à laquelle elle s'installe habituellement restera orpheline. Vers neuf heures et demie ou dix heures moins le quart, il se résignera à reprendre le chemin du travail. En rentrant à la fin de la journée, il passera à nouveau devant l'établissement de la rue Katzenelson.

Il patientera ainsi une semaine après leur fameux déjeuner à Jaffa avant de mettre un terme à cette attente et de l'appeler. Ce sera un matin, de son cabinet, peu après l'horaire où ils se rencontraient habituellement. Elle répondra aussitôt.

« Allô ?

— Bonjour… Ella ? » commencera-t-il parce que non seulement il n'est pas certain d'avoir le bon numéro, mais aussi parce qu'il a du mal à reconnaître sa voix dans ce premier « allô ? ».

Elle ne lui répondra pas tout de suite – pour la raison inverse : elle, justement, a reconnu sa voix. Il essaiera tant bien que mal de justifier son coup de fil, mais elle le coupera net : « Comment as-tu obtenu mon numéro ?

— Je t'ai entendue le donner à quelqu'un avec qui tu discutais au téléphone et je n'ai pas pu m'empêcher de le noter. »

Elle lui demandera de ne plus l'appeler et dira qu'elle doit raccrocher.

« Explique-moi au moins ce qui se passe, insistera-t-il. J'ai fait quelque chose de mal ?

— Non, mais je ne peux pas te parler maintenant. » Puis elle ajoutera avec précipitation : « Si je ne viens pas au café, c'est parce que ma nounou est malade et que je suis seule avec les filles à la maison. » Elle terminera en le suppliant une nouvelle fois de ne pas lui téléphoner et promettra de le recontacter dès que possible.

Cette histoire de nounou malade et de filles à garder le laissera sceptique : il n'a entendu, en fond sonore, ni pleurs de bébé, ni voix d'enfants, mais des sonneries de téléphone et d'autres bruits indiquant plutôt qu'elle se trouvait dans un lieu public.

Il sera tellement irrité par cette manière de se dérober et par le fait qu'elle ne l'a pas recontacté comme promis qu'il la rappellera le soir même, à vingt-deux heures passées, alors que son mari est certainement à la maison. Elle ne décrochera pas. Il attendra plus de dix sonneries afin de lui laisser un message, mais le répondeur ne se déclenchera pas, le forçant à raccrocher bredouille.

Si bien qu'il sera très étonné de la trouver au café le lendemain matin, assise à sa place habituelle, dans le coin de la terrasse couverte. Dès qu'elle le verra, elle l'invitera du geste à la rejoindre dehors pour une cigarette. Une fois sur le trottoir, elle le prendra à partie en chuchotant : « Tu as vraiment pété un câble ! Pourquoi m'appeler quand tu sais que mon mari est à la maison ? Tu veux me retrouver trucidée ou quoi ? »

Ce matin-là, il portera un jean et un polo bleu, exactement la même tenue que le jour de sa première rencontre avec Orna, place Habima. Ella aura mis une parka assez épaisse et la gardera fermée jusque sous le menton bien que les nuages du matin se soient déjà dissipés et que la journée s'annonce plutôt chaude. Guil se justifiera, il n'a pas compris pourquoi elle ne venait plus, ça l'a obsédé, après leur déjeuner qui s'est, selon lui, très bien passé, il a eu le sentiment que quelque chose d'important se tissait entre eux, quelque chose qu'ils ne doivent pas louper, mais là, elle lui imposera le silence et recommencera à chuchoter : « Arrête ! Comment peux-tu parler de ça tout fort, là, maintenant, je n'en crois pas mes oreilles ! »

À la table des fumeurs placée à l'extérieur du café, il y aura un homme de grande taille, pas rasé, en survêtement Adidas noir, très concentré sur sa conversation téléphonique, mais dont les regards les gêneront tous les deux. Ils s'éloigneront, s'arrêteront devant la vitrine d'une agence immobilière encore fermée, elle allumera une nouvelle cigarette, en tirera une bouffée et lui avouera alors, de sa voix normale mais précipitée, qu'elle a éprouvé la même chose que lui mais voilà, le lendemain de leur déjeuner, sa nounou est tombée malade, comme elle le lui a déjà expliqué, et qu'elle a dû rester deux jours à la maison avec sa petite dernière,

« j'ai profité de ce temps pour réfléchir, et ça m'a tellement stressée que j'ai décidé de changer de café dans l'espoir d'arriver à me ressaisir ».

Dos à la rue, leurs silhouettes se refléteront dans la vitrine, marbrées par les affichettes rectangulaires illustrées de photos d'appartements à vendre. Guil essaiera de lui toucher la main comme il l'a fait à Jaffa, mais elle refusera en l'enfouissant dans la poche de sa parka. « Tu es débile ou quoi ? susurrera-t-elle, avant de poursuivre : Je sais que c'est irrationnel, mais quand je suis à la maison j'ai l'impression que mon mari sait tout. En fait, je suis sûre qu'il sait tout. Je sens qu'il me regarde différemment. Alors je pense à mes filles et je me mets à paniquer, tu comprends ? Non, tu ne peux pas comprendre, les tiennes sont déjà grandes, mais moi, j'imagine ce qui arriverait si jamais il découvrait ton existence et je vois ma vie s'écrouler. Après, je pense à toi, à nos cigarettes du matin, à nos conversations, au déjeuner qu'on a partagé… et ça me donne envie, très envie… je me dis que je ne fais rien de mal, merde, que je n'ai rien fait du tout, rien de plus que de discuter avec quelqu'un qui s'intéresse enfin à mon travail et à moi ! Pourquoi donc est-ce que je flippe tellement, pourquoi ai-je peur de ce qu'il est capable de faire, mais surtout de ce que moi, je suis capable de faire ! Tu peux m'expliquer ça ? »

De retour au café, chacun réintégrera sa place, mais des regards et une conversation sans mots tendront des fils invisibles entre leurs deux tables. Guil lui demandera par SMS de ne pas renoncer à lui et observera l'expression de son visage pendant qu'elle lira le message. Il notera le sourire qu'elle esquissera.

« Ne m'envoie pas de textos, s'il te plaît, répondra-t-elle en retour. Et surtout pas de ce genre. Par mail, si tu veux. Je vais effacer ton numéro et le bloquer !

— Donne-moi ton mail.

— Envoie-moi le tien. »

Quelques minutes plus tard, il recevra un message vide en provenance de : ella_hazany333@gmail.com. Il y répondra aussitôt de son téléphone portable : « Alors rendez-vous demain ou même ce soir ? »

Elle sourira à nouveau en lisant mais lui écrira quelques minutes plus tard : « Ni aujourd'hui ni demain. À propos, tu sais que je n'ai pas pondu le moindre mot depuis une semaine à cause de toi ? Sans parler du mémoire que je dois rendre ! (Je n'arrive pas à croire que c'est moi qui m'exprime comme ça, à mon âge.) »

Ce petit manège durera quelques jours, au café. Ils dialogueront ainsi d'une table à l'autre, tels des élèves qui se passent des petits mots sous le nez du prof. Guil continuera à lui écrire de son cabinet tout au long de la journée. Il lui demandera si elle a avancé dans sa thèse, rédigé son mémoire – d'ailleurs quel en est le sujet ? –, ou encore comment se passe l'après-midi avec les petites et… ne lui manque-t-il pas ? Il finira par lui proposer de réserver une chambre en matinée dans un hôtel de Tel-Aviv. « Tu dérailles ! Réserve-nous carrément une chambre dans la Kyria, sous les bureaux de mon mari, tant que tu y es ! » Il lui proposera d'autres endroits.

Il voudra aussi savoir si elle a parlé à quelqu'un de leur relation. Elle renchérira qu'il n'y a rien à en dire et que même dans le cas contraire elle s'en garderait bien. Pour sa part, l'informera-t-il, il a parlé d'elle à sa grande fille Noa, qui est venue en permission pour le week-end – bon, ça, ce ne sera pas vrai. Que faire, avec elle aussi, il ne pourra pas s'empêcher de mentir de temps en temps.

Et au cours d'un de ces échanges, il lancera pour la première fois l'idée d'un voyage à l'étranger.

6

Même si, officiellement, elle reste ouverte, l'enquête sur la mort d'Emilia tombe lentement dans les oubliettes.

Peu de temps après avoir interrogé Guil, A., qui avait demandé sa mutation, quitte le secteur Yiftah pour intégrer le secteur Sharon, persuadé de grimper plus vite dans la hiérarchie grâce à une nouvelle stratégie qui le mènerait assurément à la tête d'un commissariat avant ses quarante-cinq ans. Lors de la relève, il transmet tous ses dossiers à son remplaçant – un bel inspecteur qui n'a même pas la trentaine et dont les yeux lui paraissent vides et dénués d'émotion. Parmi eux se trouve celui d'Emilia qu'il résume par ces mots : « Décès d'une travailleuse étrangère, pas de famille en Israël. Suicide sans l'ombre d'un doute. Affaire vieille de plus de six mois. Toutes les investigations requises ont été menées. En attente de réponses aux questions envoyées à la police de Riga via le consulat de Lettonie. Apparemment ils travaillent là-bas encore plus lentement que nous. À mon avis, dès que les réponses tomberont, tu pourras clore l'affaire. »

Et le temps passe vite… enfin pas le vôtre, mesdames, puisque le vôtre est arrêté.

Des bébés naissent, des malades et des personnes âgées meurent. Parmi elles, Adina, qui rend l'âme dans sa chambre de la maison de retraite, sur le lit au chevet duquel Emilia s'est tant de fois assise pour lui caresser le bras. À côté d'elle se trouve l'auxiliaire de vie qui l'a remplacée, une Philippine prénommée Rosie-Christine.

Quelques semaines après la mort de sa mère, Eva débarque au commissariat de la rue haMasguer avec un carton contenant les affaires de la Lettone. Comme le jeune remplaçant d'A. est sur le terrain, la policière qui la reçoit à l'accueil hésite un instant puis lui demande d'attendre l'inspectrice de permanence.

Eva pose son paquet sur le sol, entre ses jambes, et attend docilement son tour, face à l'émission de cuisine retransmise sur l'écran de télévision accroché au mur. Elle commence cependant à trouver le temps long et envisage de laisser tomber. De toute façon, à quoi bon, se répète-t-elle en écho à ce que lui a dit son mari. Par chance, celui qui la précède – un homme qui vient porter plainte pour un vol de bonbonne de gaz dans son arrière-cour – craque et, n'en pouvant plus, s'en va. L'attente d'Eva s'en trouve écourtée d'autant.

Lorsqu'elle entre dans le bureau de permanence, c'est l'inspectrice Orna Benhamou (de service ce matin-là par le plus grand des hasards) qui l'accueille. Eva pose son carton sur une chaise, s'assied sur l'autre et explique le pourquoi de sa venue, à savoir que sa mère vient de mourir (Orna lui adresse toutes ses condoléances), qu'ils ont dû vider l'appartement qu'elle occupait dans une maison de retraite et qu'ils ont trouvé ce carton dans un coin du balcon, protégé du soleil par une chaise en plastique. Il contient des affaires ayant appartenu à l'ancienne auxiliaire de vie qu'ils avaient embauchée. Elle s'est donc d'abord adressée à l'agence de recrutement qui leur avait envoyé cette femme, peut-être avaient-ils là-bas l'adresse de proches en Lettonie à qui ils pourraient faire parvenir tout ça, mais on lui a conseillé d'apporter la boîte au commissariat. Les objets n'ont pas de valeur, mais si Emilia a des proches ils seront peut-être contents de les recevoir.

« Vous avez fouillé dedans ?

— Oui, parce que, au début, on ne savait pas à qui ça appartenait, et après on a voulu s'assurer que tout était bien à cette fille, qu'il n'y avait pas d'affaires qu'elle aurait volées à ma mère.

— Pouvez-vous m'en décrire le contenu ? demande l'inspectrice, bien que le carton soit sous son nez.

— Comme je vous l'ai dit, il n'y a pas grand-chose. Des vêtements, des carnets et un peu de vaisselle. J'ai pensé que, pour sa famille, ce serait important de récupérer les habits et les carnets. »

Sur son écran, Orna Benhamou ouvre le dossier de l'enquête sur la mort d'Emilia Nodyevs et parcourt rapidement les conclusions afin de comprendre de quoi il s'agit.

« Je vais transmettre ces pièces à mon collègue en charge de l'affaire. C'est lui qui décidera de la marche à suivre, d'accord ? Nous n'envoyons pas de colis à l'étranger, mais si ces objets ne présentent aucun intérêt particulier pour nous il sera peut-être en mesure de vous communiquer l'adresse d'un proche en Lettonie et vous pourrez vous-même vous charger de l'expédition. »

Avant de quitter le bureau, Eva essaie de savoir si la police en a appris davantage sur les circonstances du suicide, mais Orna déclare qu'elle n'est pas autorisée à répondre.

L'après-midi, à la fin de son service, l'inspectrice dépose le carton d'Emilia dans son bureau afin de le donner le lendemain matin au nouveau collègue chargé de l'enquête. Il est quinze heures. Elle appelle sa mère, lui demande comment va Danielle, son bébé, et ajoute que, s'il n'y a pas d'embouteillages, elle sera rentrée dans une demi-heure. Ensuite elle appelle son mari, mais il n'est pas joignable.

Elle se prépare un café soluble avec une cuillerée de sucre brun et se rabat sur deux gaufrettes au citron desséchées – il n'y a rien d'autre dans le coin cuisine. Tirer encore quelques minutes seule au bureau avant de replonger dans l'agitation familiale, elle qui n'a repris le travail que depuis une semaine, après un congé maternité de quatre mois. Le commissariat, le bureau de permanence tout comme le sien, l'uniforme, l'écoute prolongée de citoyens en demande sont des habitudes qu'elle doit se réapproprier. Sans compter que ce matin-là elle n'était pas censée travailler, on l'a fait venir d'urgence pour remplacer un collègue qui s'est claqué le muscle du mollet pendant son jogging. Le dernier dossier dont elle s'est occupée avant son accouchement concernait plusieurs cas similaires d'usurpation d'identité servant à l'ouverture de comptes en banque. Pendant son absence, la police nationale a récupéré l'affaire et elle ne sait même pas comment les choses ont évolué.

Si elle jette un coup d'œil dans le carton d'Emilia, c'est par simple curiosité et parce qu'elle aussi possède un carton dans lequel elle garde des papiers et des documents de l'époque du lycée, de la fac, et même un sac plastique avec des déclarations enflammées et des lettres d'amour d'anciens petits copains. Elle l'a remisé sur l'étagère du haut, dans l'armoire à balais du balconnet de la salle de bains, à côté des kits anti-attaques chimiques de la famille. Après avoir lu attentivement tous les PV et commentaires, elle comprend qu'apparemment il n'y a personne à qui envoyer les effets de la défunte, vu qu'on ne lui a trouvé de proches ni en Israël, ni à l'étranger. Elle se demande aussi pourquoi A., qui a signalé les questions restées en suspens, a malgré tout, dans ses conclusions, présenté l'enquête comme résolue : « *À qui, en Lettonie, envoyait-elle de l'argent ? Pourquoi avoir planifié un voyage à Riga si elle craignait tant d'y être renvoyée ?* »

À l'intérieur du carton, elle trouve des tee-shirts à manches courtes, la plupart de couleur grise, un livre qui ressemble à une bible en russe, un rideau en voilage blanc replié comme un châle de prière, une serviette de bain, une nappe verte, un vase en verre, quelques brochures, des vieux journaux et ce qu'Eva a sans doute qualifié de « carnet », qui est en réalité un cahier.

Ce cahier, Orna ne l'ouvre pas le jour même, par manque de temps. Elle doit récupérer Rony, sa deuxième fille, à la maternelle, Noémie, son aînée, à l'école primaire, puis se dépêcher d'aller libérer sa mère qui garde la petite depuis le début de la matinée.

Arrivée à la maison, elle ressort avec ses trois filles pour le jardin public situé au coin des rues Bareket et Shaï Agnon.

Rony manque de se faire mordre par un chien, une espèce de bâtard qui se balade en liberté sur la pelouse.

Avant de s'endormir, elle songe au visage sans vie d'Emilia, tel qu'il lui est apparu sur la photo du dossier, et lorsqu'elle se réveille au milieu de la nuit pour nourrir Danielle elle repense à la boîte en carton, si bien que, le matin, avant de la transmettre à qui de droit, et sans trop comprendre pourquoi, elle la rouvre.

Sur la première page du cahier, elle voit une longue colonne de lettres hébraïques et à côté, dans une autre couleur, leur version phonétique en lettres latines. Sur la deuxième page, il y a déjà des mots en hébreu et, à côté, leur transcription phonétique et leur signification.

La main qui les a tracés est celle d'une personne âgée dont l'hébreu n'est pas la langue maternelle : les lignes tremblotent un peu sur le papier, ce qui en complique le décryptage, mais comme il ne s'agit que de mots simples, Orna finit par les déchiffrer :

אבא = *ABA – père*

אמא = *IMA – mère*

מים = *MAYIM – eau*

כוס = *KOS – verre*

אוכל = *OKHEL – aliment*

תרופה = *TROUFA – médicament*

Quelques pages sont ainsi remplies, suivent plusieurs pages vierges, puis l'écriture et la présentation changent. Les colonnes bien ordonnées sont remplacées par des mots isolés, uniquement en hébreu, tracés au crayon noir et en grandes lettres. L'impression est plutôt celle d'une main qui dessine, un peu comme le fait sa fille Noémie, entrée au CP en septembre et qui commence à apprendre à écrire.

Sur certaines pages n'apparaît qu'un seul mot, comme par exemple «*NAPPE*», «*SORTIE*» ou «*ÉTAGE*».

«*ÉGLISE*».

Plus loin, sur d'autres pages, il y a des lignes entières écrites en hébreu, presque une conversation, et, à côté, ce qui semble être leur traduction dans une langue qu'Orna ne connaît pas.

«*Peut-on se fixer rendez-vous pour ce soir?*»

«*Quand pourrais-je vous voir? Je me languis de votre odeur, Emilia.*»

«*Je pense à vous de plus en plus.*»

Quelques noms apparaissent aussi. Celui de «*Tadeusz*» revient beaucoup et a été tracé avec soin, en belles lettres rondes et larges, «*Emilia*», repris de nombreuses fois sous différents formats, «*Nahum*», «*Guil*». Ce que l'inspectrice a déjà appris du dossier lui permet de reconstituer une sorte de puzzle : Adina, c'est la vieille dame dont s'occupait Emilia, Eva la fille de celle-ci, Guil apparemment l'avocat qui l'a aidée et chez qui elle faisait le ménage, Nahum le vieil homme dont elle s'était occupée à son arrivée en Israël. Tadeusz est le prêtre avec lequel elle avait l'habitude de converser le dimanche et qui, dans sa déposition, a catégoriquement rejeté la possibilité qu'Emilia se soit suicidée.

Sur une des dernières pages, Orna tombe sur son propre prénom.

7

Elle lui dira que partir à l'étranger pour quelques jours, comme ça, sans raison, est inenvisageable. Il voudra savoir pourquoi, elle répondra qu'elle n'imagine pas laisser son mari seul avec ses filles tout un week-end, et qu'elle n'a personne à qui demander de l'aide : ses parents sont morts et sa belle-mère, même pas la peine d'y penser, « à part ça, ajoutera-t-elle, qu'est-ce que je pourrais invoquer comme prétexte pour un tel voyage ? Dire que j'ai besoin de partir seule pour décompresser ne me ressemble pas du tout, or mon mari me connaît… Prétendre que j'y vais avec une amie, impossible, parce que, même si je décidais de partir avec toi, jamais je n'oserais demander à quelque amie que ce soit de me couvrir par un tel mensonge, j'aurais trop peur qu'il apprenne la vérité. Crois-moi ».

Elle enjoindra Guil d'oublier l'idée, ce qu'il fera. Elle lui enverra aussi un mail dans lequel elle écrira : « On devra se satisfaire de nos cafés du matin et de ces échanges numériques… J'aurais vraiment aimé faire ce voyage avec toi. Tu ne peux pas imaginer depuis combien d'années je n'ai pas eu deux jours rien que pour moi. »

Pendant un certain temps, ils continueront ainsi à s'écrire et à se voir au café tous les matins, sans que Guil ne lui fasse la moindre proposition. Jusqu'à ce qu'il redevienne pressant dans ses messages, insiste, essaie de l'appâter par toutes sortes de subterfuges et de sous-entendus suggestifs. Un jour, il lui dira même qu'il est assis dans son bureau avec des clients mais ne pense qu'à elle et se répète certains mots qu'elle a prononcés le matin ; que si elle le lui demandait il serait prêt à briser son mariage et à quitter sa femme. Mais cinq minutes plus tard, il lui enverra un autre mail : « Pardon, efface mon message précédent. Je sais que ce n'est pas ce que tu cherches, et je n'avais pas l'intention de te mettre mal à l'aise. Je t'attends patiemment, tu sais exactement où me trouver, et si un jour tu veux aller plus loin (ce qu'on a est déjà très précieux, je te l'accorde) je serai là. »

Arrivera le mois d'avril. La période de l'année où Guil avait rencontré Orna. La période des vacances scolaires. Ella lui expliquera qu'elle ne pourra pas beaucoup venir au café parce que les filles seront à la maison et que la nounou l'a déjà prévenue qu'elle prenait des vacances. Il lui dira qu'il ne sera de toute façon pas là car il doit partir pour quelques jours en Pologne et en Bulgarie.

Les parois de verre amovibles qui protégeaient la terrasse du café depuis le mois de novembre seront démontées, et comme les tables seront désormais visibles de la rue, ils s'installeront dans la petite salle intérieure, climatisée dès le matin. Les premières canicules de printemps s'annonceront, l'air bleu se fera sec et sablonneux, gorgé d'une odeur de floraison, les gens remonteront leurs manches. Pourtant,

Ella continuera à porter sa parka ou une légère veste en jean qu'elle n'enlèvera pas, même pour sortir fumer au soleil. À Riga, ce sera justement un mois d'avril particulièrement froid, qui aura commencé par dix jours de neige et gardera le fleuve gelé presque jusqu'en mai.

Guil lui redemandera de venir le retrouver dans son appartement de Guivataïm, pour l'instant vide mais qui, d'ici quelques semaines, accueillerait à nouveau des touristes. Elle refusera. Il ne reparlera plus d'un voyage à deux, mais lorsqu'il lui annoncera qu'il doit s'absenter bientôt pour trois, quatre jours, ce sera elle qui remettra l'idée sur le tapis.

« Tu pars seul ?

— C'est-à-dire ?

— C'est-à-dire que… puisque tu l'as déjà fait, je ne dois pas être la seule femme mariée à qui tu as proposé de partir avec toi à l'étranger, je me trompe ? »

Elle sourira en disant cela. Il restera un instant silencieux avant de lui répondre tout bas : « Tu penses vraiment que je vois d'autres femmes en ce moment ?

— Oh, quelle susceptibilité ! s'exclamera-t-elle avant de s'excuser. D'ailleurs, je me demande ce qu'on aurait fait ensemble, vu que tu y vas pour le boulot, non ? »

Guil assurera que même si, une petite partie du temps, il aura effectivement des rendez-vous, ça leur aurait tout de même laissé pas mal de créneaux pour se promener. Surtout, ils auraient pu descendre à l'hôtel sans crainte d'être repérés et jouir d'une totale liberté, ce qui n'était pas le cas en Israël.

« Mais pratiquement, on se serait organisés comment ? On serait allés ensemble en taxi à l'aéroport ?

— Non. Je t'aurais devancée d'un ou deux jours, histoire

de régler mes affaires avant ton arrivée et qu'on puisse profiter pleinement ensemble. Idem pour le retour. On n'aurait pas été obligés d'être dans le même avion. Tu sais combien il y a de vols par jour sur ces lignes ? »

De toute évidence, Ella ne sera pas insensible à ces explications, comme si, maintenant qu'il avait détaillé un plan concret, elle voyait les choses différemment.

« Et sur place ?

— Quoi, sur place ?

— On serait dans le même hôtel ? Dans la même chambre ? C'est comme ça que ça se passe, d'habitude ? »

Ignorant la dernière partie de la question, il se contentera de préciser qu'ils pourraient descendre dans le même hôtel ou dans deux hôtels voisins, « ce ne sont pas les établissements qui manquent à Bucarest ou à Varsovie… C'est toi qui aurais choisi. Mais pourquoi ne pas dormir dans la même chambre puisque personne ne nous connaît là-bas ?

— Je suis curieuse de voir l'allure des hôtels auxquels tu penses. Tu as des photos ?

— Non, je n'en prends jamais au cours de mes déplacements professionnels et je ne dors pas toujours au même endroit. Mais je vais t'envoyer des liens dès que je serai arrivé au cabinet… Quel dommage que tu aies tellement peur de lui ! ajoutera-t-il, et comme elle ne répondra pas il reprendra : D'ailleurs, de quoi as-tu peur ? Qu'est-ce qui t'affole autant chez lui ? Vas-y, dis-moi.

— Laisse tomber. Ce n'est sans doute pas lié à mon mari.

— Alors à qui ?

— Je t'en supplie, n'en parlons plus. »

Ce sera la dernière fois qu'ils se verront avant le départ

de Guil. De là-bas, il lui enverra par mail une photo de la place centrale de la vieille ville de Varsovie, la nuit, envahie par les touristes, et une autre où des calèches blanches attelées à des chevaux noirs attendent sur le parvis de l'église en brique rouge reconstruite après la guerre. Elle lui répondra par un mail qui, il le remarquera, aura été envoyé à trois heures du matin : « Je pense avoir trouvé le prétexte idéal pour m'évader pendant deux jours : mes études, Guil ! Je dois me rendre en Pologne pour consulter des documents liés à mon sujet de thèse ! N'est-ce pas génial ? »

Quand il reviendra, il sentira quelque chose de changé en elle, comme si elle était déterminée à surmonter sa peur, mais n'y arrivait pas encore totalement, ou n'était pas totalement en accord avec la décision qu'elle avait pourtant prise. Les vacances scolaires n'étant pas encore finies, ils ne pourront pas se retrouver au café. Aussi, à la place de leurs rencontres matinales, ils se fixeront pour la première fois rendez-vous un soir, au parc haYarkon. Ella dira à son mari qu'elle a besoin de prendre l'air après une journée confinée à la maison avec les petites, Guil dira à Ruthy qu'il va faire un tour à sa salle de sport. Ils commenceront par marcher le long du fleuve en veillant à rester éloignés des réverbères plantés sur les quais, puis se mettront en quête d'un banc discret, mais la plupart seront occupés. Elle se laissera embrasser, il lui prendra à nouveau la main, et quand il voudra la lâcher ce sera elle qui ne le libérera pas. Ils grignoteront la tablette de chocolat belge qu'il a achetée pour elle à l'aéroport – il s'est dit qu'elle préférerait un cadeau ne laissant pas de trace – et elle lui rapportera ce qu'elle a raconté à son mari : au cours de ses recherches pour son mémoire, elle a découvert l'existence d'un document conservé par les archives polonaises et doit absolument le consulter sur place car il contient peut-être des révélations importantes. « Il m'a proposé d'y aller tous ensemble, avec les filles. Il pourrait demander un congé pendant les grandes vacances ou même avant, pendant la fête de Shavouoth, mais je lui ai expliqué que je devais être seule, que de toute façon je ne ferais que travailler et que mon absence serait de quelques jours à peine. Je ne lui ai pas encore dit que j'avais déjà pris ma décision, mais j'ai l'impression qu'il est prêt à accepter l'idée. »

Ils ne pourront pas rester dans le parc plus d'une heure. Avant de se séparer, elle lui dira qu'elle est presque sûre de vouloir faire ce voyage avec lui.

« Qu'est-ce qui t'a soudain décidée ? Il est arrivé quelque chose ? lui demandera-t-il.

— C'est simplement que je ne peux pas passer ma vie à avoir la trouille. J'ai compris que rien ne le justifiait. »

Alors, il lui passera le bras autour des épaules et murmurera : « Enfin. »

Ils conviendront que, pour commencer, Guil devra lui communiquer rapidement les dates de son prochain voyage. Le lendemain, il lui écrira qu'il a prévu de faire un saut d'un peu plus de vingt-quatre heures à Bucarest la semaine suivante. Ils pourraient donc s'y retrouver et passer ensemble deux ou trois jours à Varsovie ou à Cracovie.

« La semaine prochaine ? écrira-t-elle en retour. C'est un peu court… Ça me met trop la pression. » Elle lui demandera s'il peut décaler, il répondra que oui, mais uniquement de quelques jours et uniquement si elle lui promet de le rejoindre.

Elle ne lui donnera pas de réponse définitive le jour même et le lendemain ne se montrera pas au café. Ne la voyant pas, il s'inquiétera, se disant que peut-être son mari a découvert leur correspondance. Mais, arrivé à son cabinet, il trouvera deux mails d'elle dans sa boîte de réception. Le premier : « Je peux venir, pas le prochain week-end, mais celui d'après. Ça nous ferait partir jeudi 30 avril et rentrer le dimanche. Mais d'ici là, je ne sais pas combien de fois je viendrai au café et mieux vaut qu'on arrête de s'écrire. » Le second, qu'il lira par erreur avant le premier, contient son nom en caractères latins ainsi que son numéro de passeport.

Il réservera leurs billets le jour même.

8

Le jeune et bel inspecteur fraîchement nommé ne s'oppose pas à ce que le dossier du suicide d'Emilia soit confié à Orna. Il ne comprend pas l'intérêt de sa collègue et est de toute façon accaparé par une enquête sur une série de dégradations volontaires commises sur divers chantiers de construction. Sans compter le fait qu'il regrette déjà d'avoir cédé à la pression du DRH et accepté d'être muté dans le secteur Yiftah, en dépit de ses velléités (vivement encouragées par son père) de rejoindre la police nationale. Chaque matin, quand il entre de bonne heure avec sa Renault Clio rouge dans le parking souterrain du commissariat, il pense à l'instant où il en ressortira le soir pour rentrer chez lui.

Convoquée dans les bureaux du district de Tel-Aviv, au troisième étage du Central, rue Shalma, Orna tente d'expliquer à la chef de la brigade criminelle pourquoi elle n'est pas convaincue par l'hypothèse du suicide de l'auxiliaire de vie lettone, émise par A., le premier policier à avoir enquêté sur cette affaire : « Il y a d'abord la déposition du prêtre, sans doute la personne la plus proche de cette femme. Pour lui, le suicide est impensable : elle était très croyante et apparemment leur religion interdit de se donner la mort. Autre chose : elle allait se rendre à Riga, soit pour des vacances, soit pour ne pas en revenir, on ne sait pas exactement, alors pourquoi se suicider en Israël quelques jours avant son départ ? Ce n'est pas logique. Il y a aussi toutes sortes d'examens toxicologiques qu'on ne peut plus pratiquer maintenant, comme par exemple une recherche de GHB, et, à propos, je trouve très bizarre qu'au moment de la découverte du corps on ne les ait pas effectués. »

Ilana Liss lui demande si la cigarette la dérange. Voilà un bon bout de temps qu'elle a commencé sa chimiothérapie, ce sont là ses dernières semaines en poste, mais elle ne le sait pas encore.

« Non, vous pouvez fumer, répond l'inspectrice en secouant la tête. Je vais peut-être même vous en demander une. »

Les deux femmes n'ont quasiment jamais travaillé ensemble parce que la divisionnaire a été nommée au Central moins d'un an plus tôt (après avoir longtemps dirigé le secteur Ayalon) et que, quelques mois après cette nomination, Orna est partie en congé maternité. Cela explique pourquoi, à ce stade, elle est incapable d'interpréter l'expression du visage de la femme qui a le pouvoir de décider de la poursuite ou non de cette enquête. Alors elle insiste : « Le plus important, ce sont les indices. Ou plutôt, le manque d'indices. Il y a quelque chose qui cloche : Emilia se serait suicidée en extérieur, dans la cour d'un immeuble du quartier de la gare routière, à deux cents mètres d'un poste de police, et personne ne l'aurait vue, ni au moment où elle commettait cet acte, ni durant les heures qui l'ont précédé ? Nous savons qu'elle a quitté la maison de retraite de Bat-Yam le samedi matin, elle aurait donc dû traîner dans les environs toute la journée et toute la nuit, alors comment expliquer qu'aucune caméra ne l'ait filmée ? Que personne n'ait remarqué une femme dans un tel état ? À part ça, avez-vous déjà vu quelqu'un se suicider en se fourrant la tête dans un sac plastique ? »

Ilana Liss pose sa cigarette allumée dans le cendrier. Au cours de ses deux décennies et demie de service, elle a vu la mort sous toutes ses formes, a eu droit à tout ce que l'imagination peut inventer en matière de cruauté envers soi-même ou envers les autres, mais elle préfère ne rien en dire à Orna, dont l'enthousiasme lui rappelle un peu le sien, quinze ou vingt ans auparavant, à l'époque où elle faisait ses premiers pas dans la police du district de Jérusalem. Elle habitait alors avec son mari à Beït-Zaït, au milieu de pins qui dégageaient une vive odeur de sève à chaque ondée, dans une vieille maison en pierre entourée d'un jardin.

Dans ce dossier, A. préconisait d'attendre patiemment les réponses de la police de Riga puis de le clore, mais Orna n'est pas du tout de cet avis.

« Au téléphone, vous m'avez parlé d'une boîte en carton qu'on vous a apportée ? Je n'ai pas vraiment compris de quoi il était question, reprend Ilana.

— Là, je n'ai encore aucune certitude, mais, à l'intérieur, j'ai trouvé quelque chose à approfondir. Ça fait partie des pistes que je veux explorer. Il s'agit d'un cahier appartenant à Emilia dans lequel, sur une des pages, j'ai trouvé une phrase intéressante, apparemment écrite de sa main : elle y mentionne le suicide d'une autre femme, une certaine Orna Azran, qui a vécu à Holon et qu'on a retrouvée morte dans une chambre d'hôtel en Roumanie il y a quatre ans. Ça ressemble à un entrefilet de journal qu'elle aurait recopié, je n'ai pas encore compris pourquoi.

— Comment ça, « recopié » ?

— Apparemment, elle recopiait toutes sortes de choses.

— Quel genre ?

— Des phrases, des bouts de textes tirés de diverses sources que je n'arrive pas à déterminer précisément. » Il y a cependant un passage qui revient à plusieurs reprises dans le cahier et dont elle connaît parfaitement l'origine : l'histoire d'une femme nommée Tabitha, ou Gazelle, morte puis ressuscitée à Jaffa. Emilia l'a relevée sur la brochure touristique de l'église qui, elle aussi, fait partie des affaires du carton. Si elle ne veut pas en parler à sa supérieure, c'est parce qu'elle craint que ce genre de détails ne convainque Ilana de l'état de trouble mental dans lequel se trouvait l'auxiliaire de vie qui, peut-être, se serait suicidée en croyant qu'elle allait ressusciter.

« Sommes-nous certains que ce cahier lui appartient ?

— Oui. Selon toute apparence. Ça ressemble à un cahier dont on – elle ou quelqu'un d'autre – se serait servi pour apprendre l'hébreu. Il n'y a que deux passages de journal qu'elle a recopiés et l'un d'eux parle du suicide de l Israélienne, or ça, je ne comprends pas comment elle a pu y avoir accès car, d'après mes vérifications, la mort d'Orna Azran et l'annonce dans la presse datent d'avant son arrivée en Israël. »

Après avoir éteint sa cigarette, Ilana Liss se lève, ouvre une fenêtre et aère la pièce. Chaque mouvement lui est pénible, elle a de plus en plus de mal à rester assise sur sa chaise directoriale noire malgré les trois coussins moelleux qu'on a posés sur le cuir du siège, mais elle essaie de masquer sa douleur. « Ce que je ne comprends pas vraiment, ce sont vos doutes quant au suicide de cette Lettone. Ça devrait même être le contraire, non ? Elle a trouvé quelque part un journal dans lequel elle a lu l'histoire d'une Israélienne qui s'était suicidée à l'étranger et ça lui a donné l'idée d'en faire autant ici.

— C'est aussi ce que j'ai pensé au début, Ilana. Peut-être avez-vous raison et, effectivement, c'est ce qui s'est passé. Mais je me suis renseignée sur l'histoire de cette Orna Azran et j'ai découvert que c'était également un suicide étrange, une mort causée par pendaison au moyen d'un câble électrique. Ce qui m'a surtout alertée, c'est que dans ce cas aussi tous ceux qui connaissaient la défunte ont repoussé la thèse du suicide, ils ont tous pensé qu'il s'agissait d'un assassinat, exactement comme le prêtre avec Emilia. Ça ne vous paraît pas bizarre ? Voilà deux femmes dont les proches assurent qu'elles ne peuvent pas s'être suicidées, et on retrouve le nom de l'une dans le journal intime de l'autre alors qu'elles ne se connaissaient apparemment pas. Autre chose encore : dans son cahier, Emilia a noté le nom et l'adresse d'un hôtel en Roumanie, certes pas le même que celui où Orna Azran a été retrouvée, mais c'est tout de même troublant, non ? »

Le portable de la divisionnaire se met à vibrer sur son bureau, elle jette un coup d'œil à l'écran, marmonne quelque chose puis le repose à l'envers.

« Il est possible que ce soit une pure coïncidence, dit-elle avant d'ajouter : Le premier suicide, celui de l'Israélienne en Roumanie, c'est nous qui avons enquêté dessus ?

— Non, ici, on n'a rien fait. Malgré les demandes réitérées

de la famille, qui a refusé d'accepter les conclusions de la police roumaine. On leur a expliqué que le dossier avait été traité sur place et qu'il était clos. »

Pour surmonter l'accès de douleur qui passe le long de son dos, Ilana se redresse sur sa chaise. « Je ne suis pas opposée à ce que vous repreniez l'enquête, conclut-elle. Je vous laisse décider quand et sur quelles bases la clore, mais je me demande comment vous comptez mener d'Israël des investigations sur un suicide à Bucarest. »

La première démarche de l'inspectrice est d'exiger de la police roumaine toutes les informations dont elle dispose sur le cas Orna Azran, puis de demander une traduction en hébreu de l'intégralité du dossier d'instruction. Pour cela, elle déniche un traducteur né à Czernowitz et qui vit à Haïfa. Après lui avoir parlé au téléphone, elle s'apprête à attendre des lustres avant qu'il ne lui renvoie les documents en hébreu car l'homme, âgé de soixante-dix-huit ans, n'est pas très à l'aise avec les ordinateurs et exige qu'on lui fasse parvenir le texte par fax. À sa grande surprise, elle reçoit le tout au bout d'un peu plus de vingt-quatre heures – par fax. Ce jour-là, elle demande à sa mère de rester deux heures de plus avec ses filles et ne rentre chez elle qu'après dix-huit heures, après avoir lu deux fois tous les PV d'enquête et commencé à passer des coups de téléphone.

Et si elle ne peut pas, dans l'immédiat, contacter les témoins roumains – principalement les employés de l'hôtel Trianon où Orna a séjourné –, elle réussit en revanche à joindre les Israéliens, la famille ainsi que les amis dont les noms figurent dans le dossier, et dès le lendemain, elle se retrouve assise dans son bureau en face d'un homme maigre, de petite taille, arborant une queue-de-cheval maintenue par un élastique. Sans l'expression de son visage, le timbre de sa voix et son odeur, aucune de vous deux n'aurait sans doute pu reconnaître Ronèn, tant les années écoulées ont marqué ses traits et blanchi sa chevelure. L'inspectrice lui demande s'il était le mari d'Orna, par erreur il répond d'abord oui, puis il rectifie en précisant qu'il était son ex-mari.

« Dans ce cas, quand avez-vous divorcé ? Sur les documents de la police roumaine, vous êtes présenté comme son mari.

— Nous avons divorcé un an avant le meurtre, mais je me suis sans doute présenté ainsi aux Roumains pour faire davantage pression sur eux et puis je tenais à ce qu'ils sachent qu'Orna n'était pas seule. Qu'elle avait une famille qui la soutenait et ne les laisserait pas négliger cette affaire. »

Après avoir posé sur la table le portefeuille en cuir brun clair, le téléphone et le gros trousseau de clés qu'il a dans la poche arrière de son pantalon, il veut savoir pourquoi on le convoque justement maintenant. L'inspectrice, qui préfère ne pas lui révéler la vérité, prétend que, suite aux demandes répétées et insistantes des proches de la défunte, la police israélienne réexamine la possibilité de se saisir du dossier.

« Il est temps, déclare-t-il. Alors que puis-je pour vous ?

— Je vais être franche : j'ai lu vos requêtes, plus tout le matériel rassemblé par mes collègues à l'étranger, et vous ne m'avez pas vraiment convaincue, répond-elle pour éviter qu'il ne se doute de la reprise effective des investigations. D'après ce que j'ai compris, votre divorce s'est mal passé, vous avez quitté le pays puis êtes revenu dans l'intention d'enlever votre fils à votre ex-femme. Voilà qui me semble être un passif suffisant pour justifier son geste. Voilà pourquoi j'aimerais que vous m'expliquiez ce qui vous empêche de croire au suicide.

— Parce que Orna ne s'est pas suicidée. Jamais elle n'aurait fait une chose pareille. C'est vrai que notre divorce a été pénible, et alors ? C'est vrai aussi qu'elle avait des problèmes, mais qui n'en a pas ? Ce qui n'empêche pas que, globalement, elle était heureuse, et surtout jamais elle n'aurait abandonné Erann. Jamais.

— Erann, c'est votre fils ?

— Oui. Le laisser ne serait-ce qu'une journée lui était insupportable, alors comment aurait-elle pu se suicider ? De plus, je n'étais pas revenu pour le lui enlever, comme vous le prétendez. Je voulais le voir, c'est tout.

— Alors expliquez-moi pourquoi elle a fait ce voyage en Roumanie.

— Comment ça, pourquoi ?

— Pourquoi être partie sans lui ? Vous dites qu'elle ne supportait pas d'être séparée de lui ne serait-ce qu'une journée, alors comment expliquer qu'elle soit partie plusieurs jours seule ? Peut-être voulait-elle mettre de la distance entre elle et lui afin de pouvoir se tuer ? »

Pour l'occasion, si Ronèn a mis son tee-shirt rouge, celui qu'Orna préférait et qui est à présent délavé à force d'avoir été porté, il s'est fendu d'un pantalon neuf. Il n'est pas rasé et les courts poils qui courent sur son visage étroit ont, eux aussi, blanchi. Ses grosses chaussures de marche brunes sont couvertes de poussière.

« Je ne sais pas pourquoi elle est partie, dit-il. Vraiment. C'est une des choses à éclaircir, ce qui, me semble-t-il, n'a pas encore été fait. Il se peut qu'elle ait profité de ce qu'Erann passait quelques jours avec moi au moshav pour souffler. Mais le quitter définitivement, exclu.

— Alors que pensez-vous qu'il lui soit arrivé ?

— Je n'en ai pas la moindre idée, mais je suis convaincu que quelqu'un l'a assassinée et qu'elle n'a pas, elle-même, attenté à ses jours. »

Grâce à la traduction du dossier roumain, Orna sait qu'on n'a trouvé aucun témoin pouvant affirmer avoir vu l'Israélienne en compagnie de qui que ce soit après son arrivée à l'hôtel. De même, personne n'a vu quiconque, à part elle, entrer ou sortir de sa chambre. Cela dit, il n'y avait pas de caméra dans les couloirs et bien sûr pas dans la chambre.

« Excusez-moi si j'insiste, reprend-elle avec prudence, mais peut-être que ça vous arrange de penser de la sorte ? Surtout si son suicide est lié à votre relation difficile, au divorce et à la garde de votre fils, non ? Ce que je vous demande, c'est si votre certitude ne serait pas dictée par un sentiment de culpabilité.

— Bien sûr que je croule sous la culpabilité, sous une tonne de culpabilité. Mais ça n'a rien à voir. Je vous dis et vous redis qu'Orna ne s'est pas suicidée parce qu'elle ne peut pas s'être suicidée.

— Et comment expliquez-vous le message d'adieu qu'elle a envoyé à votre fils ? demande-t-elle, faisant allusion au dernier SMS d'Orna, dont elle a lu la teneur : la mère y affirme en toutes lettres vouloir mourir parce qu'elle ne peut pas continuer à vivre "après ce qui s'est passé".

— Justement ! explose Ronèn. C'est bien là la question : pourquoi aurait-elle envoyé un tel message à Erann ? Vous auriez écrit ça à votre fils, si vous alliez vous suicider ? Et en plus, ce n'est pas crédible : il lui a parlé au téléphone ce jour-là et elle paraissait aller très bien, elle lui a même dit qu'elle lui avait acheté des cadeaux – des cadeaux qui ont été retrouvés dans sa chambre d'hôtel. Alors pourquoi aurait-elle envoyé un tel message ? Et où est passé son portable ? Comment se fait-il qu'on n'ait pas mis la main dessus ? Elle se serait suicidée après avoir envoyé un message d'adieu d'un téléphone qui a disparu ? »

La police de Bucarest, lui indique Orna, suppose que l'appareil a simplement été dérobé sans doute par un membre de l'équipe de ménage qui a retrouvé le corps. Elle omet d'ajouter qu'elle n'est personnellement pas satisfaite par cette explication, même si un des plus anciens employés du Trianon a, quelques semaines plus tard, été arrêté pour avoir, pendant des années, volé des portables, des bijoux et de l'argent liquide aux clients de l'hôtel. L'homme a bien sûr été soupçonné d'avoir un rapport avec la mort d'Orna Azran, mais d'après le planning il ne travaillait pas le jour où elle s'est suicidée et, bien qu'étant passé aux aveux pour le reste, il a nié avoir volé ce téléphone-là.

L'inspectrice passe ensuite à une série de questions différentes, plus courtes, et les formule sur un ton plus doux.

« Savez-vous si elle a fait ce voyage avec quelqu'un, ou connaissez-vous quelqu'un avec qui elle aurait pu le faire ? »

Il dit que non.

« Savez-vous si elle avait une relation avec quelqu'un ? Ici ou à l'étranger ? Pensez-vous qu'elle était du genre à aller dans un bar ou un restaurant, à l'étranger disons, rencontrer là-bas un homme et le ramener dans sa chambre ? »

Il dit qu'il ne pense pas.

« Aurait-elle, dans vos conversations, parlé d'un certain Tadeusz ?

— Tadeusz ?

— Oui.

— Non.

— Et d'un Nahum ? Ou d'un Guil ?

— Non. À quoi correspondent ces prénoms ?

— Savez-vous si Orna aurait, par hasard, fait la connaissance, ici, en Israël, d'une femme appelée Emilia ? Une Lettone appelée Emilia Nodyevs ? »

Elle continue à tenter sa chance, mais Ronèn continue à répondre par la négative.

« Où habite Erann à présent ?

— Chez moi.

— En Inde ? Si j'ai bien compris, vous vivez en Inde ?

— Plus maintenant. D'ailleurs, je n'ai jamais habité en Inde. On vivait au Népal, mais on est rentrés en Israël et on s'est installés à Holon. Je ne voulais pas qu'Erann ait à changer de pays après le drame. »

Comme elle aussi habite à Holon, ils comparent leurs adresses et constatent qu'ils demeurent aux deux extrémités de la ville.

« Vous et lui tout seuls ?

— Non. Avec ma seconde femme et ses enfants. Les nôtres. Et Erann. »

Oui, la famille à présent, c'est Ruth et Kurt, Thomas, Peter, Julia… ainsi que Line, la petite dernière, née en Israël, deux mois après leur installation. Et Erann. Julia a un peu plus de douze ans maintenant, au cours de l'année écoulée elle a poussé et est devenue presque aussi grande que ses deux aînés. Elle dépasse Erann de plus d'une tête mais les deux enfants partagent encore la même chambre. Ils ne s'habillent cependant plus en présence l'un de l'autre et discutent moins le soir au coucher.

« Serait-il possible que je parle à votre fils ? demande alors Orna après un instant d'hésitation.

— Je ne sais pas. Est-ce bien nécessaire de raviver tout ça ? Est-ce que je peux appeler son psychologue pour lui demander conseil ?

— Bien sûr. Allez-y. Et je n'ai rien contre le fait qu'il assiste à notre entretien.

— Mais pourquoi, en fait ? Que pensez-vous pouvoir apprendre de lui, c'est un enfant… », s'inquiète encore Ronèn.

Si elle ne répond pas, c'est parce qu'elle n'a rien à répondre, elle sait juste qu'elle doit absolument le voir.

9

Trois jours avant leur départ, des articles au contenu quasi identique seront publiés dans la rubrique faits divers de deux journaux, le *Yediot Aharonot* et le *Israel haYom*. Le *Israel haYom* titrera : « La police roumaine rouvre l'enquête sur la mort d'une Israélienne » et le *Yediot Aharonot* : « Le meurtre dans l'hôtel de Bucarest aurait-il été maquillé en suicide ? »

Les deux papiers paraîtront dans les pages intérieures et non à la une. On pourra y lire que, suite à un élément nouveau communiqué à la police de Bucarest, l'enquête sur la mort d'Orna Azran a été rouverte quelques semaines plus tôt. Cette Israélienne de trente-huit ans, divorcée et mère d'un petit garçon, avait été retrouvée sans vie dans une chambre d'hôtel de la capitale roumaine. Un nouveau témoignage, celui de la réceptionniste du Trianon qu'on avait apparemment négligé d'interroger à l'époque, a poussé les enquêteurs locaux à élargir le périmètre de leurs anciennes recherches et ils ont entendu plusieurs personnes qui affirment avoir vu Orna Azran, les heures ayant précédé sa mort, en compagnie d'un homme non identifié, sans doute un autochtone, mais la possibilité qu'il s'agisse d'un citoyen israélien n'est pour l'instant pas écartée. Son portrait-robot, dessiné d'après ces nouveaux témoignages et les images de caméras de surveillance, a donc été transmis par voies diplomatiques à la police israélienne.

L'article du *Israel haYom* sera illustré par une petite photo d'Orna, la même que celle de la coupure de presse publiée dans le journal au moment des faits et retrouvée par Emilia, ainsi que par le portrait-robot en noir et blanc du mystérieux individu. Le texte se terminera par un rappel de l'affaire qui, quelques années auparavant, avait soulevé un bref intérêt médiatique à cause d'une part de l'entêtement de la famille en Israël à assurer qu'Orna Azran ne s'était pas suicidée et, d'autre part, de l'émoi suscité par le sort du garçonnet qui avait perdu sa mère.

Ella photographiera un des deux articles avec son téléphone et l'enverra à Guil. Sous la photo, dans le mail, elle écrira : « Ce ne serait pas toi, par hasard ? Est-ce que je dois avoir peur ? » Et quelques minutes plus tard, elle lui adressera un nouveau message : « Tu ne viens pas au café ce matin ? Tu fuis la justice ou quoi ? » C'est que, effectivement, le portrait-robot de l'inconnu, bien que tracé grossièrement et sans vraiment de détails ni de précision, ressemblera globalement au visage de Guil tel qu'elle le connaît : rond, trop large, avec des yeux clairs et une chevelure relativement abondante.

Comme il ne lui répondra pas de toute la journée, elle lui écrira un nouveau message en début de soirée : « C'était pour rire, au cas où tu n'aurais pas compris. Je n'avais pas l'intention de te contrarier, et j'espère que tu ne l'as pas mal pris.

C'est juste que la ressemblance, ajoutée à notre voyage à Bucarest… tu comprends, non ? J'ai trouvé ça drôle. Quoi qu'il en soit, tu es plus beau en vrai. Moins roumain. Est-ce que ta valise est déjà prête ? Parce que la mienne, oui. Du moins mentalement. »

La nuit même, Guil annulera le voyage. Il commencera par lui envoyer un message laconique expliquant que quelque chose est arrivé au travail, qu'il doit rester en Israël et lui promettra de la contacter dans les prochains jours. Elle lui répondra par un court mail stupéfait : « Quoi ? Tu annules ? Je ne peux pas le croire ! Pas après tout ce que j'ai fait pour ça. Dis-moi que ce n'est pas vrai ! »

Le lendemain matin, au café, elle s'exprimera plus longuement, avec des mots plus explicites : « Tu es sérieux, Guil ? Tu annules alors que j'ai inventé toute une histoire de voyage d'études pour consulter des archives qui n'existent pas et rencontrer des chercheurs fictifs ? Qu'est-ce qui peut être si urgent dans ton boulot ? En plus, pendant le week-end ! J'espère que tu as bien conscience que c'était notre seule opportunité et qu'elle ne se représentera pas. » Ce jour-là, elle restera à sa table jusqu'à onze heures, mais ne parviendra pas à travailler. Elle sortira fumer seule, plus fréquemment que d'habitude. Elle reviendra au café le lendemain et attendra Guil, mais à dix heures elle fermera son ordinateur et rentrera chez elle en taxi.

Le soir, elle tentera une autre approche, plus douce. Elle lui demandera par mail si, au moins, il peut s'expliquer sur ce qui s'est réellement passé, et aussi la rassurer, lui dire qu'il va bien, que rien de grave n'est arrivé. Il ne répondra pas. Le lendemain matin, elle ne lui écrira pas et n'ira pas au café, attendra le soir et se résoudra à faire ce qu'elle n'a jamais fait auparavant : elle l'appellera de son portable. Non seulement il ne sera pas joignable, mais elle ne pourra même pas laisser de message.

Elle lui enverra un dernier mail le jeudi dans la nuit, un mail que Guil lira le vendredi matin. Pas de mention de l'objet, mais le message sera clair : « Je résume : lundi, je t'ai envoyé l'article de journal concernant l'Israélienne morte en Roumanie. C'était uniquement pour plaisanter. Depuis, à cause de ton attitude, je commence à me poser des questions. Est-ce que ce serait toi ? Est-ce que je dois aller trouver la police ? Es-tu lié d'une manière ou d'une autre à cette femme et lui as-tu fait quelque chose de mal, ce qui expliquerait ta soudaine disparition ? Je suis en train de devenir dingue parce que d'un côté j'ai l'impression de délirer, mais de l'autre je me demande de quoi tu as peur et surtout pourquoi tu t'es soudain volatilisé ??? Il y a quelques jours à peine tu étais sûr de toi, si persuasif que j'ai fini par croire qu'il n'y avait rien de plus évident que ce voyage à deux, que je n'avais rien à craindre. Alors que s'est-il passé ? Si tu ne m'écris pas pour m'expliquer ce qui t'arrive et pourquoi tu as disparu comme ça, je pense que je le ferai vraiment. Oui, j'enverrai une lettre à la police en leur donnant ton nom et en leur racontant que tu étais censé m'emmener moi aussi en Roumanie. Peut-être dans le même hôtel ??? Alors voilà, je te donne une dernière chance de venir balayer toutes ces pensées paranoïaques. Dire qu'en ce moment même on devait se retrouver tous les deux seuls pour la première fois !

Maintenant, j'ai des frissons rien qu'à me l'imaginer. Je regrette tout. »

Guil répondra à ce mail au bout de quelques heures, mais sans rien dire d'Orna ni de ce qui s'est passé en Roumanie. Rien non plus des articles de presse. Il lui écrira qu'il s'excuse, qu'un contrôle fiscal lui est tombé dessus, que ça l'a occupé toute la semaine et qu'il ne cesse de courir partout pour récupérer les documents requis. Qu'il comprend combien l'annulation la déçoit, il est sûrement encore plus déçu qu'elle et lui promet de la dédommager. Si elle est toujours disposée à partir quelque part avec lui, il est certain qu'ils pourront trouver une autre date.

Et comme elle ne répondra pas à ce mail, c'est lui qui l'appellera. Elle décrochera en chuchotant parce qu'elle sera dans sa chambre à coucher. Il paraîtra calme et cette fois mentionnera l'article de journal : « J'espère que tu ne pensais pas sérieusement ce que tu as écrit dans ton dernier mail. Je ne sais pas ce qui est davantage vexant, que tu puisses te demander si je suis un assassin ou que tu me trouves une ressemblance avec le type du portrait-robot. »

Comme elle ne répondra pas, il enchaînera en assurant qu'il doit absolument la voir au cours du week-end. Elle murmurera que c'est impossible, mais il insistera, expliquera qu'il veut s'excuser et constater de visu qu'elle lui pardonne. Elle déclarera qu'elle doit raccrocher et coupera la communication. Il la rappellera cinq minutes plus tard, elle ne répondra pas, il recommencera encore et encore jusqu'à ce qu'elle finisse par le rappeler, elle, de sa salle de bains, pour le supplier de la laisser tranquille et s'engager à venir le dimanche au café comme d'habitude.

Mais il ne pourra pas attendre. Et soudain, elle l'entendra lui susurrer : « Tu sais que moi aussi, si je veux, je peux te menacer, n'est-ce pas, Ella ? »

Elle en aura le souffle coupé et ne reprendra la parole qu'au bout de quelques secondes, le temps d'accuser le coup : « Ça veut dire quoi, Guil ?

— Que penserait ton mari s'il avait connaissance de nos échanges de mails ? Tu ne crois pas que ça l'intéresserait ? Qu'il serait ravi d'apprendre la vraie raison de l'annulation de ton voyage d'études ? »

Assise sur le rebord de la baignoire, elle fermera un instant les yeux puis les rouvrira : d'accord, elle pourrait se débrouiller pour le retrouver le lendemain, le samedi, mais pas plus d'une demi-heure. Où voulait-il qu'ils se fixent rendez-vous ? Il suggérera le parc haYarkon.

« Non, je suis désolée, je ne vais pas me balader avec toi au parc haYarkon un samedi après-midi. »

Il lui proposera alors l'appartement qu'il loue aux touristes.

« Personne ne risque de nous voir là-bas ? » lui demandera-t-elle, et il la rassurera.

Elle n'aura pas de problème pour mémoriser l'adresse, nul besoin de la noter, et s'y rendra le lendemain.

Guil l'y attendra.

Elle montera l'escalier dans le noir, sans appuyer sur l'interrupteur. Hésitera un instant devant la porte close avant de frapper deux coups. Puis encore un.

10

Deux jours après avoir interrogé Ronèn au commissariat, Orna rencontre Erann à Tel-Aviv, dans le cabinet de son psychologue. En professionnel consciencieux, ce dernier a, par téléphone, préparé l'inspectrice, lui expliquant que le garçon ne s'exprimait pas facilement sur ce qui s'était passé.

Dès qu'elle franchit le seuil de ce rez-de-chaussée qui donne sur une cour intérieure ombragée, et avant de la laisser pénétrer dans la pièce où son jeune patient les attend, il la prévient encore : « Si je sens que la conversation doit s'arrêter, on arrête. Quitte à reprendre dans quelques jours, d'accord ? »

Elle remarque aussitôt à quel point le fils ressemble au père, d'autant qu'il n'est plus si petit que ça. Il la dévisage avec les mêmes yeux noirs et francs que lui. Elle serre la main qu'il tend et prend place sur la chaise en bois juste à côté du fauteuil rouge dans lequel il est assis. Il glisse son portable sous ses cuisses au moment où débute l'entretien.

« Erann et moi avons un peu discuté de la raison de votre venue, commence le psy, mais pouvez-vous nous en dire plus ?

— Eh bien, à la suite des requêtes déposées par la famille, je réexamine ce qui s'est passé avec ta mère, Erann, et c'est dans ce cadre que je voudrais te poser quelques questions. »

Lors de la fameuse conversation préparatoire, il a été convenu entre adultes de ne pas éveiller chez le garçon l'espoir de nouvelles révélations – ce que son père laissait parfois entendre – et de ne pas, pour l'instant, aborder le sujet du divorce ni des relations qu'ont entretenues ses parents par la suite.

Orna sort d'un dossier cartonné tout neuf les feuilles sur lesquelles elle a noté les sujets qu'elle veut aborder. L'attitude protectrice du psychologue la dérange, elle regrette de ne pas avoir demandé qu'il n'assiste pas à leur échange, comme elle l'a fait pour Ronèn. Il lui a proposé la chaise en bois placée à côté de son jeune patient, de sorte qu'elle soit face à lui et non face au garçon, ce qu'elle aurait préféré. De plus, elle sent que ni elle ni Erann n'ont besoin d'une présence supplémentaire dans la pièce.

« Tu es la dernière personne qui a parlé avec Orna, n'est-ce pas ? »

Elle commence par une question dont elle connaît la réponse, puisqu'elle a lu le compte-rendu dans le dossier.

Ce jour-là, la discussion avait été si brève !

« Comment vas-tu, mon amour ?

— Bien, maman. T'es où ? »

Et la dernière question qu'il t'a posée, à toi, sa mère, a été pour te demander si tu acceptais de le laisser encore quelques jours chez son père. Tu as alors répondu que non parce qu'il te manquait trop.

« J'aimerais que tu m'en dises un peu plus sur cette conversation téléphonique. J'ai besoin de davantage de détails. Est-ce que, par exemple, tu as senti que quelque chose n'allait pas dans le comportement ou la manière de parler de ta mère ? Est-ce que tu te souviens de quelque chose qui t'a étonné dans ce qu'elle t'a dit, ou paru étrange ? Vous vous êtes appelés sur Skype, c'est bien ça ? »

Les yeux d'Erann se promènent du psychologue au tapis, ne s'arrêtent jamais sur elle.

Elle sait qu'elle peut évoquer le suicide, car oui, la thérapie depuis le drame tend à essayer de convaincre le fils qu'il n'est pas responsable, que l'acte fatal n'a rien à voir avec son séjour au moshav en compagnie de son père et de sa nouvelle famille. Sur bien des points, cet ultime échange avec Orna tient une grande place lors des séances, « je ne sais pas ce que vous cherchez exactement, a dit le psy par téléphone, mais s'il y a une chance qu'Orna ne se soit pas suicidée et que sa mort soit due à autre chose, ça serait très significatif pour son fils. C'est d'ailleurs la raison pour laquelle je crois en l'utilité d'une rencontre entre vous et lui ». Il a précisé que les termes dont ils se servaient en général au cabinet étaient : « elle a décidé de mourir » et non « elle s'est suicidée ». Erann, quant à lui, disait parfois que sa mère « s'était tuée ».

« Est-ce qu'elle avait l'air dans son état normal ou bien pas tout à fait ? insiste l'inspectrice.

— Dans son état normal, répond le garçon, toujours sans la regarder.

— Et elle était seule quand vous vous êtes parlé, c'est bien ça ? Tu n'as vu personne dans la chambre ? »

Il n'a vu personne.

« Mais est-ce qu'elle a mentionné quelqu'un qui aurait été avec elle ? Ou qu'elle aurait rencontré là-bas ? »

Il ne sait pas.

« Tu te souviens si les jours qui ont précédé le voyage, elle t'a parlé de tristesse peut-être, de la manière douloureuse dont elle vivait les choses ? Tu as peut-être senti qu'elle déprimait un peu ? »

Cette question, elle la regrette juste après l'avoir posée, si bien qu'elle décide de changer de stratégie. Erann avait neuf ans à l'époque, il venait de retrouver son père après des mois d'absence, alors qu'aurait-il pu sentir ?

« J'ai quelques autres questions à te poser, certaines te paraîtront idiotes ou illogiques, mais ça arrive parfois dans notre travail.

— Dans le nôtre aussi, n'est-ce pas ? intervient le psychologue, tout sourire.

— Est-ce que ta mère t'aurait un jour parlé d'une femme appelée Emilia ? »

Non.

« Une étrangère, pas une Israélienne. Emilia Nodyevs ? »

Erann secoue négativement la tête.

« Et de quelqu'un du nom de Tadeusz ? »

Il continue à regarder alternativement son thérapeute et le tapis... jusqu'à ce qu'elle lui demande si les noms de Guil et de Nahum lui disent quelque chose. Il lève enfin vers elle ses beaux yeux et opine.

« Lequel des deux ? »

Le prénom de Guil.

Et, en toute simplicité, Erann déclare que c'était un ami de sa mère, qu'elle allait avec lui au cinéma, qu'elle avait même passé un week-end avec lui à Jérusalem – ce que le psy confirme : Orna a effectivement mentionné avoir un ami mais elle ne lui a pas dit comment il s'appelait. L'inspectrice ignore que cet instant va bouleverser le cours de son enquête. Elle l'ignore encore lorsqu'elle demande au garçon s'il se souvient par hasard du nom de famille de ce Guil. Il répond que non.

Comme elle préfère leur cacher l'orientation qu'elle a décidé de donner à ses investigations, à savoir la recherche d'un lien possible entre les deux suicides douteux, elle ajoute : « C'est que j'aurais bien aimé discuter avec ce monsieur pour qu'il me parle de ta mère. Tu as peut-être gardé en mémoire un détail particulier à son sujet ? Peut-être de son métier ? »

Erann ne sait pas.

« Et est-ce que, par hasard, tu te souviens de l'avoir vu ?

— Oui, dit-il sans hésiter. Trois fois.

— Tu te souviens peut-être où ? Et quand ? »

Il n'a rien oublié : il a rencontré Guil devant les caisses du cinéma du centre Dizengoff, le jour où ils sont allés voir *Dragons*. L'homme était avec une femme et deux grandes filles, sa mère a fait les présentations. Une autre fois, peut-être même que c'était avant la rencontre au cinéma, il l'a vu de loin, le jour du week-end à Jérusalem, Guil est venu la chercher, et lui, il s'est posté à la fenêtre de l'appartement jusqu'à ce que sa mère s'installe dans la voiture et agite la main en guise de salut.

La troisième fois est plus difficile à évoquer et le psychologue vient à sa rescousse – non sans lui avoir auparavant demandé la permission de raconter l'épisode à sa place. C'est donc lui qui apprend à la policière que Guil est venu chez eux, mais qu'Orna, ce jour-là, n'a pas prévenu Erann, elle n'avait pas prévu que le petit se réveillerait au milieu de la nuit et les verrait dormir ensemble. Elle n'en a pas parlé le lendemain matin. En fait, ils n'en ont jamais parlé, et lorsque, quelques semaines après les tragiques événements de Roumanie, Erann, qui voulait prouver à son thérapeute que sa mère avait des secrets, a mentionné ce qu'il avait vu cette nuit-là, leur travail commun a constitué à essayer de convaincre le garçon qu'il ne s'agissait pas d'un secret, qu'Orna avait sans doute l'intention de lui en parler mais n'avait pas eu le temps parce que cela s'était produit quelques jours avant son voyage.

À partir de là, l'inspectrice, qui se souvient très bien que, d'après les témoignages de proches et d'amis, la défunte ne fréquentait personne pendant les semaines qui avaient précédé son départ pour la Roumanie, est alertée par cette nouvelle information. Comme elle pressent qu'il y a peut-être là un élément précieux, elle leur demande s'ils sont capables de dater cet épisode avec exactitude.

« C'est sans doute écrit quelque part dans mes vieux agendas », dit le psy, mais Erann s'est déjà penché en avant et tire du sac à dos bleu posé aux pieds du fauteuil le cahier brun que sa mère lui a offert pour ses neuf ans.

La date à laquelle il a vu Guil chez eux y est inscrite. Il la communique à Orna puis, tournant quelques pages en arrière, il ajoute : « Je sais aussi quelle voiture il conduisait, si ça peut vous aider à le retrouver et à lui parler : un Kia Sportage rouge. Je l'ai vu quand il est venu chercher maman pour leur week-end à Jérusalem. »

L'inspectrice téléphone à sa chef le soir même, après avoir reçu une deuxième réponse du service des immatriculations. En effet, la première a été décevante : Me Guil Hamtzani, l'homme qui a employé Emilia Nodyevs comme femme de ménage, possède deux véhicules, une Toyota C-HR gris métallisé et une Volkswagen Polo, telle est l'information que reçoit Orna qui repasse machinalement au stylo le même carré bleu qu'elle a dessiné sur sa feuille de questions. Mais, tout à coup bien inspirée, elle demande à l'employée au bout du fil : « C-HR, c'est un modèle récent de chez Toyota, non ? Ce n'est pas ce que je veux. Avez-vous un moyen de retrouver ses anciennes voitures ? »

Lorsqu'elle appelle Ilana Liss, elle a déjà acquis la quasi-certitude de ne pas s'être trompée en soupçonnant un lien entre le décès d'Emilia et celui d'Orna.

« Qu'est-ce que vous pensez ? lui demande la divisionnaire. Je n'ai pas bien compris. Il serait responsable dans les deux cas ?

— Je ne peux pas encore l'affirmer mais j'ai bien l'impression qu'il connaissait ces deux femmes, qu'il a eu une aventure avec l'une des deux, Orna, tout en étant marié, et peut-être aussi avec Emilia. À moins qu'avec Emilia ça ne se soit passé différemment, qu'elle ait par exemple découvert qu'il était lié à l'affaire de Roumanie… je ne sais pas encore. Ça expliquerait sans doute ce qu'elle a noté dans son cahier. Une chose est certaine : elles se sont toutes les deux suicidées dans des circonstances étranges, à la grande incompréhension de leurs proches, et elles ont toutes les deux apparemment fréquenté cet homme. D'une manière ou d'une autre.

— Alors expliquez-moi votre “apparemment”.

— Emilia travaillait chez Me Guil Hamtzani, c’est un fait avéré. Quant à Orna, elle avait une aventure avec un certain Guil qui, outre avoir le même prénom que l’avocat d’Emilia, possédait la même voiture que lui à l’époque. Un Guil qu’elle voyait encore quelques jours avant son départ. Je suppose donc qu’il s’agit du même individu, mais comme je n’en ai pas la preuve formelle je continue mes investigations. »

Pour la suite de la conversation, Ilana Liss lui propose de passer dans la pièce qui lui sert de bureau. Elle allume une cigarette et se met à la fenêtre afin que ni son mari ni ses enfants ne sentent l’odeur de la fumée. Elle a troqué son uniforme contre un épais cardigan vert sur un tee-shirt et un pantalon de jogging noirs. Tout en parlant, elle suit du regard les volutes de fumée qui se dissipent dans la nuit.

« Et comment poursuivez-vous vos investigations ? »

L’inspectrice répond qu’elle veut vérifier où se trouvait l’avocat le jour où Orna s’est prétendument suicidée – à Bucarest ou en Israël ? – ainsi que le jour où on a découvert le corps d’Emilia.

Elle veut aussi récolter davantage d’informations sur lui, sur sa vie et ses relations avec les femmes, mais sans interroger les membres de sa famille ni son entourage proche, afin de ne pas éveiller les soupçons. En fait, elle est encore loin d’être convaincue qu’il s’agisse du même homme, mais elle a décidé de mener son enquête comme si c’était une certitude. Lorsque, ultérieurement, on lui demandera pourquoi elle a agi ainsi, elle sera incapable de l’expliquer. Pour l’instant, elle a encore du pain sur la planche : obtenir les fadettes des lignes de Guil, les dates précises de ses entrées et sorties du territoire, et elle veut aussi demander que le téléphone fixe de son domicile ainsi que celui de son cabinet soient mis sur écoute, même si, admet-elle, c'est peut-être encore prématuré.

Elle ne parle du dossier à Avner qu'après avoir été autorisée par Ilana à commencer une enquête officielle mais discrète. Malgré sa fatigue, il s'efforce de l'écouter avec attention, uniquement parce qu'il voit combien elle est survoltée. Mais d'abord, il est allé couvrir les filles et éteindre la petite lumière dans leur chambre. Lorsqu'il la rejoint dans la cuisine, il prépare deux tasses de Nescafé, une pour elle et une pour lui, dans l'espoir d'arriver à garder les yeux ouverts. C'est là qu'elle lui fait part de la sensation d'urgence qui la taraude depuis qu'elle a lu le nom d'Orna Azran dans le cahier d'Emilia Nodyevs et eu, pour la première fois, l'intuition d'un lien entre les deux décès. Elle lui résume aussi sa conversation avec Erann et le tournant décisif qui en a résulté.

« Si cela se confirme, eh bien, je te tire mon chapeau, quel flair ! s'exclame son mari sans cacher son admiration.

— J'en suis quasiment sûre. Et tout ça, c'est grâce à son fils, tu comprends ? Sans lui, jamais je n'aurais pu faire le lien entre ce Guil et le premier suicide. »

Depuis qu'Eva Yashar a déposé la boîte en carton d'Emilia devant elle à la permanence du commissariat, continue-t-elle, ce dossier l'obsède, ne la laisse pas s'en détourner, jamais elle n'a ressenti ce genre de nécessité auparavant, pas même au cours des grandes enquêtes auxquelles elle a participé.

« C'est à cause de ton congé maternité, non ? suggère son mari. Après six mois à la maison, tu es en manque d'adrénaline, c'est tout.

— Je ne crois pas. J'ai senti que je devais absolument rencontrer ce jeune garçon, tu comprends ? »

Il ne comprend pas et ce qu'il lui dit ensuite réussit à l'énerver, à savoir qu'elle a toujours été comme ça, toujours en train de vouloir prouver qu'elle est la meilleure. D'ailleurs, cette affaire, si effectivement elle a raison, sera la parfaite occasion de montrer à tout le monde de quoi elle est capable.

Elle s'endort bien après lui, se lève à trois heures du matin pour le biberon de Danielle puis pour rassurer Rony qui s'est mise à pleurer, persuadée que quelqu'un était entré dans leur maison. Elle se réveille pourtant avant son mari. Dehors, il fait encore nuit. Elle se prépare un thé au citron bien sucré, le boit dans la salle à manger, face à la fenêtre fermée contre laquelle tambourine la pluie. Ensuite, elle s'occupe du petit déjeuner des filles et de leur lunch box pour l'école.

Le cap suivant est franchi cinq jours plus tard, lorsqu'elle va présenter aux voisins de Guil la photo d'Orna et d'Emilia, sans rien dire qui puisse les rattacher à lui. Elle arrive sur place peu après dix heures du matin, en s'étant auparavant assurée que l'avocat et sa femme sont partis travailler. Elle sonne chez les résidents de l'immeuble où habitent les Hamtzani, montre les deux photos et demande si quelqu'un a croisé ces femmes. Arrivée au deuxième, elle comprend pourquoi elle fait chou blanc : jamais il n'aurait amené Orna à son domicile familial et l'adresse ne correspond ni à celle du lieu de travail noté par Emilia sur son cahier, ni même à la déposition de Guil lors de son premier interrogatoire par A.

Un enquêteur en civil l'accompagne au bon immeuble à Guivataïm, la précède dans l'escalier et va frapper à la porte de l'appartement que possède Guil Hamtzani. Pas de réponse. Elle recommence alors à passer dans les étages et à présenter les deux clichés. La voisine de palier ne reconnaît pas le visage d'Orna mais, dès qu'elle voit celui d'Emilia, elle déclare : « Elle, oui, je l'ai vue. Bien sûr. Elle faisait le ménage en face. »

Ça, Orna le sait déjà. En revanche, la suite est plus instructive.

« Lui avez-vous parlé ? demande-t-elle.

— En vérité, oui. J'ai frappé à la porte un jour où elle travaillait et je lui ai demandé si elle accepterait de venir aussi chez nous, parce que notre femme de ménage avait été expulsée. Elle a refusé.

— Vous souvenez-vous de la dernière fois où vous l'avez vue ?

— La dernière fois ? Non, je ne pense pas. Ça fait longtemps. Mais je me souviens d'un soir où je l'ai vue entrer chez lui, c'était un jour inhabituel. Un vendredi ou un samedi peut-être… ça m'a frappée parce que je me suis demandé si elle avait changé ses horaires ou si elle venait dans l'appartement à son insu, vu qu'il lui laissait la clé dans le placard sur le palier. J'ai même envisagé de l'appeler pour le prévenir mais je n'ai pas son numéro. Et puis, à quoi bon, en fait, justement si elle n'était pas censée être là. Pourquoi la mettre dans une sale situation ? Il lui est arrivé quelque chose ? »

La femme est incapable de dater précisément cet épisode, pourtant Orna n'a aucun doute : ça ne peut être que la veille du jour où le corps a été retrouvé rue haGalil.

Soudain une angoisse lui traverse l'esprit : et s'il y avait ou s'il y avait eu d'autres victimes ?

« Depuis, avez-vous vu quelqu'un d'autre venir ici ?

— Vous voulez dire une nouvelle femme de ménage ? demande la voisine en la regardant comme si elle ne comprenait pas la question.

— De ménage ou juste une habituée.

— Il y a quelques mois, ils ont retapé l'appartement, et depuis je ne pense pas que quelqu'un y habite de façon permanente. J'ai l'impression qu'ils le louent pour de courtes périodes à des touristes, de sorte qu'il reste souvent vide. Mais je ne comprends pas qui vous cherchez, en fait. La femme de ménage ? À propos, si je me souviens bien, elle s'appelle Emilia, c'est ça ?

— Merci, je vais les contacter. »

Sur ce, Orna se retourne et frappe ostensiblement chez Guil. Elle sait qu'il n'y a personne et attend simplement que la curieuse rentre chez elle. Malgré les travaux, la porte devant laquelle elle se tient n'a pas changé, c'est la même, en vieux bois brun, sur laquelle il n'y a toujours pas de nom de famille, rien que ce chiffre en cuivre un peu rouillé : 3.

11

Il ouvrira la porte, le visage sévère, le teint blafard, l'air tendu, comme s'il n'avait pas dormi depuis plusieurs nuits. Il ne dira rien en la voyant. Elle s'arrêtera, embarrassée et crispée, dans le hall d'entrée de l'appartement presque vide, et attendra qu'il lui indique où aller pour ce qu'elle espère être une dernière mise au point.

La table de la cuisine, la même qu'avant, sera recouverte de la nappe brodée d'Emilia avec, dessus, la corbeille en osier, sans fruits. Guil pointera un doigt en direction du verre fumant qui attend là et lui demandera ce qu'elle souhaite boire.

« Rien, merci.

— Je me suis préparé un thé, je t'en fais un aussi, proposera-t-il tout de même. Au citron avec du sucre, ça ira ? »

Elle pourrait encore tourner les talons et fuir. Mais non. Elle restera. Elle attendra qu'il pose la boisson bouillante devant elle et s'asseye. Alors seulement elle lui lancera, sans détour : « Tu peux m'expliquer pourquoi tu m'as menacée ?

— Quand est-ce que je t'ai menacée ? s'étonnera-t-il, jouant sans complexe les innocents.

— Comment ça, “quand” ? Tu m’as menacée de montrer nos échanges de mails à mon mari et de lui révéler la vraie nature de mon voyage, oui ou non ?

— Tu sais bien que je ne l’aurais jamais fait. C’était uniquement pour t’obliger à me revoir. »

Dans toutes les pièces de l’appartement stagnera une vague odeur de chaux, de colle et de murs humides, qui aura chassé celle de tabac froid laissée par les ouvriers chinois pendant les travaux. Les équipements de la cuisine et de la salle de bains ainsi que les toilettes seront neufs, l’ancien sol des pièces aura été remplacé par du parquet. Les petites chambres, celles qu’Emilia avait récurées en imaginant s’y installer, seront à présent meublées d’éléments qu’il aura achetés seul chez Ikea. Une nouvelle armoire, aux portes coulissantes en verre, aura remplacé celle en bois de la grande chambre à coucher. Le volet de la fenêtre donnant sur la cour où Emilia voyait Nahum et où Orna avait contemplé avec plaisir les deux arbres si hauts qu’ils léchaient la vitre aura cédé sa place à un volet électrique, et la clochette en cuivre ne sera plus accrochée au cadre. Dans cette chambre à coucher, il y aura aussi, ce jour-là, une valise bouclée contenant des vêtements, des affaires de toilette, des dizaines de milliers de shekels en liquide, un cafetan et un feutre noirs, plus une perruque achetée récemment à Bnei-Brak. Dans un des tiroirs, il y aura deux passeports avec sa photo mais à des noms différents et deux billets d’avion pour des destinations différentes – il n’aura pas encore décidé s’il allait s’en servir.

Elle ne boira pas son thé mais entourera la tasse d’une main qu’elle retirera quand il essaiera de la toucher.

« Je suis désolé d’avoir annulé le voyage, commencera-t-il,

mais vraiment, je n'avais pas le choix. Quoi, tu ne me le pardonneras jamais ? Tout s'est si bien passé entre nous jusqu'à présent.

— Tu ne comprends pas que je n'ai plus confiance en toi, Guil ? Je ne crois plus un seul des mots qui sortent de ta bouche. Pas seulement à cause du voyage. À cause de tes menaces. Je suis venue te demander une chose, et après je m'en vais. Je te prie donc de m'écouter attentivement et d'agir de manière rationnelle pour qu'on puisse terminer tout ça dignement, d'accord ?

— Comme tu voudras. »

Elle pourrait encore fuir, ce ne serait pas trop tard. Début de soirée. Pas encore nuit.

Dehors, il y aura un silence un peu inhabituel pour un samedi soir, aucune voiture ne passera dans la rue.

« Je ne te crois plus et on n'a plus rien à se dire. Aussi simple que ça. Je ne veux pas savoir pourquoi tu m'as draguée, pourquoi tu m'as proposé un voyage que tu as annulé à la dernière minute et même, je me fiche de savoir ce que, en fait, tu voulais de moi. Peu m'importe qui tu es, ce que tu cherches, que tu sois ou non avocat, marié ou pas… la seule chose, c'est que maintenant j'ai peur de toi et de la manière dont tu risques de me bousiller la vie. Tu m'écoutes ? Alors je te demande d'effacer mon numéro de téléphone, tous mes messages, tous les mails que je t'ai envoyés et on arrête les frais. Je m'engage, pour ma part, à effacer tes messages et à ne plus te contacter. Tu acceptes ? »

Il la regardera, semblera hésiter un instant avant de dire : « Oui, j'accepte. Mais pas de gaieté de cœur. Je n'ai jamais eu l'intention de te porter préjudice.

— Tu vas tout effacer ? Pas demain, maintenant. En ma présence, je veux voir.

— Si tel est ton désir, d'accord. Je n'ai pas mon ordinateur de travail, il est au cabinet, mais j'ai mon téléphone. »

Il tirera de sa poche un portable qu'elle ne lui a jamais vu, le rangera aussitôt, sortira celui qu'elle connaît et le posera sur la table.

« Dis-moi juste… tu as vraiment cru que j'étais l'homme dont le portrait a été publié dans le journal ? Celui qui aurait fait tant de mal à cette pauvre Israélienne en Roumanie ? Est-ce que tu crois que j'avais l'intention de te faire du mal à toi aussi ?

— Je ne sais pas. Mais j'ai fini par me poser des questions. À cause de cette drôle de coïncidence, tu comprends ? Ce portrait et tout à coup toi qui annules sans explications. Ça m'a filé un coup de stress. Peut-être que c'est juste ce voyage qui m'a fait paniquer, mais avoue que ton comportement ne m'a pas franchement aidée.

— Tu en as parlé à quelqu'un ?

— Parlé de quoi ?

— Du portrait dans le journal.

— À qui veux-tu que j'en aie parlé ? À qui aurais-je pu en parler ? Personne n'est au courant pour nous deux. Et j'espère que ça restera ainsi.

— Moi aussi. »

Au lieu de passer à autre chose, elle insistera et lui demandera pourquoi il a été tellement vexé, « si tu n'es pas lié à cette histoire, je ne comprends toujours pas pourquoi une simple plaisanterie t'a autant déplu. D'ailleurs, je me demande encore si tu n'as pas annulé notre voyage uniquement parce que mon mail t'a blessé ».

Les volets du salon seront entrouverts, mais le double vitrage fermé expliquera peut-être le silence à l'intérieur de l'appartement. Dans la chambre à coucher aussi, volets et fenêtres seront clos, si bien que la pièce sera plongée dans une obscurité totale. La porte d'entrée, Guil profitera de ce qu'elle s'éclipse aux toilettes pour la verrouiller de l'intérieur et pendant toute leur conversation il gardera la clé dans sa poche. Le lit aura été recouvert au préalable d'un vieux drap gris dont il ne se sert plus.

Il quittera la salle à manger pour aller dans la cuisine d'où il reviendra avec, à la main, un verre d'eau et un sac plastique qu'il posera aux pieds de la grande table avant de se rasseoir à sa place.

Il lui demandera soudain : « Et si j'étais tout de même lié à ce qui est arrivé à cette femme en Roumanie ? » Alors seulement on ne pourra plus douter de ses intentions. Elle tournera cependant vers lui un visage sur lequel il n'y aura aucune marque d'inquiétude, rien que de la surprise : « Comment ça ? Tu serais lié à elle ? Qu'est-ce que tu entends par là ?

— Que ça ne veut pas dire que je t'aurais fait du mal à toi aussi, et de la même manière, tu comprends ? »

Elle se crispera sur sa chaise, il le remarquera. Quand elle se lèvera en disant qu'elle veut partir, il lui attrapera le bras et susurrera qu'elle ne peut aller nulle part, que la porte est verrouillée et que la clé se trouve dans sa poche.

« Arrête, Guil, laisse-moi. Je dois rentrer à la maison. Tu recommences à me faire peur. »

Aucune crainte cependant dans sa voix.

Sans le moindre mot, il essaiera alors de plaquer une main sur sa bouche, une main encore nue puisque les gants en latex seront restés dans le sac plastique posé aux pieds de la table. Il n'y parviendra pas et c'est à cet instant qu'elle lui lancera soudain, d'un ton totalement différent : « Ne me touche pas. J'ai un micro sur moi et des policiers attendent dehors. Ils vont pénétrer dans l'appartement et t'arrêter. Tu n'opposeras aucune résistance. C'est terminé, Guil. Je t'informe que je travaille dans la police et que tu es en état d'arrestation. Je te conseille de ne pas faire le moindre geste. »

Sur le moment, il n'arrive pas à la croire. Pas davantage lorsque la lumière bleue des gyrophares filtre à travers les fentes des volets et investit le salon, que le silence de la rue est déchiré par la sirène des voitures de police, et qu'à la porte retentissent les premiers coups de boutoir.

12

La première étape de l'enquête discrète menée par Orna Benhamou aura duré six semaines. Commencée au début du mois de janvier, elle se termina à la mi-février. Six semaines au cours desquelles l'inspectrice rassembla tout ce qu'il était possible de savoir sur Guil sans interroger ses proches ni ses amis.

Elle apprit donc qu'il était né en mai 1962 à Tel-Aviv, avait fait son service militaire dans l'Administration, avait ensuite étudié le droit à l'université de sa ville natale puis suivi son stage de spécialisation au tribunal d'instance de Ramleh, avant de passer le barreau en 1988. En 1991, il avait épousé Ruth Levanon, issue d'une famille de grands propriétaires terriens de la région côtière du centre du pays. Le couple s'était installé à Guivataïm, dans un appartement offert par les parents de Madame, celui-là même où elle était née et avait grandi. Ils avaient deux filles dont l'aînée était déjà à l'armée. Le père de Guil, le vieux monsieur dont s'était occupé Emilia, était mort plus de deux ans auparavant, et sa mère – qui avait encore pu être entendue au début de l'enquête par A., le premier inspecteur chargé du dossier – n'était décédée que depuis quelques mois. Il avait travaillé comme salarié dans le département juridique d'une grande agence de recrutement jusqu'en 2002, année où il avait ouvert, grâce à l'aide financière du beau-père, son propre cabinet d'avocat. Orna découvrit aussi qu'il faisait de nombreux déplacements professionnels en Europe de l'Est, surtout depuis qu'il s'était lancé dans des investissements immobiliers là-bas. L'hypothèse qu'il soit impliqué dans des affaires d'un autre genre n'était pas à écarter. Il se trouvait à Bucarest lorsque Mme Azran y avait séjourné, mais l'inspectrice savait qu'il pourrait invoquer le fait qu'il se rendait dans cette ville au moins une fois par mois et que par conséquent leur présence aux mêmes dates était pure coïncidence, même s'il ne niait pas avoir eu une relation avec elle dans le passé. Elle contacta aussi le fisc et le ministère de l'Intérieur qui lui assurèrent que M. Hamtzani n'avait fait l'objet d'aucune enquête pour d'éventuelles fraudes fiscales ou absence de déclaration, et que jamais les dossiers qu'il avait déposés aux services de l'immigration n'avaient alerté les autorités. Cela dit, un entrepreneur de ses clients avait été suspecté de faire entrer illégalement de la main-d'œuvre en provenance d'Europe de l'Est, et à un certain moment Orna envisagea de convoquer Guil sous ce prétexte afin de se retrouver face à lui en salle d'interrogatoire. Elle dut cependant y renoncer à cause de sa femme : Ruth Levanon-Hamtzani était associée à l'un des plus grands cabinets d'avocats du pays, raison évidente pour redoubler de prudence dans cette enquête.

Le mois de février débuta par une série de déceptions.

Impossible en effet d'obtenir la preuve que Guil avait réservé le billet d'avion d'Orna Azran pour Bucarest ainsi que la chambre d'hôtel car les informations, trop anciennes, avaient été effacées. Les fadettes ne révélèrent rien non plus, sans doute utilisait-il un autre téléphone avec des cartes prépayées. Elle attendait une preuve qui établirait formellement qu'il fréquentait toujours Orna au moment de son départ et qu'il avait peut-être aussi eu une aventure avec Emilia (ce serait suffisant pour sortir de la discrétion, passer à la vitesse supérieure, essayer de faire craquer l'avocat en salle d'interrogatoire, questionner sa famille et ses amis) mais elle n'en trouva pas : rien n'indiquait que la relation de Guil avec Orna ou avec Emilia s'était poursuivie jusqu'au jour de leur décès. Quant au témoignage d'Erann, qui l'avait vu chez lui une nuit, et celui de la voisine qui avait vu Emilia entrer chez Guil le vendredi ou le samedi, elle savait qu'ils seraient facilement ébranlés.

Il y eut des jours où elle songea à renoncer. D'autres dossiers arrivèrent, à un certain moment on lui proposa même de rejoindre une équipe d'investigation qui regroupait des inspecteurs de plusieurs secteurs pour enquêter au niveau national sur une affaire d'extorsion de fonds auprès de personnes âgées, et elle envisagea de laisser tomber, ne fût-ce que provisoirement. Emilia n'avait pas de proches qui insistaient pour que les recherches continuent, quant à Ronèn, qui la contactait deux à trois fois par semaine pour savoir si elle avait du nouveau, elle pourrait toujours lui raconter que l'enquête piétinait. De plus, pas un de ses supérieurs ne croyait en l'utilité de ses démarches. Pourtant, quelque chose lui disait de ne pas renoncer, la poussait à continuer. Ce n'était pas un « manque d'adrénaline », comme lui avait lancé Avner lors de leur première conversation sur ce dossier, pas non plus qu'elle « était toujours en train de vouloir prouver qu'elle était la meilleure », ni rien qui soit lié à sa vie et à son monde intérieur, du moins c'est ce qu'il lui semblait. Mais par un étrange phénomène qu'elle n'avait avoué à personne elle avait l'impression d'arriver à voir Emilia, à la voir vraiment. Et puis, elle se retrouvait de temps en temps à passer par la rue Balfour de Bat-Yam, même à pousser jusqu'à la maison de retraite où l'auxiliaire avait travaillé. Parfois aussi elle allait fumer une cigarette sur le parvis de l'église à Jaffa, là où la Lettone s'était assise en son dernier jour – jamais elle n'avait fait ce genre de choses auparavant.

C'est sur un banc de cette place que naquit en elle l'idée d'une filature. Incapable d'attendre davantage, elle appela aussitôt Ilana Liss.

La divisionnaire ne cacha pas ses doutes.

« Qu'est-ce que ça donnera exactement ? Vous le soupçonnez d'un crime commis il y a des années. Quel faux pas voulez-vous qu'il fasse aujourd'hui avec cette vieille histoire, à moins d'y être poussé ? »

Elle ne savait pas encore « ce que ça donnerait » mais elle voulait voir cet homme de près et observer son comportement. Elle pensait aussi qu'il continuait peut-être ses agissements avec d'autres femmes potentiellement en danger, et cet argument finit par convaincre Ilana. Fin février, une équipe d'enquêteurs passa trois jours pluvieux à suivre Guil sans découvrir grand-chose : il se rendait tous les matins à son cabinet et en revenait soit dans l'après-midi, soit en fin de journée. Il avait participé à une randonnée à vélo dans le parc haYarkon et s'était rendu une fois dans une salle de sport. Il n'était pas allé dans l'appartement qu'il louait aux touristes à Guivataïm et n'avait été vu avec aucune femme à part la sienne. Deux des trois matins où il avait été suivi, il s'était arrêté en allant au travail dans un café non loin de chez lui.

Ilana Liss n'avait pas autorisé son inspectrice à participer à cette filature et encore moins à essayer de prendre contact avec l'avocat, si bien qu'un matin, sans en parler à personne, Orna alla simplement se poser au café. Jamais elle n'avait pris une telle initiative, mais c'était plus fort qu'elle. Elle se munit d'un ordinateur portable et fit semblant de travailler. À ce stade, elle n'avait encore aucun plan pour la suite des événements.

Il ne vint ni le premier matin, ni le deuxième, mais le troisième. La remarqua tout de suite.

Pour Orna, jusqu'à cet instant, il n'avait été qu'un individu dont elle avait lu le nom dans des PV d'enquêtes et des dépositions. Dont des tiers lui avaient parlé. Voilà qu'enfin leurs yeux se croisaient. Elle sut tout de suite que c'était lui. Cependant, elle n'avait pas encore la moindre idée de la manière dont elle pourrait le démasquer. Ce fut leur premier échange, à l'initiative de Guil, qui lui donna le courage d'en parler à la divisionnaire.

Elle savait que sa chef serait furieuse, et effectivement elle le fut, mais la jeune femme ne se démonta pas : « C'est lui qui m'a abordée, Ilana, pas moi. Alors laissez-moi continuer. Si ça ne marche pas, je passerai la main.

— Continuer quoi, exactement ? »

Les choses n'étaient pas encore très claires, mais elle voulait l'approcher et essayer de le faire parler. Ou même entamer une relation avec lui et voir s'il suivait le même mode opératoire.

La divisionnaire lui accorda une semaine – et lui imposa une série de conditions, la première étant qu'ils ne se retrouvent jamais ailleurs qu'au café et toujours avec un policier en civil dans les parages. Elle voulut aussi savoir comment son inspectrice avait réussi à se faire aborder et celle-ci lui dit la vérité.

« Je ne sais pas comment, mais j'ai compris ce qui attirait son attention. Ce n'était pas vraiment une stratégie, juste ce que j'ai pu déduire des quelques informations que j'avais déjà rassemblées sur lui. Et comme je devais justifier ma présence au café tous les matins avec un ordinateur, j'ai eu l'idée d'une thèse qui serait liée à l'Europe de l'Est. Surtout que j'ai vraiment fait des études d'histoire à la fac et que j'ai travaillé quelques mois au musée de la Diaspora. »

Le nom d'Ella aussi, elle l'avait choisi sans réfléchir. Après la première cigarette qu'ils avaient fumée ensemble, elle avait failli lui dire qu'elle s'appelait Orna mais avait soudain pensé à Ella, à cause du célèbre café, aujourd'hui fermé, de la rue Sheinkin à Tel-Aviv : « Orna et Ella ».

Durant tout le mois de mars, elle rentra au commissariat directement après chaque rencontre avec Guil et rédigea un rapport détaillé sur les progrès de son enquête – c'était la deuxième condition d'Ilana. Au café, elle veilla à répéter à haute voix, à plusieurs reprises, au cours de conversations téléphoniques, le numéro de portable sur lequel elle espérait qu'il finirait par l'appeler. Tactique payante, puisque c'est exactement ce qu'il fit. L'hiver l'aida à dissimuler les micros qu'elle portait en permanence sous son manteau.

Elle ne raconta rien à Avner, pas même le jour où elle accepta de déjeuner à Jaffa avec Guil et lui permit de la toucher et de l'embrasser. Elle omit d'ailleurs de mentionner ces détails-là dans le rapport qu'elle rédigea le lendemain. Grâce aux photos d'Emilia et d'Orna, elle s'imagina être l'une de ces deux femmes et c'est ce qui l'aida à tenir le coup dans ces moments-là. À chacune de leurs rencontres, elle lui disait des phrases qu'un instant plus tôt elle n'aurait pas imaginé prononcer. Si on lui avait demandé d'expliquer d'où lui venait l'inspiration – de son propre vécu ? –, elle aurait sans doute préféré ne pas répondre et ne pas même avoir à y réfléchir. Au début, il ne révéla rien de suspect, malgré les questions prudemment orientées qu'elle essayait de lui poser… jusqu'au jour où il évoqua pour la première fois la possibilité d'un voyage à l'étranger avec elle. Elle s'était alors déjà tellement investie dans l'enquête que s'il avait fallu elle l'aurait rejoint à Bucarest, mais elle savait qu'Ilana Liss ne le lui permettrait jamais. L'idée de profiter tout de même de cette proposition ne vint aux deux femmes qu'au cours de leur dernière conversation, juste avant que la divisionnaire ne s'absente pour un congé maladie dont elle ne reviendrait pas : le pousser à préparer ce voyage afin de voir comment il s'y prenait, quels hôtels il réservait et comment il achetait les billets, puis lui mettre la pression en publiant dans le journal une info un peu truquée et espérer que ça le pousserait à agir de manière moins réfléchie. Le portrait-robot fut dessiné par Freddy Amzalag en moins d'une heure, à partir d'une photo fournie par le service d'immatriculation et des indications de l'inspectrice. Le plan fonctionna parfaitement et, lorsqu'il l'invita chez lui, elle crut vraiment qu'elle arriverait à obtenir des aveux sur les deux meurtres avant qu'il ne s'en prenne à elle. Les choses se passèrent différemment.

Après son arrestation, il affirma qu'il n'avait absolument pas essayé de lui faire du mal et nia toute implication dans la mort d'Orna Azran ainsi que dans celle d'Emilia. Son avocat les informa dès le début qu'il invoquerait la non-recevabilité de tous les indices qu'elle avait obtenus, mais l'adjointe du procureur de Tel-Aviv, qu'elle rencontra au tribunal, la complimenta pour son excellent travail : « Certes, nous n'en sommes qu'au début, mais même s'il continue à nier, nous avons suffisamment de preuves pour qu'il croupisse en prison au moins trente ans. »

Fidèle à l'accord qu'elle avait passé avec Ilana, elle ne revit pas Guil. Tous les interrogatoires furent menés par d'autres policiers, y compris le nouveau, ce superbe inspecteur… qui, même s'il tenta de le cacher, regrettait amèrement de ne pas avoir insisté pour garder ce dossier.

Au moment où elle fut informée que, dans le but de le faire craquer, des mandats d'amener pour sa femme et ses filles avaient été délivrés, elle sut que l'enquête allait bientôt aboutir.

Le lundi, deux jours après l'arrestation de Guil, Orna, qui a demandé et obtenu un congé, n'est pas attendue au commissariat. Elle se réveille cependant avant le lever du soleil, comme elle l'a fait presque tous les matins pendant cet hiver qui touche à sa fin – sans raison et même si la veille elle s'est couchée tard.

Dehors, il fait encore noir.

Ne voulant pas réveiller Avner, elle sort du lit et enfile un sweat-shirt, se prépare un café, ouvre la fenêtre de la cuisine et un air froid gorgé d'une odeur de pluie et de chaussée mouillée pénètre à l'intérieur. Après avoir déposé ses deux grandes filles à l'école et à la maternelle, elle rentre et range l'appartement. À onze heures, sa mère arrive pour garder Danielle. Elle appelle Ronèn, lui demande si elle peut passer le voir. Il accepte, chez lui, à quatorze heures.

Ruth ouvre la porte, vêtue d'une djellaba blanche qui lui arrive aux genoux, l'invite à entrer et à s'installer dans une cuisine très sale – des assiettes collantes avec des restes de pâtes à la sauce tomate, des casseroles et des poêles qui n'ont pas été lavées traînent dans l'évier – puis s'éclipse pour les laisser seuls. C'est là qu'elle apprend la nouvelle à Ronèn : l'homme qui a été si néfaste à Orna vient sans doute d'être pris.

« Comment ça, sans doute ? demande-t-il.

— Il n'a pas encore avoué, mais je peux vous affirmer que c'est lui. Votre ex-femme ne s'est pas suicidée. Ils ont eu une aventure qui a duré quelques mois. Il s'agit bien de l'homme que votre fils a aperçu. Je pense qu'elle est partie avec lui en Roumanie. Si je ne vous ai pas averti plus tôt, c'est qu'on a mené une enquête discrète de plusieurs semaines. Mais ça y est, il a été interpellé.

— Pourquoi a-t-il fait ça ? Il vous a donné des explications ? »

À cette question, elle ne peut répondre. Pour l'instant, Guil nie tout en bloc.

Ensuite, elle demande à parler au garçon, mais le père hésite, peut-être vaudrait-il mieux le faire en présence du psychologue. Elle n'y voit aucun inconvénient, qu'il l'appelle, elle attendra. Sur le réfrigérateur, il y a une photo de Ronèn et de Ruth avec leurs enfants, y compris Erann, prise à Ramat-haGolan ou sur une autre montagne verdoyante, tous ont aux pieds de lourdes chaussures de marche et portent des sacs à dos auxquels sont fixés des sacs de couchage roulés. Erann se tient debout à côté de Julia qui lui a posé une main sur l'épaule. Juste en dessous, il y a une autre photo prise par Ronèn pour les quatre ans de son fils, on y voit le garçonnet en maillot de bain sur la plage de Tel-Baroukh en compagnie de sa mère.

Le psychologue ne peut pas se libérer, mais il n'y a aucune contre-indication à ce que l'inspectrice parle à Erann en présence de son père. Le garçon vient donc les rejoindre dans la cuisine et s'assied à côté de Ronèn qui lui pose une main sur la nuque. Elle s'installe en face d'eux.

« Je voulais te raconter quelque chose : on a attrapé l'homme qui a été si méchant avec ta mère. C'est-à-dire qu'on sait maintenant qu'elle ne s'est pas tuée, que quelqu'un lui a pris la vie. Qu'elle avait prévu et espéré rentrer à la maison et te retrouver, c'est cet homme qui l'en a empêchée. Tu comprends ? »

Erann détourne les yeux pour qu'elle ne voie pas qu'il pleure.

« Et je voulais aussi te dire que, quelque part, si on a réussi à l'attraper, c'est grâce à toi.

— Comment ça, grâce à lui ? » relève aussitôt son père.

Elle promet de leur donner de plus amples informations ultérieurement. Impossible, pour l'instant, de révéler l'identité de celui qui a assassiné Orna, ni le fait que, sans ce que son fils avait vu et noté dans le cahier d'anniversaire, à savoir le modèle de voiture de Guil et la date de la nuit où il l'a surpris dans la chambre à coucher, sans doute cet homme n'aurait jamais été inquiété. En revanche, elle les prévient qu'ils devront venir faire une déposition au commissariat et seront vraisemblablement appelés à témoigner au procès.

« On fera tout ce qui sera en notre pouvoir pour vous aider », déclare Ronèn.

Il lui reste deux heures avant d'aller chercher les filles.

Elle n'arrive toujours pas à se débarrasser de l'odeur du parfum de Guil et du goût des lèvres qu'il a posées sur les siennes. Elle appelle Avner pour entendre un autre son de voix. Dès qu'il décroche, il sent qu'elle ne va pas bien, lui demande ce qui est arrivé, veut-elle qu'il rentre plus tôt ?

Quelques supérieurs de son secteur lui ont déjà laissé des messages vocaux élogieux et A. l'appelle aussi pour la féliciter. La seule qui ne se manifeste pas, c'est Ilana Liss, parce qu'elle est à l'hôpital. Mais cette fois, à la différence de ses dossiers précédents, Orna a l'impression de ne pas mériter ces compliments, elle estime n'avoir rien fait. Erann et Ronèn ont arrêté Guil, Erann par ce qu'il a noté et Ronèn par son entêtement à répéter qu'Orna n'a pas pu se suicider. La divisionnaire aussi, qui l'a autorisée à enquêter alors qu'elle n'avait aucun argument valable à fournir. Et Emilia. Il faut prévenir quelqu'un que l'assassin de cette femme – Guil n'a pas seulement tué Orna – a été arrêté, songe-t-elle. C'est pourquoi elle téléphone à Tadeusz, dont la déposition qu'elle a lue dans les conclusions de l'enquête menée par A. a été le premier détail à éveiller ses soupçons. Elle n'arrive pas à joindre le prêtre, et lorsqu'elle contacte l'église, on lui apprend qu'il a quitté Israël à la fin de sa mission et a été affecté dans une église à Rome. Comme il n'y a personne d'autre à qui transmettre la nouvelle, elle entame une conversation intérieure avec Emilia.

Sa mère reste encore une petite heure après son retour à la maison. Orna est tenue à la plus grande discrétion, elle ne peut pas trop parler de son enquête, mais promet de lui en dire davantage dès que possible. Une fois seule avec les petites, elle éprouve le besoin de faire avec elles quelque chose d'inédit, qu'elles n'oublieront jamais, mais ce jour-là, cela se révèle au-dessus de ses forces. L'après-midi se perd en vaines tentatives : les filles refusent d'aller à la plage jouer dans le sable et admirer le coucher de soleil, il n'y a que la télévision qui les intéresse, et à dix-neuf heures elle se retrouve, comme tous les soirs, en train de leur faire cuire des œufs durs et d'éplucher un concombre tandis que ses deux grandes se barbouillent de ketchup et en répandent partout sous prétexte de préparer des sandwichs au fromage.

Avec Avner en revanche, elle a droit à d'agréables moments d'intimité ce soir-là, si bien qu'elle lui en raconte plus que prévu. Si, pendant tout l'hiver, il n'a quasiment rien su de ce qu'elle traversait, ce n'est pas faute d'avoir posé des questions ou écouté ce qu'elle a bien voulu lui raconter.

Ce soir-là, elle n'arrive cependant ni à se détendre, ni à se débarrasser de la sensation d'avoir oublié quelque chose dans l'appartement de Guil. Malgré l'heure de plus en plus tardive, elle ne cesse de vérifier si on ne lui a pas envoyé un mail ou un SMS.

Elle ne révèle à son mari ni ses rencontres au café, ni le déjeuner à Jaffa, ni le dernier rendez-vous dans l'appartement. Se contente de lui expliquer qu'ils ont démasqué l'assassin en se servant d'un appât, lequel l'a entraîné dans une relation virtuelle, et qu'elle a participé à l'arrestation. Pendant qu'elle lui parle, elle voit tout le temps Guil devant elle, tel qu'il lui est apparu au moment où il a ouvert la porte et lui a posé une main sur l'épaule. Elle finit par se lever pour éviter de croiser le regard d'Avner, et quand elle revient dans le salon avec une petite assiette de noix, elle le questionne sur ce qu'il a fait au travail.

Si seulement elle arrivait à s'endormir avant lui ! Mais malgré sa fatigue, elle n'y parvient pas. Les heures passent, la nuit raccourcit.

Lorsqu'elle se sent enfin happée par le sommeil, elle entend les pleurs de Danielle, se lève, prépare un biberon, va le lui donner. Évidemment, Rony se réveille, comme presque toutes les nuits depuis le début de l'hiver, et dit qu'elle a peur qu'il y ait quelqu'un dans l'appartement.

Pour la rassurer, Orna la caresse, lui chuchote qu'il n'y a personne d'autre qu'eux, et attend d'entendre la respiration régulière et apaisée de sa cadette pour regagner sa chambre à coucher et fermer les yeux.

Cette fois, elle réussit à s'endormir grâce à vous, oui, car vous êtes auprès d'elle, toutes les deux, à veiller sur son sommeil.

DU MÊME AUTEUR

Aux Éditions du Seuil

LES DOUTES D'AVRAHAM, traduit par Laurence Sendrowicz, Paris, Éditions du Seuil, coll. « Seuil Policiers », 2016

LA VIOLENCE EN EMBUSCADE, traduit par Laurence Sendrowicz, Paris, Éditions du Seuil, coll. « Seuil Policiers », 2015

UNE DISPARITION INQUIÉTANTE, traduit par Laurence Sendrowicz, Paris, Éditions du Seuil, coll. « Seuil Policiers », 2014

Déjà parus dans la même collection

Composition : APS-ie.
Achevé d'imprimer
sur Roto-Page
par l'Imprimerie Floch
à Mayenne, le 21 février 2020.
Dépôt légal : février 2020.
Numéro d'imprimeur : 95896.
ISBN 978-2-07-282027-4 / Imprimé en France.

341475